# 레전드급 전생자 7

홍성은 퓨전 판타지 소설

초판 1쇄 찍은 날 § 2021년 7월 15일
초판 1쇄 펴낸 날 § 2021년 7월 22일

지은이 § 홍성은
펴낸이 § 서경석

총괄팀장 § 노종아
편집책임 § 이민지
디자인 § 스튜디오 이너스

펴낸곳 § 도서출판 청어람
등록번호 § 제387-1999-000006호
등록일자 § 1999. 5. 31
어람번호 § 제1-3146호

주소 § 경기도 부천시 부일로 483번길 40 서경B/D 3F (우) 14640
전화 § 032-656-4452 팩스 § 032-656-4453
http://www.chungeoram.com
E-mail § chungeorambook@daum.net

ⓒ 홍성은, 2021

ISBN 979-11-04-92362-3 04810
ISBN 979-11-04-92312-8 (세트)

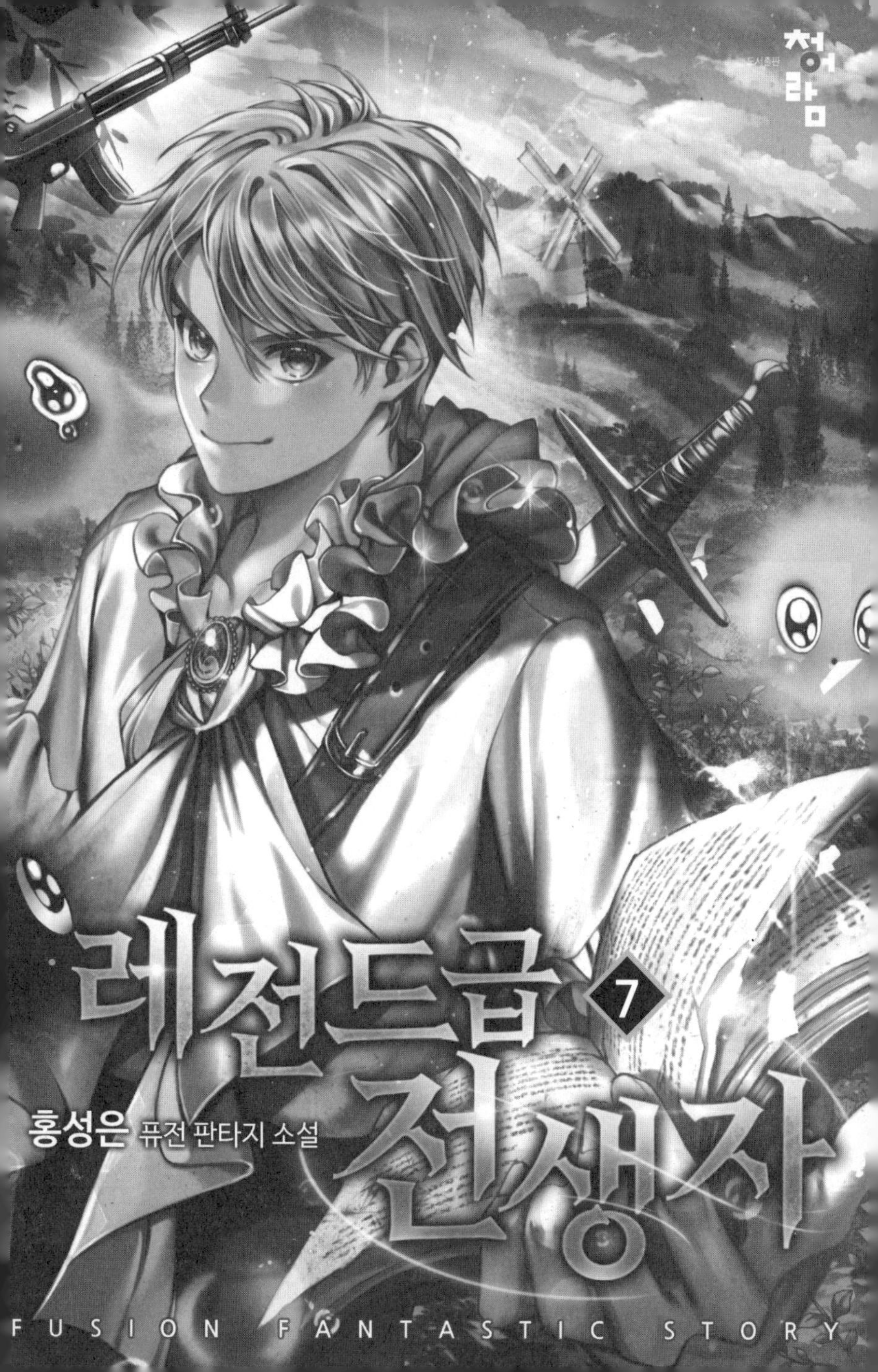
도서출판 청어람
레전드급 전생자
7
홍성은 퓨전 판타지 소설
FUSION FANTASTIC STORY

레전드급
전생자

# 목차

제1장

—

방랑 마법사 II

'그런데… 이거 어떻게 하는 거지?'

삼위일체를 해보겠다고 마음을 먹은 건 좋은데, 나는 곧 하는 법을 모른다는 현실적인 벽 앞에 가로막혔다.

나는 생각했지만, 이렇게 멍하니 생각에 잠겨 있을 정도로 상황이 여유롭지가 않았다. 지금도 루에노는 모습을 감춘 채 내 급소를 노려대고 있었다.

따라서 나는 별로 논리적이지는 않지만 현실적인 결론을 내렸다.

'그냥 한번 해보자!'

나는 소환해 둔 끼릭이를 그냥 덥석 붙잡고 내 몸 안으로 밀어 넣었다.

"끼릭?!"

이미 내 몸에 합일된 상태인 홍홍이가 싫다며 반항했지만, 나는 반항하는 홍홍이의 의지를 억지로 누르고 몸 빈 곳에 끼릭이를 구겨 넣다시피 했다.

그러자 의외로 쉽게 쑥 들어왔다.

"어!"

생애 최초의 삼위일체가 이렇게 어이없이 성공해 버렸다.

이게 이렇게 쉽게 돼도 되는 건가?

그러나 나는 곧 답을 찾았다.

'하긴 루에노도 하는 걸 내가 못 할 리가 없지!'

근거 없는 자신감에 가득 찬 나는 곧장 끼릭이의 스코프를 켰다. 그러자 안구에 필터라도 걸린 것처럼, 막대한 양의 시각 정보가 시신경을 통해 다이렉트로 꽂혔다.

그 탓에 머리의 온도가 좀 올라간 것 같긴 했지만, 마법 덕에 뇌의 연산 능력이 올라간 건지 생각보다 참을 만했다.

"찾았다!"

그렇게 루에노의 모습을 찾아낸 나는 곧장 공격을 가했다.

그러나 찾았다고 다가 아님을 나는 알았어야 했다. 루에노는 바람의 정령과도 합일한 상태였고, 그 덕에 대단히 기민하게 움직일 수 있음을 나는 잠깐 잊었다.

획 하는 소리와 함께 루에노는 위치를 옮겼다.

'놓쳤다!'

내가 그렇게 생각한 순간.

"잠깐."

루에노가 모습을 드러냈다. 대련의 일시 중지였다.

한창 몰입하고 있던 중이라 솔직히 좀 흥이 깨졌지만, 루에노의 경악한 표정이 불쾌감을 상쇄시켰다.

"너… 그거 뭐야?"

"그거라뇨?"

"그거. …나는 이 기술의 이름을 삼위일체라 붙였지."

루에노의 말에 나는 잠깐 놀랐다.

내가 혼자 속으로 정해놓은 기술의 이름을 루에노가 똑같이 말한 것에 놀란 거였다.

그리고 이상한 자괴감이 몰려들었다.

그동안 이만큼이나 루에노한테 물들어 있었던 건가? 아니, 물들 만큼 시간을 함께 보낸 것도 아니었을 텐데.

자괴감에 내가 머리를 흔들든 말든, 루에노는 계속해서 제할 말을 했다.

"내가 기술의 이름을 붙였다는 것에서 이미 알아챘겠지만, 이 기술을 만든 사람은 나다. 정확히는 세상에 알려진 정령사들 중 이 기술을 쓸 수 있는 건 나뿐이지. 그래서 나는 삼위일체를 내 고유 기술이 아닌가 생각하고 있었다. 그런데……."

"방금 제게 가르쳐 주셨죠. 감사합니다, 스승님."

내가 감히 루에노의 말을 끊거나 한 건 아니었다. 루에노가 몇 초씩이나 말을 잇지 못한 채 침묵하기에, 내가 그 뒤를 이어 말한 것일 뿐이었다.

입을 다문 채 나를 노려보던 루에노는 짧게 웃었다.

"하, 말이 안 되는군. 네가 벌인 짓을 보고 있으려니 스승의 심정이 조금쯤은 이해가 가."

헉, 그럼 설마 날 죽일 셈인가?

이미 루에노의 입에서 그의 스승이 그를 죽이려 했음을 들은 내 입장에선 움츠러들 수밖에 없는 발언이었다.

"아니, 나는 스승과는 다르다."

분명히 루에노의 시선 깊은 곳에는 질시가 담겨 있었으나, 그것은 빠르게 자취를 감췄다.

"오히려 다행이라 생각하고 있어. 네가 나 이상의 천재라면, 6령급을 뚫을 단서도 나보다 더 빨리 발견할 테니……."

순간 나는 루에노의 스승에게 감사해야 하는지 헷갈렸다. 만약 루에노에게 자신의 스승에 대한 반발심이 없었더라면 내게 적의와 살심을 품었을 가능성이 높았으니까.

하지만 나는 곧 그 생각을 접었다.

감사는 무슨 감사냐. 제자를 죽이려 든 그놈은 나쁜 놈이다. 그리고 만약 루에노가 정말로 나를 죽이려 들었다면 나쁜 놈이었겠지만, 그러지 않았으니 아직 나쁜 놈이 아니다.

그저 있는 그대로 심플하게 받아들이면 되는 일이다. 복잡하게 생각할 이유가 없었다.

"계속할까?"

루에노의 기세가 바뀌었다. 어둠의 정령이 그의 몸에서 빠져나가고, 다른 정령이 그의 몸에 깃들었다.

아무래도 삼위일체의 진정한 위력은 단순히 두 정령의 힘을 동시에 끌어내는 것에서 그치는 것이 아니라 자유자재로 그 조합을 바꿔가며 적재적소에서 활용하는 것에서 나오는 것이 아닐까 싶었다.

　나도 끼럭이를 돌려보내고 산소의 정령인 피식이를 불러내어 삼위일체 했다. 한 번 해보니 두 번째는 더욱 쉬웠다.

　"피시이이이……."

　내 입에서 산소가 새어 나오며 피식이 특유의 울음소리도 함께 흘러나왔다. 피식이는 체내에 산소를 공급함과 동시에 내 몸을 움직이는 추진제 역할도 겸했다. 원래 역할은 이게 아니지만 홍홍이 덕에 유사 정령폭주 능력을 얻은지라 출력이 부족하지는 않았다.

　자, 그럼 루에노가 새로이 합일한 정령이 뭔지 볼까? 나는 다소 여유를 가지고 루에노를 바라보았다. 그러나 루에노는 나보다도 더 여유가 있었다.

　"너는 이미 5령급에 달했으니 남은 자리가 없겠지만, 만약 6령급에 도달한다면 내 조언을 기억해 내도록."

　루에노가 정말로 가르침을 내리는 스승처럼 말했다.

　나는 그런 루에노의 말에 대꾸할 수 없었다.

　'라, 라플라스.'

　왜냐하면 속으로 라플라스를 부르기 바빴기 때문이었다.

　'저거, 저거 뭐야?'

　―유료입니다.

'얼마?!'

그러나 나는 라플라스의 대답을 들을 수 없었다.

"힘의 정령이다."

왜냐하면 루에노가 직접 말했기 때문이다.

"때로는 압도적인 힘이야말로 모든 것을 대체할 수 있는 수단이 되기도 하지."

삼위일체를 하기 전에 비해 세 배 이상 거대해진 등빨로. 그렇다고 그냥 부풀어 오른 모습인 건 아니다. 아니, 부풀어 오른 게 맞긴 한데…….

괴물 같은 대흉근! 광활한 광배근! 강철 같은 복근!

근육! 근육! 근육!

루에노의 전신이 근육으로 가득 차 있었다!

"…힘?"

"그렇다!"

힘이 아니라 근육의 정령을 잘못 말한 게 아닐까?

―정령사가 각자의 세계를 가지듯, 단어의 의미 또한 받아들이는 사람에 따라 달라질 수 있습니다.

라플라스가 부연 설명을 해주었다.

즉, 루에노에게 있어선 힘 이콜 근육이라는 뜻인가?

"…그렇구나!"

나는 아무 생각 없이 라플라스의 말에 소리를 내어 대답했다.

아니, '아무 생각 없이' 라는 표현은 틀렸다.

무슨 생각을 할 도리도 없이, 라는 표현이 더욱 정확하리라.

"깨달은 모양이로군."

내 대답을 무슨 의미로 받아들인 건지, 루에노가 피식 웃으며 말했다.

키도 2m를 넘어서서 3m에 더 가깝지 않나 싶을 정도로 거대해진 루에노가 쿵쿵 지축을 울리며 내게 다가왔다.

질량보존의 법칙 어디 갔냐고 따질 여유는 없었다. 거대화된 탓에 루에노가 알몸이 되어버린 게 더 신경 쓰였기 때문이었다.

아니, 곧 이것도 이유가 아니게 된다.

"그럼 이제 좀 더 파워풀하게 가볼까?"

루에노의 파워가 지나치게 풀해졌다는 게 진짜 이유가 되었다.

우지끈.

＊              ＊              ＊

신성교단은 황제가 결정한, 서쪽 변경의 살아 있는 모든 인간을 죽이고 그 재산과 땅을 빼앗겠다는 골자의 서부 변경 초토화 작전에 지지를 보냈다.

아니, 예언자의 결정에 지지를 보냈다고 하는 게 너 정확할 것이다.

교단은 모종의 루트로 예언자로부터 이 반란 토벌이 성공할 것임을 전달받았다. 정확히는 예언자가 교단 측에 밀어 넣은 끄나풀을 통해 교단 상층부를 움직인 것이었지만, 교묘한 술책으로 교단 상층부는 그들 스스로가 이 결정을 내리고 예언자로부터 컨펌을 받은 것에 불과하다고 여기고 있었다.

성공이 확실한 곳에 투자하는 것은 당연을 넘어선 필연. 따라서 교단은 황제와 제국 중앙 측에 충분히 투자했다.

교단의 신관들을 토벌군에 대거 자원받아 각 부대에 편성시킨 것은 물론, 반란군들의 대가리를 으깨 버리라는 의미에서 짜라스트라의 성기사들도 자원시켰다.

뿐만 아니라, 고위 신관들이 직접 나서 서쪽 변경에 이단이 횡행하고 있으며 따라서 이 싸움은 성전이라는 선언까지 해주었다. 더불어 이 선언을 하기 전에 서쪽 변경에 얼마 되지도 않는 신관들을 중앙으로 불러들이기까지 하는 용의주도함을 보여주었다.

믿음이 없는 땅을 정화해야 한다는 포고문은 신앙심을 가진 모든 제국인들의 심금을 울렸고, 제국 모병소에 줄이 길게 늘어서도록 만들어주었다.

이러한 물심양면의 지원은 공짜가 아니었다. 그 대가를 헌금이라는 이름으로 선입금을 받았지만, 그건 당연히 받아야 하는 거였다. 이 투자가 성공리에 끝난다면 교단은 제국 측에 더욱 큰 영향력을 행사할 수 있게 되리라.

지금도 신성교단은 그렇게 선언만 되지 않았을 뿐 라틀란트 제국의 국교와 같은 위치를 이미 점했지만, 교단 상층부는 이 정도로 만족하지 않았다. 교단은 제국군 내부에 영향력을 더욱 굳건히 하고자 했다.

종군하는 신관들이 제 일만 제대로 해준다면 불신자들을 감화시키는 것에는 큰 어려움이 없으리라. 염치가 있는 사람이라면 자신의 목숨을 살려준 사람의 말을 한 번은 듣게 마련이니까.

그런 식으로 일단 군부부터 장악하고 나면, 신성교단의 삼성신 신앙이 제국의 국교로 떠오르는 것도 어렵지 않은 일이리라.

더 잘 풀리면 군부의 쿠데타로 황제를 갈아 치울 수도 있을 테고, 어쩌면 혼란을 틈타 교단이 제국을 삼키고 신성제국의 성립을 선포할 수도 있을지도 모른다!

교단의 상층부도 여기까지 기대하고 있지는 않았다.

어디 첫 술에 배가 부르랴.

그러나 삼성신과 신관들이 제국의 중심이자 제국의 기둥, 제국의 지배자가 되는 신성제국의 성립은 대외적으로는 알릴 수 없지만 단 한 번도 가슴 속에서 지운 적 없는 교단의 비원이었다. 그럴 기회만 있다면 교단의 모든 힘을 쏟아서라도 달성하고야 말리라는 각오마저 하고 있었다.

만약 황제가 신성교단의 그러한 속내를 알고 있었다면 교단에게 작은 빚도 지지 않으려 했으리라. 아니, 어쩌면 다소간의 혼란을 감내해서라도 삼성신교를 탄압했을 것이다. 그러나 황제는 아무것도 몰랐고, 교단의 지원을 고맙게 받아들였다.

이 결정이 어떤 결과를 낳을지도 모른 채.

중략

                    *          *          *

"멍청한 황제, 멍청한 교단."

예언자는 키득키득 웃었다.

사실 예언자는 예언하는 것을 좋아하지 않았다.

물론 예언할 때마다 수명이 줄어들기 때문이기도 했지만, 이건 둘째 이유 정도에 속했다. 눈에 보이는 것도 아니니만큼, 그냥 아무 생각 없이 하면 생각보다 별 부담이 안 됐다. 이런 걸 신경 쓴다면 술 담배도 진작 끊었으리라.

첫째 이유는 이거였다. 다른 모든 것을 제쳐두고, 예언을 하면 피곤했으므로.

그러나 예언을 통해 얻을 수 있고 누릴 수 있는 것은 좋아했는데, 그중에서도 가장 좋아하는 것이 이런 식으로 권력자들의 머리 위에서 그들을 농락하는 것이었다.

예언자는 신성제국을 세우길 바라는 교단의 속내를 이미 간파하고 있었고, 황제가 단지 자신의 자존심을 지키기 위해 제국에 해가 되는 선택임을 알면서도 강행한 것 또한 알았다.

제국을 움직이는 거대한 세력과 인류 사회의 주인이라고까지 일컬어지는 황제가 자신의 손아귀 위에서 놀아나는 꼴은 예언자에게 그 어떤 것보다도 황홀한 쾌락을 가져다주었다.

"후… 후후후……."

그러나 즐기고만 있을 때가 아니었다.

언제 또 예언을 틀리게 만드는 자가 다른 곳으로 새어버릴지 모르는 일이니 말이다.

이번 일의 정치적인 부담은 황제와 교단이 나눠 받기로 되어 있어 그녀에겐 상대적으로 부담이 덜 갔으나, 그렇다고 이런 거대한 음모를 연속해서 꾸밀 수 있을 정도로 여유가 넘치지는 않았다.

가급적이면 이번 기회에 예언을 틀리게 만드는 자를 시대의 파도에 휘몰아 쓸어 없애야 했다.

이번에 실패하면 또 한참을 기다려야 할 것이다. 자금을 모으고, 영향력을 모으고, 추종자를 모으고……. 그러기 위해 싫어하는 예언도 잔뜩 해야만 할 터였고.

이 고생을 또 해야 할 것을 생각만 해도 머리가 지끈거릴 정도다.

"…예언을 한 번 더 해놔야겠어."

지금 미리 해두면 나중에 열 번도 더 할 것을 안 해도 되게 되리라.

예언자는 그렇게 믿으면서 예언의 방으로 향했다.

\*            \*            \*

결론적으로 말해서 루에노와의 대련으로 5검급에는 오를 수 없었다. 결국 정령사와의 대련인지라, 검 쪽으로 얻은 수확은 적을 수밖에 없었으니까.

그렇다고 얻은 게 없다면 그건 또 거짓말이었다.

루에노의 정령술 테크닉에선 나름 배울 점이 많았다. 물론 굵직한 가르침은 이미 라플라스로부터 다운로드 받은지라 결정적인 건 없었지만, 다른 정령사가 쓰는 걸 눈으로 보고 몸으로 받아내면서 배우는 건 또 달랐다.

정령법만으로 루에노를 상대하기 버거워서 결국 검력을 동원하게 된 건 좀 자존심 상했지만, 사실 그게 자존심 상해할 일은 아니었다.

정령사로서의 경력부터가 엄청나게 차이가 나는데. 내가 자존심 생각을 했다는 걸 간파했다면 오히려 루에노 쪽에서 자존심 상해했을 것이다.

다행히 루에노는 내 생각을 간파하지 못한 듯했다.

하긴 그럴 만도 했다. 지금 불 앞에 앉아서 명상에 잠긴 걸 보니, 나와의 대련으로 깨달은 걸 정리하고 있는 모양이었다.

─대현자님의 정령법 테크닉을 봤으니 그럴 만도 하죠.

라플라스가 자랑스러워했다.

보여준 건 난데 네가 왜? 나는 굳이 따지고 들지 않았다. 생각한 걸 전부 말하고 사는 인생이 아니었다. 지구 때도 그랬고 지금도 그렇다.

"…고맙다, 레너드 몬토반드."

그때, 루에노가 눈을 뜨며 말했다.

"이제는 내가 네게 스승이라 불러야겠군."

"안 그러셔도 됩니다."

나는 기겁해서 손을 내저었다. 진짜로 루에노의 스승이 되어서 얽혔다가 일어날 일에 대해선 굳이 상상하지 않았다. 상상하기 싫었으므로.

"그래, 안 그래도 되긴 하지."

내 겸양에 루에노는 단번에 고개를 끄덕였다. 시원시원해서 좋긴 하네.

"네가 날 위해 나와 대련을 해주었으니, 이제 나도 네게 무언가를 하나 해주어야겠군."

"정령과를 주셨으니 안 그러셔도 됩니다."

"아니, 그건 아니지."

의외로 이번에는 내 사양을 바로 받아들이지 않았다.

"나는 내 이득을 위해 네 빠른 성장을 기도한 것뿐이다. 정령과는 그런 의미로 준 것이지. 네가 내 의도한 바를 그대로 이루어주었으니, 오히려 내가 고마워해야 할 일이다. 물론 네게도 이득이었으니 이 빚을 갚아야겠다고는 말하지 않겠지만……."

"그것은 저도 마찬가지입니다. 제 이득을 위해 대련을 하자고 말씀드린 것뿐입니다."

루에노의 말이 잠깐 끊긴 틈을 타, 나는 얼른 말했다. 일종의 카운터였다. 그러나 루에노는 곧장 고개를 저었다.

"스승과 제자의 입장은 다르게 마련이지. 그리고 이번에 너와 내가 얻은 것이 다르다는 것을 알고 있다. 내가 더욱 많은 것을 얻었다. 그러니 네게 무언가를 하나 해주어야 균형이 맞다."

고집도 세긴.

하지만 나로서도 기꺼이 받겠다고 말할 수가 없었다. 루에노가 나를 위한 거라며 나한테 무슨 짓을 할지 모르니까. 이 양반이 좀 곱게 미쳐야지. 그러니 어떻게든 사양을 해야겠다.

내가 그런 생각을 하고 있을 때였다.

"이상한 소문이 돌고 있더군."

루에노가 갑자기 딴소리를 했다.

"라틀란트 제국이 서쪽 변경에 쳐들어온다는 소문이었다. 실로 이상한 소문이지. 여기도 제국이고, 저기도 제국인데, 제국이 제국으로 쳐들어온다고? 쉬이 믿기 어려운 소문이야."

만약 시티 오브 페르핀에서의 경험이 없었더라면 나도 그렇게 생각했을 것이다.

전임 시장이자 현 시장이기도 한 루브스 페르핀은 제국 중앙 측에서 음모를 꾸미다 죽였다. 루에노의 말마따나, 제국이 제국에게 할 행동은 아니었다.

제국 중앙 측은 이번 토벌 작전에 여러 이유를 가져다 대겠지만, 결정적인 원인은 제국이 고대 제국만큼의 영향력을 지니지 못하고 있기 때문이다.

제국 측은 고대 제국 시절처럼 강력한 통치를 하고 싶어 하지만, 제국의 각 변경은 이미 한 번 맛본 달콤한 자치권을 결코 놓지 않으려 들 것이다.

이 갈등을 해소할 방법은 궁극적으로는 전쟁뿐이다.

물론 서쪽 변경 전체를 반란의 땅으로 규정하고 초토화 작전을 벌이는 건 제정신이 아닌 게 맞으나, 전쟁 자체는 언젠가 터질 것이 지금 터지는 것에 불과했다.

하지만 이런 내용을 루에노에게 다 떠들 수는 없기에, 나는 짐짓 궁금한 듯 루에노에게 이렇게 물었다.

"전쟁이 터질 거라 생각하십니까?"

그러자 루에노는 고개를 끄덕였다.

"그럼에도 불구하고."

첫인상부터 시작해서 지금껏 품어왔던 인상과는 달리, 루에노도 대국을 보는 시야는 갖고 있는 것 같았다.

"왜 갑자기 이런 소릴 하는지 궁금하겠지."

그건 그렇다.

그렇다고 넙죽 고개를 끄덕이기도 좀 뭐해서, 나는 그냥 멀뚱히 루에노를 바라보았다. 그러자 루에노가 피식 웃으며 말했다.

"검에 빠진 이들이 모두 그렇듯, 너 또한 제국 기사들을 상대하고 싶겠지."

정곡을 찔린 나는 대답하지 못했다.

"이번 전쟁은 그러기에 좋은 기회다. 일어난다면 말이지만… 십중팔구 일어나겠지."

루에노는 나를 똑바로 보며 말했다.

"널 돕겠다."

"예?"

"대단위 전투에서 네가 원하는 상대와 맞붙을 수 있을 가능성은 낮다. 물론 너는 바람의 정령을 지녔으니 원하는 때에 난입하고 필요할 때에 빠질 수 있겠지만, 단독으로 기사와 맞붙을 생각이라면 그것만으로는 부족하다."

그 말은 맞다. 바람의 정령이 아니라 산소의 정령이지만. 중요한 건 맥락 아니겠는가.

내가 고개를 주억거리자, 루에노는 이렇게 이어 말했다.

"내가 그 부족한 부분을 채워주지. 네 등 뒤를 막아주마. 네가 충분히 제국 기사와 맞붙을 수 있도록."

"…제 편이 되어주신다는 뜻입니까?"

"그렇다."

루에노는 자리에서 일어났다.

"시티 오브 페르핀에 있겠다. 제국 중앙에 가까운 도시다. 토벌군이 진격해 온다면 거길 거치겠지. 전쟁을 기다린다면 거기서 기다리는 것이 좋을 거다."

시티 오브 페르핀은 나도 안다. 하지만 레너드 몬토반드로서 들른 적은 없기에, 나는 굳이 아는 척을 하지는 않았다.

"내 제안에 응할 거라면 그 도시로 찾아오도록. 거절해도 상관없다. 그럼 빚은 다른 방법으로 갚도록 할 테니."

그런 말을 남긴 채, 루에노는 왔을 때와 같이 휙 사라져 버렸다.

"허……."

나는 루에노의 빈자리를 멍하니 바라보다가 문득 말했다.

"역시 스승님이셔."

\*　　　　　\*　　　　　\*

루에노와 헤어졌으니, 원래 하던 고민을 다시 시작해야 한다.

하지만 그 고민은 오래 이어지지 않았다.

루에노가 힌트를 준 덕이었다.

"그래, 나한테도 뒤를 받쳐줄 사람이 필요하지."

부대 단위 전투에서 제국 기사와 느긋하게 검투나 벌이고 있을 수 있을 리 없다. 그러니 상황을 만들어줄 사람들이 필요하다. 병사들을 대신 상대해 주고, 다른 기사가 끼어들 수 없도록 견제해 주는 그런 내 세력.

─저… 그게 꼭 사람일 필요는 없지 않을까요?

라플라스가 말을 꺼냈다. 아무래도 제 딴에는 자기 말이 판촉으로 들릴까 주의하는 듯했지만, 저거 판촉 맞았다.

"골렘 이야기지?"

판촉인 건 맞았지만 동시에 지금 내 생각과 합치되는 판촉이기도 했다.

제국 기사단과 맞붙어서 버텨줄 용병을 구한다? 그건 참 환상적인 이야기다. 비현실적이라는 점에서 그렇다는 소리다.

그러나 골렘은 환상적이지만 동시에 비현실적이지 않았다.

원래 기초부터 쌓아 올리려면 루블이 너무 많이 들어서 반쯤 포기했었지만, 그건 과거의 이야기다. 나는 이미 마법도 배웠고, 루블에도 여유가 있다. 게다가 대현자의 유적에 골렘 코어를 잔뜩 꼬불쳐 두었으니 재료 수급에 고민할 필요도 없다.

"좋아, 라플라스. 골렘 소환 마법을 배워야겠어."

─정확히는 소환이 아니라…….

"아, 아무튼."

애는 왜 이렇게 명칭에 집착하는지 모르겠다. 중요한 건 본질인데.

"가자고."

*      *      *

3마급의 골렘 제작법에는 한계가 있었다. 골렘을 움직일 수는 있는데, 자율 행동을 못 시킨다. 그나마 명령을 미리 입력시켜 두고 그대로 따라 하게 만드는 건 가능하긴 하지만, 이건 말그대로 선입력을 실행하는 것뿐이다.

5분 후에 이러저러한 움직임을 취해라, 라고 지시하면 그대로 행하지만 공격이 오면 방어하러 나서라, 라고 지시해 봤자아무 소용이 없다. 반응도 못 하고 판단도 못 한다.

게다가 그 선입력에도 한계가 있었다. 3마급으로는 3줄밖에입력을 못 한다는 게 바로 그 한계였다. 입력된 명령을 다 행하고 나면 그 자리에 그대로 멍하니 멈춰 버리는데, 이런 상태가되어버리면 적들에게 좋은 전리품을 그대로 넘겨주는 것이나다름없다.

물론 내가 들러붙어서 직접 명령을 내리면 훨씬 다채로운 움직임이 가능하지만 거기에 무슨 의미가 있을까?

애초에 내가 골렘 제작법을 배운 이유가 뭔데? 기사와 맞붙는 도중에 방해꾼들을 막아서라고 배운 건데!

서론은 길었지만 결론은 간단했다.

4마급에 올랐다.

라플라스가 미리 경고했듯, 마법은 루블 효율이 좋지 않았다.

4마급의 경지를 일단 500루블 주고 사고, 여기서 4마급의 골렘 제작법도 따로 사야 했다. 물론 이건 3마급까지도 그랬지만 4마급이 비싸다 보니 더욱 피부에 와닿았다.

하지만 분하게도 이번 쇼핑의 만족도는 높았다.

"와, 마력이… 이런 거였구나."

괜히 3마급까지보다 200루블이나 더 받은 게 아니었다. 3마급까지는 그냥 마법사, 4마급부터는 고위 마법사라 불린다더니 괜히 그런 게 아니었다.

평범한 재능의 마법사라면 4마급까지 오르는 게 요원하다던데 알고 보니 그럴 만도 했다.

물론 나는 재능이고 뭐고 그런 거 따질 거 없이 그냥 라플라스를 통해 다운로드만 받은 거였지만, 그럼에도 4마급이라는 경지가 어떠한 경지인지 알아채는 데에는 이것으로 충분했다.

1마급의 경지는 굳이 비유하자면 점이었다. 2마급의 경지는 선, 3마급의 경지는 면이라 할 수 있었다. 여기까지의 이해는 어렵지 않다. 오히려 마력 용량 자체를 늘리는 것이 더욱 어려울 정도였다.

그런데 4마급의 경지는 갑자기 구가 튀어나온다. 3마급까지의, 그나마 좋이 위에 그림으로 그릴 수 있는 영역에서 입체로 넘어가 버리는 것이다. 그것도 알기 쉽게 반듯하게 그어진 선이 아니라 곡선이 이리저리 겹쳐져 구현된 마력의 공이!

완전히 둥글고 균일한 공이라면 좀 나을 텐데 야구선수 손 아귀에서 이리저리 주물러진 고무공처럼 마구잡이로 변형하기까지 한다.

연산 이전에 이 개념 자체를 이해하는 것부터가 큰일이다.

아까도 말했듯이 난 그냥 다운로드로 머릿속에 때려 박았기 때문에 이해와 깨달음의 과정을 생략하는 게 가능할 뿐이다.

어쨌든 3마급과 4마급의 마법은 '차원이 다르다'는 것을 이해하기에는 큰 문제가 없었다.

더 큰 문제는 내가 마법 술식을 그냥 머릿속에 때려 박은 탓에, 그냥 마법을 쓰겠다고 생각하면 뇌가 멋대로 연산을 시작해 결과물을 내놓는 식으로 마법을 구현한다는 점이었다.

이 과정에서 나는 엄청난 두통과 발열, 그리고 당분의 소모를 감당해야 했다.

―금방 익숙해지실 겁니다. 자주 쓰다 보시면요. 사람의 뇌도 근육처럼 쓸수록 발전하거든요.

"그래…… 자주 쓰다 보면……."

나는 멍하니 라플라스의 조언 겸 위로를 듣다가 문득 결심했다.

"아무래도 잼을 더 사놔야겠어."

아무튼.

괜히 이렇게 악랄할 정도의 연산을 거치는 게 아니라서, 4마급의 골렘 제작법은 어느 정도 내가 원하는 결과물을 내놓았다.

동시에 움직일 수 있는 골렘의 숫자가 많이 늘어났을 뿐만 아니라, 더욱 복잡한 명령을 내려도 부드럽게 수행할 수 있게 됐고, 가장 결정적으로 내가 골렘 제작법을 익히기로 마음먹게 만든 당초의 목적을 드디어 달성할 수 있게 되었다.

각각의 골렘이 어느 정도의 자율 행동을 할 수 있게 된 것이 그것이었다. 물론 아직 스스로 판단까지는 못 하지만, 단순히 방어 명령만 내려두어도 오는 공격의 방향에 따라 막고 흘리고 반격하는 식의 움직임은 가능하게 되었다.

"이제 좀 뭐가 되는 것 같네."

잼을 퍼먹으면서 나는 긴 한숨을 내쉬었다.

그건 그렇고 이거 좋은 잼인데 너무 많이 퍼먹다 보니 슬슬 물린다. 문득 그렇게 생각하던 나는 그 자리에서 번개라도 맞은 듯 굳어버리고 말았다.

세상에, 내가 단맛에 물리게 될 줄이야. 이 세계에 처음 왔을 때는 나 자신이 이렇게 될 줄은 꿈에도 생각 못 했다.

"…이 세계에 오길 잘했어……."

—갑자기요?

그래도 물린 건 물린 거니, 다음에는 잼 대신 꿀을 사볼까 생각했다.

제2장
—

# 변경의 성자

　4마급의 마력을 사느라 또 루블이 세 자릿수로 줄어들어 버렸으므로, 나는 다시 루블을 모으기 위해 트롤 사냥에 나섰다.

　그렇게 시간을 보내고 있노라니, 어느새 전쟁이 날 확률이 80%를 넘겼다. 내일 당장 전쟁이 터져도 이상하지 않은 수치니 정말로 전장으로 가야 할 때가 된 셈이다.

　뭐, 가는 거야 금방이다.

　나는 날개를 펼치고 하늘로 날아올랐다.

　목적지는 루에노가 기다리고 있겠다고 말한 시티 오브 페르핀으로 정했다. 라플라스의 조언에 따르면 그 도시가 최전선의 보루가 될 확률이 80%를 넘는다고 하니, 꼭 루에노가 아니더라도 목적지로 삼기에 적당했다.

"흐음, 그러면 루브스 페르핀의 신분으로 들어가는 게 좋으려나?"

루브스가 이래 봬도 아직 시장이긴 하니, 현 시장 대리 헤이즈에게서 지휘권을 회수해 도시의 병력을 움직일 수 있다는 장점이 있다.

그러나 나는 곧 고개를 저었다.

루브스로서 병력의 지휘권을 얻는 건 좋지만, 동시에 병력에 대한 책임도 같이 지게 된다. 아니, 그뿐인가? 도시 전체의 지휘권과 책임도 같이 짊어져야 한다.

내가 진짜 루브스 페르핀인 것도 아닌데 그런 책임과 의무에 매이고 싶지는 않았다. 달리 할 사람이 없는 것도 아니고. 헤이즈가 적어도 나보다는 잘하리라. 라플라스가 잘할 거라 보증해 주기도 했고.

게다가 괴도가 전쟁터에서 뭘 하겠는가? 검을 휘둘러도 마법을 써도 사람들의 의심을 사기 일쑤일 것이다. 최전선으로 나아가 제국의 기사들과 검을 겨루는 것이 목적인 나와는 맞지 않는다.

"아, 그럼 무슨 신분으로 가지?"

나는 혼자 고민하다가, 곧 때려치웠다.

그 까짓것 대충 상황에 맞춰서 쓰면 그만이다. 마법을 써야 하면 마법사, 성법을 써야 하면 신관, 검으로 싸워야 하면… 레너드 몬토반드? 몬토반드 가문에 피해가 갈 수도 있으니 이건 피해야겠지. 아무튼 대충 할 생각이다.

―결정하셨습니까?

내가 혼잣말로 넌지시 물어볼 때는 가만히 있더니, 입을 다물자마자 묻는 게 아주 앙큼하기 짝이 없다. 평소에는 그렇게 설명하기 좋아하는 주제에, 왜 이럴 땐 조용히 있지?

―제 조야한 의견으로 새 주인님의 판단을 방해해서는 안 되기 때문입니다.

라플라스는 그런 기특한 소리를 했다가, 금방 손바닥을 뒤집었다.

―아, 물론 유료 조언을 원하신다면 언제든 말씀해 주십시오.

"…됐거든."

이미 결론은 내려졌다.

"임기응변이다. 임기응변으로 가자."

뭐, 어떻게든 되겠지.

＊　　　　＊　　　　＊

어떻게든 되지 않았다.

시티 오브 페르핀은 전시체제로 들어가 있었고, 도시 출입에 철저한 검문을 하는 중이었다. 어지간하면 그냥 사람을 들여보내지 않고, 신원이 확실한 사람만 드나들 수 있게 했다.

즉, 확실한 신원이 없으면 도시 안에 들어갈 수도 없다.

"응, 그냥 하늘로 날아서 들어갈 거야."

─도시 안에서도 검문 중일 겁니다만.

"……."

도시 안에서도 숨어 다닐 수 있긴 했지만, 내가 이 도시에 들어가는 이유는 보급과 휴식, 그리고 참전을 위한 거였다. 눈치보고 무전취식이나 하면서 도시 안에서 지내기는 싫었다. 뭐, 싫은 거지 못 하는 건 아니지만. 정 안 되면 그럴 수도 있겠지.

일단 나는 레너드 몬토반드의 신분으로 검문에 임해 보았다. 그랬더니 도시 출입을 거절당했다. 아무리 방랑 기사라곤 하지만 몬토반드 가문의 혈통인데도 거절당할 줄이야!

"이래서야 잭 제이콥스도 못 들어가겠군."

─시도는 해봄 직하지 않습니까?

"…아, 그런가?"

─어디까지나 무료 조언입니다만.

라플라스가 마지막에 굳이 덧붙인 말 때문에 신뢰도가 팍 떨어졌다. 신뢰성이 있는 조언이 필요하다면 루블을 내라는 압박감도 함께 느껴졌다.

그러나 나는 돈을 내지 않았다. 그냥 잭 제이콥스인 채로 검문하러 가봤다. 뭐, 한번 해봐서 나쁠 것도 없지 않은가? 당장 구금당하거나 처형당하는 것도 아닌데.

물론 도시 안의 신전 사람들은 좀 싫어할 수도 있겠지만, 이 도시를 지배하는 게 신성교단인 것도 아닌데 쫄 필요는 없었다.

이런 식의 다소 안이한 마인드를 가지고 줄을 서봤더니…….

"잭 제이콥스님? 혹시 변경의 성자?"

"변경의 성자님께서 오셨다고?"

"변경의 성자님!"

"당장 들여보내! 아니, 안으로 모셔!!"

검문 중인 병사들 사이에서 난리가 났다.

"왜, 왜 이러시죠?"

"일단 들어가시죠!"

내 말에는 대답도 안 하고, 병사들은 나를 도시 안으로 억지로 밀어 넣다시피 했다. 언뜻 위기감이 느껴졌지만, 정작 트레저 헌터의 위기 감지에는 아무것도 걸려드는 것이 없었다.

'라플라스!'

―유료입니다만.

'그럼 됐어!'

나는 배짱을 부렸다. 뭐, 무슨 일이 생기면 흑법이라도 쓰고 날아서 도망가면 되겠지. 이런 안이한 마음가짐으로, 나는 그냥 흘러가듯 시티 오브 페르핀 안에 들어오게 되었다.

그리고 충격적인 사실을 알게 되었다.

"뭐라고요? 신성교단이 도시 신전에 퇴거 명령을 내렸다고요?"

왜 결코 믿음직하지는 못할 방랑 신관을 냅다 들여놨나 했더니만 이런 뒷사정이 있었던 모양이었다.

신성교단의 신전이 돈을 좀 비싸게 받긴 했지만, 그래도 죽을 사람 살릴 방법이 있다는 것 자체는 꽤 든든했으리라. 그런데 그게 하루 새에 사라졌으니 시민들의 불안감도 이해가 간다.

"그뿐만이 아닙니다, 성자님."

그런데 병사의 말은 아직 끝나지 않았다.

"저는 성자가 아닙니다만."

"신성교단이 우리 도시를 이단으로 지정하고 시민 전체를 배교자라고 비난했다니까요!"

"어……."

순간 뇌 정지가 왔지만, 나는 곧 상황을 파악했다.

'교단은 황제 편을 들기로 한 모양이네.'

―유료입니다.

나는 라플라스의 말에 대꾸하는 대신 격분하는 모습을 보여 주었다.

"그럴 리가 있겠습니까? 그것이 신의 뜻은 아닐 겁니다!"

"그렇죠? 저도 그렇게 생각합니다. 제가 배교자라뇨!"

병사의 분노는 대단히 개인적이었지만, 도시 시민 전체가 이런 분노를 품고 있으리라는 걸 생각하면 가볍게 넘어갈 일은 아니었다.

"그럼 도시에 환자가 많겠군요."

"그건 그렇습니다만……."

잘됐다. 마침 성법 수련을 해야 했었는데. 나는 지금도 신성력을 내뿜고 있는 잭 제이콥스의 성물을 손에서 만지작거리며 병사에게 말했다.

"불러오십시오."

"예? …그래도 됩니까?"

"신관은 그러라고 있는 겁니다."

사실 아니지만, 나는 대충 허풍을 떨었다.

"오, 오오……. 성자님!"

"아니라니까요."

어디까지나 내 이득을 위해 하는 짓일 뿐인데 성자는 무슨. 그러나 내 별 뜻 없는 말에 감동이라도 받은 건지, 병사는 눈에 눈물을 가득 담고 외쳤다.

"저는 성자님을 위해서 싸우겠습니다!"

"아니, 시민들을 지키기 위해 싸우셔야죠."

"성자님!!"

"아니라니까요."

말이 안 통하네.

*      *      *

나는 신성교단의 신관들이 다 퇴거한 교단 신전으로 안내받았다. 당연히 신전 안은 텅 비어 있었고, 가구나 집기 같은 것도 아무것도 없었다. 그래도 도시 사람들이 필요한 건 다 가져와 줘서 특별히 뭐 불편한 건 없었다.

아무리 그래도 도시 사람 전체를 치료할 정도로 여력이 넘치지는 않는다는 미명하에 소정의 치료비를 받기로 했다.

봐라, 나는 돈을 받는다. 그런데도 내가 성자냐?

"성자님!"

"변경의 성자님!"

그래도 성자였다. 신성교단이라는 거대 세력으로부터 외면받은 도시에 직접 찾아와 필요한 이들에게 치료를 해주는 것 자체가 성자답게 숭고한 행위라나, 뭐라나.

하긴 평범한 방랑 신관이라면 아무리 이미 교단과 등졌더라도 척을 지기까지 하는 건 꺼려지긴 할 것이다.

"저희 도시에 찾아와 주셔서 감사합니다. 변경의 성자, 잭 제이콥스 님."

그러니 이렇게 도시 시장 대리까지 찾아와서 내게 감사의 말을 전하는 거겠지.

그건 그렇고 오랜만에 본다. 헤이즈 카스트로 페르핀. 내가 루브스의 신분을 통해 페르핀의 양자로 삼은 사내다.

고작 몇 달 만에 보는 건데 벌써 좀 늙어 보이는 것 같다. 아마도 심로가 깊었기 때문이겠지.

사실 내가 루브스 페르핀이었다고 말하면 놀라겠지? 하지만 난 루브스 페르핀이 아니므로 그런 짓은 하지 않았다.

진짜 루브스는 죽은 지 오래고 나는 그 신분을 잠시 빌려 썼을 뿐이다. 이 사실을 잊어선 안 된다.

"별말씀을 다 하십니다, 시장 대리님."

따라서 나는 그냥 일개 방랑 신관처럼 인사했다. 그러자 헤이즈가 의외의 대꾸를 했다.

"그냥 대리라 불러주십시오."

대리? …농담인가?

"제가 어찌 그러겠습니까? 그리고 저도 성자가 아닙니다."

"알겠습니다, 성자님."

거참 사람 말 안 듣네.

"필요한 게 있으시다면 뭐든지 말씀해 주십시오. 제가 할 수 있는 한 모든 것을 제공해 드리겠습니다."

아니, 그렇게 말하면 안 되지. 내가 나쁜 사람이라서 이 도시를 달라고 하면 어쩌려고. 물론 나는 나쁜 사람이지만 그래도 도시를 달라고는 하지 않았다. 그럴 거면 그냥 루브스로 왔지.

그래서 나는 적당히 잼이나 꿀 같은 게 있으면 좀 달라고 했다. 그랬더니 잼이랑 꿀을 신전 창고에 산처럼 갖다 쌓아놓더라. 역시 무역도시라 그런지 물자는 풍부한 것 같았다.

나를 찾아온 사람은 시장 대리뿐만이 아니었다.

"…여기서 뭐 하는 거야?"

루에노가 나를 찾아왔다.

"아, 스승님. 이 모습으로도 한 번 인사를 드린 것 같긴 합니다만."

루에노라면 당연히 내가 레너드인 건 알아채고도 남는다. 시티 오브 툴루를 탈출할 때 이 모습의 나를 알아본 게 루에노니까.

물론 나는 레너드이지도 않지만, 아무튼 루에노가 아는 레너드는 내가 맞다.

"…기도술을 쓸 수 있을 줄은 몰랐는데."

"신성의 정령 덕입니다. 아시잖습니까?"

"아하."

루에노는 이래도 되나 싶을 정도로 간단히 납득해 주었다. 뭐, 길게 설명할 필요가 없어서 좋긴 하네.

"아무튼 잘됐군. 나는 네가 이 도시에 못 들어오게 될지도 모른다고 생각했는데……."

"스승님은 어떻게 들어오신 겁니까?"

문득 떠오른 호기심 때문에 쓸데없는 질문을 하고 말았다. 그리고 나는 그 대가를 받았다.

"무력을 인정받았지. 병사들을 쓰러뜨리고 기사들을 제압해서."

알고 싶지 않았던 답을 듣는 것으로.

"…확실히 저로서는 불가능한 방법이었군요."

"나도 그렇게 생각해. 너는 너무 선량하니까."

이 사람은 본인이 미쳤다는 걸 자각하고 있을까? 지금까지는 아니리라 생각했지만, 간혹 다 알고서 이러는 게 아닐까 하는 느낌이 들 때가 있었다.

"아무튼 네게 진 빚은 아직 유효하다. 전장으로 나가기 전에 부르도록. 협조하지."

"알겠습니다. 감사합니다, 스승님."

"무얼, 내가 네게 감사하기 위해 하는 짓이다."

루에노는 휘적휘적 신전 밖으로 걸어 나갔다. 문을 열자, 밖에서 줄을 서 있던 사람들이 양쪽으로 쫙 벌어지며 길을 만들었다.

그렇다. 저 남자는 이 신전에 들어오기 전에 사람들이랑 한바탕했다. 목적은 새치기를 하기 위해서. 정확히는 새치기를 하려다 제지당하자 싸운 거지만. 내가 직접 나서서 아는 사람이라고 얼른 들여보내지 않았으면 유혈 사태가 일어났을지도 모른다.

'내 스승이지만 부끄럽다.'

나는 사람으로서 당연히 느껴야 할 수치심을 느꼈다.


*　　　*　　　*


지난 며칠간, 나는 정말 질리도록 성법을 썼다.

일단 비싼 돈을 지불할 수 있는 고위층 위주로 치유를 돌린 후, 가격을 조금 낮춰서 도시 중산층에 치유를 쫙 돌리고, 마지막으로 동전 하나 값으로 일반 서민들에게도 치유를 베풀었다.

사람마다 차별하면서 돈 받느냐고 욕을 하는 놈이 안 나온 건 아니었지만, 그런 놈은 다른 사람들이 잘 치워주었다.

그 치워주는 과정에서 유혈 사태가 발생한 건 내 책임이 아니었지만, 나는 놈을 치료해 주었다. 물론 유료로, 이놈이 항의한 그 비싼 가격을 다시 그대로 받아주면서.

"이번엔 항의 안 하십니까?"

약간의 기대를 품고 조용히 물어보니, 지도 부끄러운 줄은 아나본지 우물거리면서 미안하다고 하더라. 이 가격에 한 번 더 성법 수련을 할 수 있을 기회를 놓친 나는 좀 실망했지만.

그리고 이 일에 대한 소문이 퍼지면서 더 이상 항의하는 놈이 나오지 않았고, 사람들은 어째선지 이 소문을 듣고도 역시 성자다 같은 소릴 해댔다.

아니, 이 에피소드의 대체 어느 부분이 성자다운 건데? 어쩌면 사람들은 그냥 성자라는 단어를 발음하는 걸 좋아하는 걸지도 모른다. 나는 그냥 그렇게 받아들이기로 했다.

신전에 틀어박혀서 치유를 돌린 건 그렇게 마무리하고, 나는 도시의 거리로 나서서 하층민들에게 직접 찾아가 환자들을 치유했다.

돈이 없는 이들에게 돈을 요구하는 건 너무 박한 것 같아서, 나는 그들에게는 다른 방식으로 대가를 요구했다.

"입영이요?"

"네. 도시 방위군에 입대하십시오."

그 대가란 바로 입대였다.

"내가 이 나이에 군대를?"

황당하다는 표정을 지으며 내게 대꾸를 하는 남자의 나이는 40대 정도로 보였다. 실제로는 좀 더 어릴 테니 이 나이니 뭐니 할 연령대는 절대 아니었다.

"몸 멀쩡해지실 거잖습니까? 싫습니까?"

"싫습니다! 제가 왜 군대를!"

내가 변경의 성자 같은 칭호로 불려서 그런지, 빈민가의 사람들은 나를 좀 호구로 여기는 경향이 있었다. 말만 잘하면 되겠지, 뭐 이런 안이한 생각을 품고 있는 놈들이 허다했다.

"그럼 넌 패스."

하지만 아쉬운 건 내가 아니다. 성법 연습은 다른 놈으로 해도 된다. 정 없으면 축복이라도 걸고 다니면 된다.

"아, 아뇨! 고쳐주세요!"

"그럼 서명하시죠."

입영 신청서에 서명을 하고 나서도 치유만 받고 튀려던 빈민은 어느새 내 뒤에 따라와 미소 짓는 입영관의 얼굴을 보고 절망에 빠졌다.

좀 강제 입대 같은 느낌이 들긴 하지만 죄책감 같은 건 느껴지지 않았다.

"어차피 안 싸우면 다 죽을 텐데, 뭐."

지구에서도 그랬다. 생존 전쟁 자체가 지구 인류와 이방인의 총력전이었으니까. 여자고 노인이고 상관없이 다 입영 대상이었다.

물론 여기 전쟁은 지구에 비해 그 규모가 좀 아기자기하긴 하지만, 변경 사람들의 입장에선 그다지 다르지 않을 것이다.

제국 중앙의 토벌군은 변경 사람들을 다 죽일 것이다. 전쟁을 피해 후방으로 도망쳐 봐야 국경 너머는 엘프들의 땅이다. 엘프들도 사람들을 죽일 것이다. 멸망의 때에 투쟁하지 않는 이들의 말로는 너무나도 빨랐다.

"감사합니다, 성자님."

내 덕에 임무를 비교적 쉽게 달성하게 된 입영관이 내게 감사했다.

"성자 아닌데요."

"저런 버러지들에게 쓸모를 주시는 분이 성자가 아니면 무엇입니까?"

입영관이 싱글싱글 웃으며 말했다.

아, 이 새끼 이거. 기분 구겨놓네.

"사람한테 대고 버러지라는 말을 안 쓰는 게 성자라면 성자가 맞을지도 모르지."

"예?"

이놈, 아직 상황 파악이 덜 됐다.

"너 말고 다른 놈 데려와. 넌 내가 시장 대리께 직접 말씀드린다."

그제야 입영관의 얼굴이 하얗게 질렸다.

"죄, 죄송합니다! 한 번만 용서해 주십시오, 성자님!"

"성자 아니라니까."

왜 이렇게 나를 만만하게 보지? 높임말을 써서 그런가? 그냥 반말 찍찍 해야 되나? 아무래도 콘셉트를 잘못 잡은 걸지도 모르겠다.

"다른 놈 데려와! 확, 씨! 다 엎어버리기 전에!!"

그렇게 내가 성질대로 인성질을 하며 한바탕하고 나자, 내 굿거리장단을 다 목격하고 있던 빈민들의 표정이 바뀌었다.

그러더니 처음과는 달리 나를 좀 존중하고 그러는 모습을 보이기 시작하는 거 아닌가?

"역시 사람이 성질을 부려야 만만하게 보질 않는다니까……."

하지만 평판은 좀 떨어졌겠지. 평판에 연연할 필요는 없지만, 그래도 뒷소리 듣는 게 기분 좋을 리는 없다.

나는 혀를 끌끌 차면서도 그냥 내 할 일을 하기로 했다.

그런데 일이 돌아가는 게 내 예상과는 좀 달라졌다.

"입영관 놈이 빈민들을 두고 버러지라고 했더니 그렇게 화를 내시더라!"

"신성교단 놈들도 돈 안 되는 버러지라고 하던데……. 진짜 성자는 다르긴 다르다."

"우리 성자님! 페르핀의 성자님!"

오히려 빈민들 사이에서 잭 제이콥스의 이미지가 더욱 상승한 게 그거였다.

"이건 예상을 못 했는데……."

—계산하고 하신 거 아니셨어요?

"응, 대현자는 이런 거 다 계산하고 했었구나. 인성 대충 보인다."

—…….

아무튼 뭐, 다행이라면 다행이다.

빈민들은 내게 더욱 고분고분해졌고 상대가 성자랍시고 대충 입 털어서 공짜로 치료받아 보고자 하는 놈들도 많이 줄었다. 없어지진 않았지만 나오는 족족 다른 빈민들의 즉각적인 공세로 쭈그러드는 바람에 내가 인성질 할 기회가 대폭 줄어들었다.

아쉽지는… 않다!

오히려 되도 않는 실랑이를 벌이느라 낭비되던 시간이 없어진 덕에 치료 속도는 더욱 빨라졌다. 그만큼 나는 성법의 숙련도를 빠르게 차곡차곡 쌓을 수 있었다.

"이제 이 정도면 슬슬 진짜 4류급이 되지 않았을까?"

다시 말하지만 신성력 자체는 이미 5류급을 초월했다. 내가 말하는 건 테크닉 쪽이다. 아직까지도 1류급 축복 3개를 동시에 유지하는 게 고작이니 성법사로선 3류급이라 할 수 있으나, 이만큼이나 경험을 쌓았으니 슬슬 다음 단계로 올라갈 수 있지 않을까 싶었다.

이러한 뜻을 담은 내 문의에 대한 라플라스의 대답은 실로 심플했다.

―구매하시겠습니까?

심지어 대답조차 아니었다.

"얼마야?"

하지만 나는 화를 내지 않았다. 그냥 내 감으로만 때려 맞추는 것보다는 역시 숫자로 듣는 게 가장 확실하다. 게다가 가격자체는 공짜로 들을 수 있으니 손해 보는 것도 아니다.

―20루블입니다.

"와, 거의 다 됐네?"

이 정도면 그냥 돈 주고 사는 게 빠르지 않을까 싶다. 20루블이면 목숨 한 번 값이지만, 지금 와서 이 값을 아끼기엔 나는 너무 많은 사선을 넘어왔다.

"딜!"

그리하여 나는 4륜급 성법사가 되었다.

"와! 1륜급 축복이 동시에 4개!"

게다가 이제 2륜급 축복도 2개를 유지할 수 있게 되었으니, 괜히 축복 계열도 1륜급에 묶여 있을 필요가 없어졌다.

신성교단의 눈치를 보자면 동시에 각기 다른 신의 기도술을 쓰는 건 피하는 게 좋지만, 이미 교단과 척질 게 뻔해진 지금 상황이다. 이제 더 이상 거리낄 게 없었다.

"라플라스!"

생각난 김에 질렀다. 어차피 2륜급 축복 계열 성법도 5루블밖에 안 했다. 이 정도면 거의 원가다. 물론 원래 가격은 50루블이지만, 숙련도 할인을 받았더니 저 가격이 됐다. 내가 그간 축복을 좀 많이 쓰고 다니긴 했지!

"파워 업!"

2륜급 축복 계열 성법의 위력은 1륜급과는 차원이 달랐다. 고작 하루밖에 안 되는 축복의 효과가 일주일로 연장이 되었으니 말이다.

도중에 축복의 효과를 바꾸려면 신성력을 써서 기존의 축복을 취소해야 하는 불편함이 있긴 해도 어차피 신성력이 넘쳐나는 내 입장에선 그리 큰 단점이라 할 수 없었다.

동시에 유지할 수 있는 축복의 종류가 반 토막 난 건 좀 불편했지만, 축복의 위력 또한 2배로 늘어났으니 충분히 커버가 가능했다.

게다가 1류급 축복을 못 쓰게 된 건 아니니 다양한 축복이 필요하면 1류급으로 전개하고 위력적인 축복이 필요하면 2류급 축복을 쓰면 돼서 선택지는 오히려 늘어났다고 해도 된다.

추가적으로 2류급이 되어야만 쓸 수 있는 축복도 따로 있어서 손해는 아니었다.

단어 그대로 파워 업인 셈이다.

―기왕 이렇게 된 거 치유 계열 성법도 익히시지 않으시겠어요?

파워 업의 효과에 한창 취해 있는 날 보더니, 라플라스는 되도 않는 판촉을 걸어왔다.

"단호히 거절한다!"

타인을 치유하는 데에 신성력을 필요 이상으로 소모할 이유가 없는 데다, 나 자신의 치유 및 정화에는 일리어스 님의 강복과 포세데이아의 강복을 활용하면 되는데 쓸데없이 루블을 낭비할 이유가 없었다.

"일리어스 님 생각난 김에 고기나 구워 먹어야겠다."

어째 일리어스 님=고기 구워 먹기가 된 것 같았다.

아니, 잘 생각해 보니 같은 게 아니라 이미 그렇게 되어 있었다.

"이건 일리어스 님 잘못이야! 고기를 너무 맛있게 구우시니까!"

나는 되도 않는 변명을 늘어놓아 가며 일리어스 님의 소환 의식을 치렀다.

그리고 나는 곧 죄책감을 덜어낼 수 있었다.

─오늘은 어떤 고기가 들어온 거냐? 기대되는구나!

튀어나오자마자 하시는 말씀을 들어보니 일리어스 님도 나=고 기 구워 먹기 등식을 성립하신 것 같았으므로.

＊　　　　＊　　　　＊

본래 라틀란트 제국은 상비군을 두는 나라가 아니다.

상비군의 유지에는 돈이 아주 많이 든다. 그냥 돈만 많이 들면 감수할 만했을지도 모르지만, 한창 때의 노동력을 군에 처박아 두는 건 국가적인 낭비였다.

더욱이 현대의 라틀란트 제국에는 상비군이 필요하지가 않았다. 고대 제국 시대처럼 사방이 모두 야만족이던 때와는 환경이 다르다.

야만족은 모두 변경 너머로 쫓겨났으며, 변경이라는 완충지대가 있는 이상 제국 중앙이 상비군을 유지할 이유가 없었다.

변경의 자치권을 어느 정도 보장해 준 이유도 그거다. 중앙의 행정력을 낭비하지 말고 스스로 세금을 걷고 군대를 키워서 제국의 평화를 유지시키라는 의도에서 비롯된 제도였다. 야만족들이 조용해진 현대에 이르러선 유명무실해진 제도다.

따라서 중앙은 자치권을 회수하려고 노력하고 있지만 목에 칼을 들이밀지 않는 이상 '변경의 왕'들이 스스로 권력을 내려놓을 리 만무했다.

정 그렇다면 그냥 칼을 들이밀면 되지 않을까? 황제도 이런 생각을 해보지 않은 건 아니다.

그러나 상비군이 없는 현 라틀란트 제국에 모든 변경 세력들이 동시에 들고 일어나면 그걸 막아낼 힘은 없었다.

이제까지는 그러했다.

하지만 지금은 어떤가?

"황제 폐하 만세!"

"황제 폐하 만세!"

"황제 폐하시여, 만수무강하소서!!"

황도 광장을 가득 채운 병사, 병사, 병사들!

심지어 광장에 모인 이들이 전부인 것도 아니었다. 이 세 배에 달하는 숫자가 황제의 의지를 서쪽 변경에 내려치기 위해 모였다.

이들 모두가 황제의 부름에 응답하여 모여든 의용병들이었다.

적어도 황제는 그렇게 생각했다.

그러한 믿음직스러운 군세 앞에서 황제는 서쪽을 향해 손가락을 가리켰다.

"사랑하는 나의 백성들이여! 나의 충성스러운 병사들이여! 무도한 무리가 저곳에 있다!"

마법사들이 식은땀을 뻘뻘 흘리며 황제의 목소리를 증폭시

켜 광장 곳곳에 퍼지도록 했다. 별로 어려운 작업은 아니나, 잘
못하면 커리어가 끊기는 것은 물론이고 목숨까지도 날아갈 수
있으니 긴장을 안 할 수가 없었다.

"짐의 뜻을 거스르고 불경한 뜻을 품은 것들이 저곳에 있
다! 결코 용서받을 수 없는 죄를 저지른 저들을 그냥 놔둘 수
는 없다! 저들은 세력을 불리고 칼날을 다듬어 그 칼끝을 제국
에 돌릴 것이니!"

"그대들은 악독한 무리를 무찔러 라틀란트 제국의 안위를
지키고 정의를 실현하러 가는 것이니! 부디 스스로를 명예롭게
여기라!!"

"제국은 그대들을 기억할 것이다!!"

병사들은 황제의 목소리를 직접 들었다는 감격과 들끓는 애
국심으로 가득 찬 함성으로 제도 중앙 광장을 가득 채웠다. 그
러한 병사들을 보며 황제는 뜨거운 눈물을 흘리지 않기 위해
애써야 했다.

"이렇게나 짐과 제국을 사랑하는 이들이 많은 것을!"

황제는 촉촉한 눈으로 광장을 내려다보며 생각했다.

이 힘이라면 라틀란트 제국을 '진짜' 제국으로 만드는 것도
허무한 공상만은 아니리라, 고.


*          *          *


황제의 군대가 서쪽 변경으로 넘어왔다.

이 소식은 금방 서쪽 변경은 물론 다른 제국의 변경 지역에도 퍼졌다. 이렇게나 빨리 소식이 퍼지게 된 것은 그 자체도 놀랍긴 했지만, 그 세부 내용은 충격에 가까웠기 때문이다.

서쪽 변경을 넘자마자, 황제의 군대는 마주치는 모든 사람들을 죽였다. 포로로 붙잡으려는 시도조차 하지 않았다.

"반역자들을 죽여라!"

"이교도들을 불태워라!"

마을로 들어서자 약탈과 방화가 즉시 이뤄졌다. 가져갈 수 있는 것은 가져가고, 가져갈 수 없는 건 불태웠다. 막아서는 자는 죽이고, 도망가는 자는 쫓아가서 죽였다.

제국 중앙이 변경을 대상으로 초토화 작전을 벌인다는, 믿기 힘들었던 소문이 사실로 뒤바뀌는 순간이었다.

"반역자들을 죽여라!"

"이교도들을 불태워라!"

서쪽 변경의 두 발로 걷는 자들은 모두 반란을 획책하는 역적들이라는 프로파간다와는 달리, 황제의 군대에 대항하는 세력이 없었다.

그 덕에 황제의 군대는 쾌진격 중이었다. 하루 사이에 세 개의 마을이 불탔다. 다음 날에는 다섯 개의 마을이 더 불탔다.

황제의 군대와 마주한 변경 사람들은 울부짖었고, 애원했으며, 죽어가며 욕을 했다. 마지막으로 남긴 욕설만이 군대의 병사들 귀에 짙게 남았다. 역시 이놈들은 죽일 놈들이 맞았어. 병사들은 그렇게 스스로를 납득시켰다.

"반역자들을 죽여라!"

"이교도들을 불태워라!"

학살은 계속해서 이어졌다. 스스로가 정의를 행하고 있다는
믿음은 그들의 죄책감을 마비시키다 못해 쾌감을 가져다주었
다.

계속해서 죽이고, 불태우고, 약탈한 황제의 군대는 마침내
도시를 눈앞에 두게 되었다.

시티 오브 페르핀.

제국 중앙 출신의 병사들은 시티 오브 페르핀이라는 도시가
어떤 도시인지 몰랐으나, 멀리서 볼 때는 낮아 보이는 도시 성
벽의 너머로 건물들이 보였다. 도시 자체도 크고, 호화로워 보
이는 저택과 별장이 보였다.

이미 약탈의 달콤한 맛을 학습한 병사들의 뇌리에는 당연한
기대감이 떠올랐다.

저 도시에서는 얼마나 많은 황금을 주머니에 쑤셔 넣을 수
있을까?

도시 안에 누가 있는지도 모른 채, 토벌군은 도시를 향해 진
군하기 시작했다.

제3장
—
전쟁의 시작 I

　─100%입니다.

　아침에 눈을 뜨자마자, 라플라스가 느닷없이 말했다. 아니, 느닷없이라는 표현에는 어폐가 있었다. 어제 잠들기 전, 지나가 듯 물어본 말에 라플라스는 99%라 답했으니.

　"올 게 왔군."

　즉, 지금 해야 할 말은 이거였다.

　예상대로다!

　"그럼 이제 전쟁 준비를 시작해 볼까?"

　잭 제이콥스로서 시티 오브 페르핀에 합류한 이상, 제국 중앙이 쳐들어왔다고 혼자 도시 밖으로 빠져나갈 수는 없었다.

　따라서 나는 흑법을 걸고 하늘을 날아서 성벽을 넘었다.

다행히 페르핀 시내의 환자 수는 0명이나 다름없었다. 하층민들까지 박박 긁어가며 내가 다 치유해 버린 탓이었다.

임전 상태의 스트레스로 가득 차 툭하면 싸움이 일어나던 시내 주점도 조용했다. 변경의 성자님께서 이제부터는 치료비로 자원입대서를 받는다는 소문이 파다해서 다들 몸을 사리고 있었다. 뭐… 틀린 말은 아니었다.

아무튼 그 덕에 내가 신전을 비워도 성자님 어디 가셨냐고 찾아다닐 가능성이 낮았다. 아주 없진 않았지만 일을 마치고 바로 돌아가서 대응하면 될 일이다.

나는 금방 적당한 곳을 찾아 착륙했다.

"후후후후, 후후……."

날개를 접고 지면을 내려다본 나는 마치 음모를 꾸미는 사악한 마법사처럼 웃었다. 그리고 내가 하는 일은 내 웃음의 뉘앙스와 별로 다르지 않았다. 음모를 꾸미는 마법사니까. 사악하진 않지만. 내 생각엔. 아무튼.

"널린 게 흙이니 진흙 골렘이면 되겠지."

그동안 대현자의 유적에서 많이 발굴한 골렘 코어를 오늘 쓰기로 했다.

혹시 몰라 싶어서 골렘 골조의 목재와 금속을 몇 개 챙겨 오긴 했지만, 이놈들은 성능은 좋지만 미리 만들어서 세워놓기엔 이목을 너무 집중시킨다.

더군다나 4검급쯤 되는 제국 기사가 숨 날아와서 파괴하는 난이도는 진흙 골렘과도 별로 다르지 않다.

오히려 기습의 묘리를 살리려면 땅 밑에 숨겨놨다가 지금이 다 싶을 때 꺼내서 습격할 수 있는 진흙 골렘 쪽이 훨씬 낫다고 판단했다.

뭘 만들지 어떻게 쓸지 대충 정했으니, 이제 골렘 코어에 마력을 각인하는 작업을 했다. 신체를 이룰 소재를 지정하고 크기와 형태까지 입력한다. 이 작업은 연산 능력만 쓰지 마력은 별로 쓰지 않는다.

그다음은? 복사하고 붙여넣기. 같은 각인이 새겨진 골렘 코어 12개가 곧바로 만들어졌다. 어우, 편해. 마법을 쓸 때마다 마력 연산을 계속 다시 해야 하는 원소마법보다 훨씬 편하고 좋다.

그리고 나는 골렘 코어를 진흙 밑에 파묻었다. 내가 보기에 여기가 전술적으로 좀 이득을 보겠다 싶은 곳에는 다 파묻었다.

그렇게 전쟁 준비를 하며 일주일을 더 기다렸다.

황제의 군대가 양민 학살을 저질렀다느니, 주변 마을을 모조리 불태우며 진군하고 있다느니 하는 흉흉한 소문이 들려왔다. 토벌군의 학살에서 벗어난 생존자가 전한 소식이 시티 오브 페르핀까지 전해진 모양이었다.

당연히 소문이 하나씩 얹어질수록 도시의 분위기도 안 좋아졌다.

"우리 여기 있다가 다 죽는 거 아니야?"

"도, 도망가야……."

"서부 초토화 작전이라고 못 들었어? 어디로 도망간다는 거야?"

날이 갈수록 절망과 체념이 조금씩 차오르고 있었다. 헤이즈 카스트로 페르핀이 간신히 긁어모은 병사들의 사기는 이미 바닥이었다.

그런 상태로 결국 시티 오브 페르핀에 운명의 날이 찾아오고야 말았다.

"황제의 군대다!"

"황제의 군대가 왔어!"

절망에 찬 외침이 도시를 뒤흔들었다.

"반역자들을 죽여라!"

"이교도들을 불태워라!"

반면 황제의 군대는 그 기세가 등등했다. 별다른 진형조차 갖추지 않은 채, 그저 우르르 몰려오고 있을 뿐이었지만 그것만으로도 압박감이 대단했다.

도시 사람들은 이 정도 숫자의 적을 상대로 맞서 싸워본 경험이 없었기에 더더욱 수그러들 수밖에 없었다. 성벽 위에 선 병사들조차 벌벌 떨고 있었으니, 이래서야 싸우기도 전에 진 것 같았다.

"일단 사기를 좀 올려야겠군."

나는 혀를 차며 나섰다.

─전쟁의 효시는 항상 마법사가 쏘아 올리는 법이죠.

"뭐? 처음 듣는 이야기인데?"

—앞으로 자주 들으시게 될 겁니다.

"뭐, 무슨 소린지는 대충 알겠다만."

마법을 써야 하는데 잭 제이콥스로서 나설 수는 없었다.

나는 방랑 마법사 로투스 루베르로서의 얼굴과 복장을 갖춘 채 성벽 위에 올라섰다.

"누, 누구냐!"

잔뜩 긴장한 상태인 성벽의 병사가 새된 비명을 질렀다. 그러자 옆의 동료가 병사의 투구를 쳐 진정시켰다.

"진정해라. 성벽 안쪽에서 오신 분이야."

그럼에도 경계의 눈길은 멈추지 않고 있다. 뭐, 로투스 루베르는 불청객이니 어쩔 수 없지.

"그대들과 생사고락을 함께해야 하니 말씀드리지."

굉장히 수상한 대사지만 이게 먹혔다.

그야 그렇다. 서부 초토화 작전이라는 말도 안 되는 일이 실제로 벌어지고 있음을 저 제국군들의 존재가 증명하고 있다. 어차피 이대로 있으면 너도 나도 다 죽는다는 이 상황은 내 수상한 대사에 신뢰감을 불어넣어 주었다.

어처구니없게도.

"내 이름은 로투스 루베르. 마법사요."

"마, 마법사?! 자, 잠시만! 상부에 보고를……!"

"상황이 급하니 다음으로 미루도록 하시오. 먼저 벽을 만들어야겠군."

당연히 성벽에 대한 이야기는 아니다.

나는 뭔가 마술을 부리는 손짓을 하면서 실제로는 파묻어놓은 골렘 코어에 마력적 신호를 전달했다. 그러자 흑색 마력이 스며든 흙이 골렘 코어에 달라붙으며, 5m 정도 크기의 진흙 골렘이 거체를 일으켰다.

이렇게 흙을 파낸 자리는 자연스럽게 해자 비스무리한 역할을 해줄 것이다. 뭐, 적들이 접근할 수 있다면 말이지만.

원래는 적들이 성벽까지 접근했을 때 골렘들을 적병들의 등 뒤에서 일으켜서 퇴로를 막고 기습시키려고 했는데, 아군 병사들이 너무 쫄아서 안 되겠다. 사기가 너무 낮아서 성벽 아래 공성전이나 제대로 치를 수 있을지 의문이니 원.

"오오……! 마법으로 저 흙 거인을 만든 겁니까?"

"크다!"

병사들이 놀라는 목소리가 약간의 양념이 되어주었다. 아까까지 이미 죽어 있는 사람처럼 말하더니, 이제야 좀 살아 있는 사람 같은 소릴 하는군.

"자, 가라."

내가 마력을 흩뿌리며 명령하자, 12개체의 진흙 골렘이 쿵쿵 소리를 내며 적들을 향해 달려가기 시작했다.

직접 명령을 하는 건 여기까지. 적들에게 접근만 하면 코어에 새겨둔 AI대로 자동으로 움직일 것이다. 그러니 이제 골렘에는 신경을 꺼도 된다.

"와아! 간다, 간다! 다 없애 버려!"

"진짜 마법사다! 우린 살았어!!"

다른 병사들도 몰려와서 적진을 향해 달려가는 골렘들을 구경을 하기 시작했다. 환호성을 질러대는 병사, 안도감에 주저앉아 우는 병사. 감정 표현은 각각이지만, 나한테 거는 기대는 하나같았다.

"뭐, 고작 12개체의 진흙 골렘으로 전쟁을 이기게 할 수는 없지."

나는 낮은 목소리로 그렇게 중얼거렸다. 그러나 병사들의 목소리가 그치고 표정이 변한 걸 보니 다 듣긴 들은 모양이었다.

"뭔가를 좀 더 해야 하오. 그러니 이제부터는 조금 조용히 해주셨으면 좋겠소. 집중을 해야 하거든."

이제까지 지르던 환호성이 어딜 간 건지, 주변이 조용해졌다.

이렇게 사람이 많은데 이게 가능하구나.

"후……."

한 번 심호흡을 해 정신을 가다듬은 나는 곧장 붉은 마력을 끌어 모으며 마법을 구상했다.

"음."

이전에 비해 꽤 익숙해졌다고는 하나, 그래도 마법이 뇌의 연산 능력을 빨아먹는 기분은 영 불쾌했다.

그래서 일부러 내 수준보다 한 단계 낮은, 이미 실전에서 그 효용이 증명된 마법을 쓰기로 했다.

3마급의 적색 원소마법 학파 작열계 마법, 작열투창.

그러나 그 위력, 그 범위, 그 외 모든 것이 3마급 때와는 달랐다.

"루베르 스피어!"

기대하는 사람들이 있으니 뭔가 그럴 듯한 필살기명을 외쳐 보았다. 동시에 나는 마력을 해방했다. 4마급의 마력을 빨아먹은 작열투창은 하늘에 붉은 선을 그으며 날아가더니, 목표로 삼은 황제의 군대 선봉 머리 위에서 딱 멈춰 섰다.

그러곤 그 자리에서 펑 터져 버렸다.

지면을 향해.

"파열."

정확히는 작열투창—파열.

무수히 많은 작은 불꽃 화살 형태가 되어 적들의 머리 위에 비처럼 내리꽂히는, 작열투창의 파생 마법이 낳은 결과물은 결코 비에 비유할 만한 것이 아니었다.

비는커녕 우박조차도 투구를 쓴 사람의 머리를 처음부터 없었던 것처럼 만들지는 못하니까.

오히려 비는 반대로, 하늘을 향해 내렸다.

희생양들의 시체에서 솟구친 피의 비가.

"우아아아아!"

"마, 마법! 마법사다!"

"끼아아아악!"

오히려 비명 소리는 마법을 맞지 않은 놈들에게서 나왔다. 사방으로 흩어져 달아나는 꼴이 마치 사마귀 알집에서 빠져나오는 사마귀 새끼들 같았다.

—죽음을 극복하셨습니다.

'아니, 정말로?'

뿌듯하게 마법이 흩뿌려지는 장면을 감상하고 있던 나는 깜짝 놀라서 되묻고 말았다. 작열 투창—파열은 그 효과 범위를 크게 확장하는 대신 각 불꽃 화살의 위력은 평범한 불꽃 화살의 위력밖에 나오지 않았다.

즉, 저거 한 대 맞고 죽는 적은 그냥 일반 병사 정도였다.

그런데 이걸로 루블이 나온다는 건······.

—고블린 때도 말씀하셨지 않습니까?

'아, 그렇지. 오랜만이라 그만. 깜박했다.'

—620루블을 얻으셨습니다.

'···생각보다 많군!'

고블린 때의 경험을 바탕으로 말하자면, 이런 식의 대단위 전투에서 라플라스의 죽음 극복 메시지는 부대 단위로 계산된다. 병사 하나 죽일 때마다 루블이 착착 들어오는 건 대현자가 미리 막아놓았다는 뜻이다.

그래서 이번에도 그냥 한꺼번에 쳐서 20루블만 들어와도 이상하지 않다고 생각했는데, 아무래도 대현자가 거기까지 양심이 없진 않았던 모양이다.

—부대 단위입니다.

'아하.'

물론 적들도 바보는 아닌지라 다음 마법을 경계하며 산개 진형을 갖추고 있었다. 그냥 비명 지르면서 흩어져 도망 다니는 것처럼도 보이지만 그건 이쪽을 방심시키기 위한 술책인지도 모른다. 방심하지 말자.

그러나 그렇게 흩어지는 적들의 앞을 진흙 골렘들이 막아서서 때리고 밀쳐내고 날려 버리고 있었다. 미리 각인해 놓은 대로 흩어지는 적병들을 마법으로 노리기 쉽게 한곳으로 예쁘게 모아주는 역할도 잘 수행해 내고 있었다.

적병들도 살려고 골렘들을 때리고 찌르고 베어댔지만 진흙 골렘은 그러한 공격에도 아랑곳 않고 자기 할 일을 계속했다.

진흙이라고는 하지만 미리 투입한 흑색 마력으로 인해 강화된 골렘의 외피는 생각보다 단단하다. 검기도 못 다루는 일반 병사가 칼을 찔러 골렘 코어를 터뜨릴 확률은 솔직히 0.01% 미만이었다.

그렇기에 골렘들은 자기 임무를 정말 잘 수행해 주고 있었다. 이제 저기에 그냥 화염투창만 예쁘게 날려야지. 굳이 파열까지 쓸 필요는 없다. 이제 와서 하는 말이지만 파열은 연산 능력을 너무 많이 잡아먹는다.

"와아아아아!!"

한편, 적들이 화염투창에 의해 죽어 나가고 골렘에 의해 밀쳐져 성벽 쪽으로는 접근도 못 하는 광경을 모두 지켜본 성벽 위의 병사들이 그동안 참아오던 환호성을 터뜨렸다.

"어, 어이. 방금 건 뭐야?"

어느새 날 발견하고 성벽으로 올라온 루에노가 놀란 목소리로 외쳤다. 그래도 여기서 날 레너드라고 부르지 않을 정도의 눈치는 있는 모양이었다.

"마법입니다, 스승님. 저 집중해야 합니다."

"알겠다!"

놀라우리만치 쉽게 납득해 주는 게 신기하긴 했지만 동시에 고마웠다. 그리고 내가 루에노에게 말한 걸 들은 건지, 병사들도 환호성을 자제하고 순식간에 조용해졌다.

"아, 감사."

나는 목례하고 다시 마법에 집중하기 시작했다.

진짜 마법 쓰면서 뭐 다른 거 할 여유가 없다니까.

히히익! 바보가 되어버려!

펑!

"어우!"

또다시 파열을 사용해 버린 건 루에노의 질문에 대답하느라 바보가 된 탓일 거다. 분명하다.

어우, 안 되겠다. 아까는 위엄 챙긴다고 안 먹었던 단 걸 지금이라도 먹어야겠다. 나는 재빨리 잼을 퍼먹었다. 그렇게 잼을 퍼먹던 나는 문득 깨달았다.

아, 맞다. 잼 물린다고 꿀 받아놨는데 그걸 또 안 먹었네. 머리가 어디까지나 나빠진 거지?

"한 발만 더 쏘겠습니다, 스승님."

"여러 발 쏴도 된다. 좋은 경치로군."

사람 머리가 폭발해서 피 분수를 뿜어내는 게 좋은 경치인가?

역시 루에노는 보통 미친놈이 아니다.

뭐, 그 광경을 만들어내고 있는 나도 나지만.

바보가 되어버렷!

*　　　　*　　　　*

시티 오브 페르핀 방면으로 파견된 황제군의 지휘관은 루돌
프 리히터. 제국 기사단 13단의 단장이자 4검급, 즉 검의 주인
이기도 했다.

그는 자신이 지휘하는 군대의 선봉이 마법에 의해 무방비 상
태로 폭격당하는 것을 냉정한 눈으로 지켜보고 있었다.

"흠, 마법사가 있군."

"그런 것으로 보입니다."

"역시 징집병들을 선봉으로 보내두길 잘했어."

평화의 시대가 길었던지라 많이들 잊고 있었지만, 별 쓸모 없
는 보병을 먼저 보내 적의 정예를 끌어내는 것은 고대 제국 때
부터 이어져 내려온 유서 깊은 전술이었다.

비정하다고 볼 수도 있지만 적 정예의 힘을 미리 빼놓는 것
은 정예 전력 하나의 가치가 큰 이 세계의 전쟁에선 일종의 약
속이나 다름없었다.

적의 정예가 마법사라면 더욱 좋다. 마력은 한 번 낭비하면
다시 채워 넣기가 쉽지 않은 자원이니, 고작 병사 수백 정도를
희생시켜서 마법 서너 번을 이끌어내면 그것만으로 큰 이득을
본 셈이었다.

"마법사는… 둘인가? 골렘을 조종하는 마법사 하나, 불을 쏘는 마법사 하나가 전부로 보이는군."

"제 눈에도 그렇게 보입니다. 다른 마법사가 있다면 더 나섰 겠지요."

루돌프 단장과 그 부관, 둘 모두 마법에는 문외한이나 다름 없었지만 일반적인 마법사가 마법을 쓰기 위해 얼마나 머리를 혹사해야 되는지에 대해서는 이론으로나마 알았다.

상식적으로 마법사가 여럿 있다면 저런 식으로 마법사를 혹 사시키지는 않았다. 저래서야 마력이 떨어지기 전에 몸이 먼저 축나기 일쑤였다.

더욱 효율적인 방법이 있음에도 그 방법을 쓰지 않는다는 것은 그 방법을 쓰지 못하기 때문이리라. 루돌프 리히터는 이 렇게 짐작했다.

"골렘 쪽은 그다지 대단하지 않지만, 불꽃 쪽은 대단한 화력 이야. 저 정도면 고위 마법사라고 봐도 되겠군."

"그렇게 보입니다."

마법에 놀라 공포에 떨며 오합지졸로 흩어지는 징집병들을 향해 독전관들이 채찍을 휘두르는 모습이 여기서도 보였다.

적 마법사를 끌어낸 것만으로도 선봉으로 나선 징집병들의 역할은 이미 끝난 것이나 다름없으나, 저들의 충격과 공포가 본대에까지 전염되는 건 그다지 바람직하지 않았다.

즉, 이쯤 해서 슬슬 지휘관은 판단을 내려야 했다.

그리고 루돌프 리히터는 그렇게 했다.

"내가 직접 나서야겠어."

루돌프의 판단은 정석적이었다.

대단위 병력의 카운터가 마법사라면, 마법사의 카운터는 기사다. 그러나 상대가 고위 마법사라면 보통 기사를 보내봐야 일방적으로 농락당하다 제거당할 위험이 너무 컸다.

고위 마법사를 상대하려면 소수 정예를 넘어서 극소수 초정예를 동원하는 것이 정석이었다.

"부관, 너는 골렘을 적당히 처리한 후 내 뒤를 따라라."

"알겠습니다, 단장님."

따라서 부관과 자신, 단둘이서 적 마법사의 요격에 나선다.

이것이 루돌프 단장의 판단이었다.

부관은 검의 주인이 된 지 얼마 안 된지라 자신보다는 수준이 약간 떨어지기는 하지만, 그래도 검의 주인은 검의 주인. 마법사에게 농락당하다 죽는 일은 없을 것이다.

부관의 역할은 어디까지나 등 뒤를 막아주는 것으로, 그리 위험하지도 않을 것이니 적절한 인선이다. 루돌프 리히터는 이렇게 자평했다.

"좋아, 간다."

루돌프 리히터는 부장의 대답을 듣지 않고 먼저 땅을 박찼다. 하늘을 가르는 그의 신형은 마치 날아가는 화살처럼 보였다. 그에 비해 부관의 속도는 조금 느렸지만, 징집병들의 머리 위를 가로지르는 데에는 별 무리가 없었다.

부관이 칼을 휘두를 때마다 찬연한 빛 무리가 새어 나오며,

병사들을 상대로는 무적처럼 보였던 진흙 골렘을 푸딩처럼 손쉽게 썰어내었다.

"오오……!"

병사들에게서 흘러나온 탄성을 흘러들으며, 부관이 지휘관들에게 외쳤다.

"병사들을 진정시켜라! 단장께서 직접 나서셨다!"

\*        \*        \*

내가 네 번째 작열투창을 발사했을 즈음이었다.

"음!"

나는 가벼운 두통을 느꼈다. 누가 내가 만들어낸 진흙 골렘을 소멸시켰다는 신호였다.

내게 실재적이든 마력적이든 어떤 타격이 있는 건 아니었다. 골렘이 망가졌을 때 받을 신호는 필요하니까 일부러 두통으로 설정해 났던 거였다.

지금은 그 판단을 후회 중이다. 안 그래도 연산 능력 다 끌어다 쓰느라 머리 아픈데 여기에 추가타라니.

내가 그런 쓸데없는 생각을 하고 있는 도중에 위기 감지가 반응했다.

"오."

이 위기 감지가 지시하는 바는 간결했다.

강적이 온다.

"스승님."

나는 잼을 퍼먹던 걸 멈추고 몬토반드의 왕검을 꺼내 들며 루에노를 불렀다.

"오냐, 알았다."

루에노한테는 위기 감지가 없을 텐데 왜 이렇게 내 말을 찰떡같이 알아듣지?

하긴 뭐, 저렇게 선처럼 보일 정도로 빠르게 하늘을 날아오는 놈들을 보고도 아무것도 눈치 못 채는 게 더 이상하지.

"적은 두 명인가."

하나가 선행하고, 다른 하나는 골렘들을 처리하고 뒤따라오는 걸로 보였다.

아무튼 좋다. 신난다. 신나지 않을 이유가 없었다. 내가 이 전쟁에 뛰어든 목적이 나를 향해 날아오는 거나 다름없었으니.

나를 향해 날아오던 기사의 얼굴이 보였다. 나는 놈을 향해 씨익 웃어 보였다.

"마법……!"

사, 라고 말하려고 한 걸까? 내가 비껴든 검을 보고 입을 다무는 꼴을 보니 그게 맞는 것 같았다. 그리고 자기 생각이 틀렸음 또한 알아챘겠지.

"뒤엣것은 내가 책임지지. 마음껏 즐겨라."

루에노가 그런 말을 남기고 사라졌다. 그러자 나와 적 기사 둘만 남기고 주변이 온통 어둠으로 물들었다. 루에노의 정령이 힘을 쓴 것이겠지. 든든하기 짝이 없는 스승님이다.

"뭐냐?!"

적 기사가 놀라 외쳤다. 녀석 입장에선 그럴 만도 했다. 나는 저절로 나오는 웃음을 숨기지 않은 채 녀석에게 말했다.

"뭐긴 뭐야. 1:1의 맞대결이지. 전쟁소설 같은 거 안 봤나?"

사실 나는 전쟁소설을 보지 않았다. 일상이 전쟁인데 소설은 무슨. 내가 본 건 무협소설이었다. 그런데 무협소설에도 전쟁은 나오더라고.

하지만 내 말을 들은 적 기사의 표정이 놀랄 만큼 빠르게 가라앉았다.

"…봤다."

본 거냐.

"하지만 전쟁터에서 실제로 붙는 건… 태어나서 처음이로군."

침착함을 되찾은 것에서 끝난 것 같지가 않았다. 녀석의 얼굴에서는 가벼운 흥분마저 읽혔다. 난 그냥 비꼬느라 하는 말이었는데, 상대는 진심으로 받아들인 모양이었다.

"라틀란트 제국 기사단 13기사단장, 루돌프 리히터다! 명예로운 싸움을!"

아니, 기대감을 가득 담은 얼굴로 외치는 거 보니 진심 맞다.

확실해졌다. 어떤 부류의 전쟁소설을 본 건지 모르겠지만 이 전쟁에 로망 같은 걸 품은 부류인 것 같았다.

"…명예로운 싸움을."

먼저 말을 꺼낸 주제에 그런 거 아니라고 고개를 저을 수가 없었다. 그래서 나는 마지못해 대답하고 루돌프가 휘두른 검을 맞받았다.

채앵!

*　　　　*　　　　*

시티 오브 페르핀의 군통수권자인 헤이즈 카스트로 페르핀의 대응이 늦었던 것은 지나치게 비난할 일은 아니었다. 아직 젊은 그는 전쟁 경험이 없었으므로.

더군다나 도시의 다른 유력자 중 젊지 않은 이들도 전쟁 경험이 없던 건 마찬가지였고, 따라서 그들이 헤이즈보다 더 나은 대응을 하리라는 보장은 없었다.

게다가 헤이즈는 갑자기 마법사가 튀어나와 먼저 마법 폭격을 시작할 거라고는 상상도 하지 못했다. 그가 예상한 그림은 적의 공세를 성벽에 의지하여 막아내는 것이 전부였으니까.

연이은 폭격으로 충격과 공포에 휩싸여 사방팔방으로 도망치는 적 병력을 5분이나 방치한 건 대단히 아까운 일이었다.

그러나 헤이즈는 조금 늦긴 했지만 치명적으로 늦지는 않았다.

"기병대! 적 보병의 숫자를 줄여라! 빨리!!"

성문을 열고 기병대를 내보내 공포에 휩싸여 등을 내보이고 도망치는 적 병력을 최대한 줄인다는 선택은 정석이었으며 따라서 효과적이었다.

그대로 내버려 뒀더라면 대열을 정비하고 다시 진형을 이뤘을 제국 중앙측 보병들은 갑자기 들이닥친 기병대의 습격에 손쓸 겨를 없이 일방적으로 당할 수밖에 없게 되었다.

부관이 골렘을 처치해 주고 단장이 적 마법사에게 직접 돌진함으로써 가라앉으려던 혼란과 공포가 다시금 수면 위로 머리를 내밀었다.

자신들이 공격하여 죽이고 약탈하는 것에만 익숙해져 있던 병사들은 처음으로 받는 제대로 된 공격에 정신을 차리지 못했다.

"뭉쳐! 뭉쳐서 창을 내밀어! 그래야 살 수 있다!!"

보병대의 지휘관이 고래고래 소리를 질렀지만, 오히려 그러한 행동 때문에 적 기병의 표적이 되었다. 페르핀의 기병대가 지축을 울리며 지휘관을 향해 돌격했고, 놀란 지휘관은 말을 몰아 혼자 내빼 버리고 남았다. 남은 보병들은 기병 돌격의 손쉬운 먹잇감이 되었다.

페르핀 측의 일방적인 살육이 멈춘 것은 제국 토벌군의 본대가 싸움에 개입하면서부터였다. 궁사대가 화살을 쏘아 페르핀 기병대의 접근을 막았고, 군의 경기병대가 모습을 드러내자 페르핀 기병대도 더 이상 욕심을 부릴 수 없었다.

"이 정도면 전과는 충분하다. 콧대 좀 높일 수 있겠군."

페르핀 기병대는 미련 없이 말 머리를 돌려 도시로 돌아갔다. 그 틈을 타 제국 토벌군은 선봉의 패잔병들을 수습하고 남은 병력이라도 챙길 수 있었다.

당연하지만 이것으로 전쟁이 끝난 건 아니었다. 오히려 막 시작한 것에 불과했다.

무엇보다 가장 중요한 전투가 끝나지 않은 상태였다.

시티 오브 페르핀의 성벽 위에 가려진 수상한 어둠 속에서 무슨 일이 일어나고 있든, 저 전투의 결과가 이 도시의 운명을 좌우하게 될 테니까.

*            *            *

"훌륭하군! 훌륭해!"

나는 흡족한 마음에 소리를 질렀다. 포아드 경이나 루에노와의 대련에서도 나름의 성과를 거두기는 했지만, 목숨을 건 실전은 대련과 또 달랐다.

"크! 이런 변경에 이 정도의 강적이!"

루돌프는 이를 갈았다.

아무래도 내가 자신보다 강한 걸 받아들이지 못하고 있는 것 같았다. 하긴 이걸 인정해 버리면 남은 길은 항복 아니면 죽음이라는 것도 인정해야 하니 무리는 아니다.

그리고 나도 그걸 원하지 않았다. 조금만 더 하면 5검급으로 나아갈 실마리를 붙잡을 수 있을 것 같은데 벌써 루돌프를 놓아줄 리 만무했다.

그래서 나는 전력을 다하지 않았다. 일부러 검강 대신 얇은 검기만을 흘리며 수준을 낮췄다. 내가 전력을 다했으면 이 녀석은 단 한 합에 목이 날아갔을 거다.

"전력을 다해라, 루돌프! 기사의 명예를 걸고!!"

그러나 나는 루돌프에게는 전력을 다하라 종용했다. 그래야 내게도 도움이 되기 때문이다.

그런데 내가 쓸데없이 덧붙인 단어가 이런 결과를 낳을 줄이야.

"그, 그렇지. 기사의 명예……."

내 도발적인 외침에 루돌프는 고개를 두 번 주억거렸다.

그리고 칼을 그 자리에 떨어뜨리고 이렇게 외쳤다.

"자비를!"

순간적인 태도 변화에 나는 상황을 받아들이지 못했다.

"아닛?! 왜?!"

─기사소설에 이런 식으로 항복하는 장면이 묘사된 걸 따라 하는 것 같습니다.

그런 내게 라플라스가 대신 설명을 해주었다.

그 말인즉슨, 내 도발이 오히려 역효과를 냈다는 소리다.

"이런!"

나는 혀를 찼다. 완전히 흥이 깨졌다.

"기사의 명예에 따라 자비를 베풀어주기를 간청하오!"

뭘 잘했다고 이런 소릴 기세등등하게 외치지? 나는 매우 꼬 왔지만 일단 참았다.

"…그러지."

라플라스로부터 이럴 때 어떻게 해야 하는지 들은 나는 루돌프가 떨어뜨린 검을 집어 루돌프에게 도로 건네주었다.

"기사의 명예에 따라 그대에게 자비를 베풀겠다."

"…하, 멍청한!"

그러자 루돌프는 내게서 건네받은 검을 그대로 내게 휘둘렀다. 위기 감지로 루돌프가 그럴 것을 이미 알고 있던 나는 쉽게 놈의 기습을 막아냈다.

"아닛?!"

"멍청하다는 말은 무슨 뜻이지, 루돌프?"

나는 회심의 기습이 먹히지 않아 당혹스러워하는 루돌프에게 살의가 깃든 미소를 보였다.

"그, 그게……!"

"죽기 싫으면 전력을 다해 싸워야 할 거다, 루돌프!"

겉으로는 화난 척을 했지만 속으로는 희희낙락하며, 나는 루돌프의 전의를 돋웠다.

"제, 제기랄!"

일이 이렇게 됐으니 루돌프도 마지막까지 전력을 다해 싸울 수밖에 없게 되었다.

딱 내가 원하는 상황이 된 셈이다.

그런데 내가 이렇게 좋아할 수 있었던 것도 딱 3초였다.

"으, 으아!"

당황한 탓인지 루돌프의 손이 금방 어지러워졌다. 이러라고 한 도발이 아닌데……. 볼썽사나운 루돌프의 모습에 눈살을 찌푸린 나는 곧 결정을 내렸다.

아무 의미도 없는 칼춤에 더 이상 시간 낭비하기도 싫고, 한 번 항복을 거부한 사내에게 다시 항복을 종용하는 것도 이상하다. 어쨌든 날 죽이려고 하기도 했으니, 여기선 단호한 결정이 필요하다.

결국 나는 일검에 루돌프의 목을 날려 버렸다.

─죽음을 극복하셨습니다.

'…그러냐.'

하긴 병사한테도 죽는데 루돌프 정도면 뭐 그럴 수도 있지,

"쳇!"

땅바닥을 데구르르 구르는 루돌프의 목을 내려다보며 나는 혀를 찼다. 한창 신나다가 툭 끊겨 버린 터라 영 불완전연소 상태가 되어버렸다.

"스승님, 죄송합니다만… 그 부관이라는 놈도 제게 양보해 주실 수 없으십니까?"

나는 주변을 뒤덮은 어둠에 대고 아쉬운 소리를 했다.

"애초에 그러려고 온 거니 미안해할 필요 없다."

그러자 어둠 속에서 대답이 돌아왔다. 동시에 어둠이 기사한 놈을 토해내었다.

"엇, 어……."

루돌프의 부관은 상황 파악이 제대로 되지 않은 듯 고개를 돌리다가 루돌프의 시체를 발견하고 소스라치게 놀라 외쳤다.

"다, 단장님!"

그런 놈에게 나는 엷게 웃어 보이며 말했다.

"자, 네 상관의 복수를 해야지?"

"이, 이이⋯⋯!"

"말을 끝까지 해라!"

승부가 나기까지 걸린 시간은 12초.

실망 그 자체였다.

"네가 졌다. 상관의 시체를 수습해서 돌아가라."

물론 이건 그냥 자비를 베푸는 게 아니라 그냥 루에노의 어
둠 탓에 내가 싸우는 걸 아무도 못 봤기에 목격자를 남기기 위
한 어쩔 수 없는 선택이었다. 이런 작업을 미리미리 해둬야 토
벌군 측에서도 더 센 놈을 보낼 테니 말이다.

"큭! 이걸로 끝이라 생각지 마라!!"

이놈이 내 자비심의 원천을 아는지 모르는지 이런 소릴 내뱉
었다. 제 딴에는 분해서 내지른 소리였겠지만, 놈의 말은 내 심
금을 울리는 구석이 있었다.

"그래, 이걸로 끝나면 안 되지."

아직 5겁급에 도달하지도 못했는데, 여기서 그만둘 수야 없
다.

나를 노려보던, 내게 오른팔을 잘린 부관의 얼굴에선 핏기가
가셨다.

아니, 내 표정이 어떻길래 저래?

\*       \*       \*

시티 오브 페르핀을 목표로 삼은 사소한 예언이 틀린 것을 몰래 확인한 예언자는 고혹적인 미소를 지었다.

그것은 예언자가 가장 우려하던, 예언을 틀리게 만드는 자가 초토화 작전에 앞서 서쪽 변경에서 빠져나가 버리는 일은 일어나지 않았다는 것을 의미한 덕택이었다.

그런데 이것은 동시에 예언자에게 있어 성가신 일이기도 했다. 그녀에게 이번 전쟁의 승패를 묻는 이들이 많았던 탓이다.

아무리 제국 중앙의 승리가 확실시된다고 하더라도, 사람들은 예언자로부터 확실한 예언을 듣고 안심하고 싶어 했다. 그것도 한두 번이 아니라 지속적으로. 자기 옆에 두고 계속해서 예언만 하게 할 수 있다면 망설임 없이 그 선택을 했을 거다.

그러나 예언자의 입장에선 섣불리 예언을 할 수 없었다. 예언을 틀리게 만드는 자가 시티 오브 페르핀 주변에 있는 게 거의 확실한데, 아무 예언이나 했다가 틀리기라도 하면 망신이 이만저만이 아니다.

아니, 그녀에게 있어선 망신의 문제가 아니라 생존의 문제였다.

틀린 예언을 하는 예언자에게 어떤 가치가 있겠는가?

따라서 예언자는 예언을 원하는 이들을 피해 미리 모습을 숨겨야 했다.

병에 걸린 척하고 아예 제국 수도를 떠나기로 한 건 참 잘한 결정이었다.

예언자의 저택을 거의 포위하다시피 사람들이 몰렸다는 걸

수하로부터 전해 들은 예언자는 내심 가슴을 쓸어내렸다.

사실 예언자는 대중적으로 유명한 인물은 아니었다. 예언자 본인이 배후에서 조종하는 것을 즐기는 성향이기도 하기에, 제국 정계나 재계, 언론계나 귀족, 고위 공직자 사이에서나 알음알음 알려진 것에 불과했다.

그럼에도 불구하고 예언자의 저택이 포위당했다는 건 그러한 예언자의 끈이 닿은 거의 모든 사람들이 예언을 듣기 위해 스스로 방문하거나 하인을 보냈다는 뜻이었다.

만약 저택에 남아 있었더라면 저들의 압박에 억지로 예언을 하게 되는 상황이 만들어졌을지도 모른다. 저들 중 상당수가 예언자의 추종자이긴 했지만, 그렇다고 아래에만 두고 부리는 사람들만 있는 건 아니었기 때문이다.

"…굴욕이로군."

예언을 종용하는 압박에서 몸을 빼낸 건 다행스러운 일이지만, 그렇다고 저택을 버리고 도망가는 것이 굴욕적이지 않은 일일 수는 없었다.

"이런 굴욕을 감수해야 하는 것도 다 그놈 때문이지."

애초에 예언이 틀릴 일이 없었더라면 그냥 예언을 하면 됐을 일. 예언을 틀리게 만드는 자만 없었더라면 굴욕을 감수하지 않아도 됐었으리라.

그나마 이번 일은 굴욕적이긴 해도, 참을 수 있는 굴욕이었다.

"이 굴욕도 이번이 마지막일 것이다."

이번 초토화 작전의 거대한 파도는 예언을 틀리게 만드는 자를 포함한 서쪽 변경을 모조리 휩쓸어 버릴 테니까.

그러한 미래를 예언 없이 예견하며, 예언자는 웃었다.

다행일까, 불행일까. 제국 토벌군의 첫 패배 소식이 제도에 당도한 것은 예언자가 제도를 떠난 후의 일이었다.


*　　　　*　　　　*


제국의 기사단장이 죽었다!

이 충격적인 소식은 제국 토벌군 상부에 전달되었다.

"아무리 13기사단 단장이라지만 검의 주인인 루돌프가 살해당하다니……."

1기사단장이 낭패스러운 표정으로 중얼거리듯 말했다. 그의 말을 11기사단장이 받았다.

"그것도 그 부관의 말에 의하면 1:1 전투에서 패배하여 목이 잘렸답니다."

좌중이 잠깐 침묵에 잠겼다. 11기사단장은 자신이 말을 잘못한 건지 확신이 서지 않아 당황했지만, 여기서 변명을 하는 것도 이상하기에 그도 입을 닫았다.

"…시티 오브 페르핀에 터무니없는 고수가 있는 모양이로군."

침묵을 깬 것은 2기사단장이었다. 그러자 침묵이 깨지길 바라고만 있던 11기사단장이 얼른 그 말을 받았다.

"5령급의 정령 검사 루에노가 그 도시에 있다고 하더군요."

루에노는 어느 정도 이름이 알려진 편에 속했다. 아무리 정령술이 폄하당하는 풍조라지만, 그 정도의 강자라면 리스트에 이름이 오를 수밖에 없었다.

1기사단장이 믿기 힘들다는 듯 턱을 매만지며 말했다.

"허허, 루에노가 루돌프를 죽인 건가?"

"설마 다른 놈이 또 있겠소이까?"

2기사단장이 되물음으로 답했다.

루돌프의 부관은 이름을 밝히지 않은 검의 주인이 루돌프를 살해했다고 보고를 올렸지만, 상부로 전달되는 과정에서 누락되었다.

패장이 자신의 치부를 감추기 위해 적의 전력을 과대 포장하는 건 흔히 있는 일이었고, 루돌프의 부관이 상관의 명예를 위해 거짓말을 했다고 판단했기 때문이었다.

더군다나 변경의 일개 도시인 시티 오브 페르핀에 골렘을 다루는 마법사와 불꽃을 다루는 고위 마법사, 루에노, 거기에 정체 모를 검의 주인까지 있는 건 지나치게 비현실적이었다.

확실하지도 않고 오히려 의심스러운 사실을 상부에 올려봤자 사기를 떨어뜨릴 작정이냐고 타박을 당할 게 빤했다.

부관의 보고가 전적으로 사실이어도 문제다. 변경 도시마다 초월자가 서넛씩 나오면 이번 서부 변경 초토화 작전에 큰 차질이 빚어질 수밖에 없었다.

따라서 보고는 초월자 2명으로 왜곡되었다. 골렘을 다루는 마법사는 그다지 중요하지 않다는 이유로 보고 과정에서 아예 누락되기까지 했다.

결과적으로는 그렇게 왜곡되어 올라간 보고가 진실에 더욱 가깝다는 것이 아이러니했다.

사실 골렘을 다루는 마법사와 불꽃을 다루는 고위 마법사, 그리고 검의 주인이 동일 인물이었으니, 시티 오브 페르핀에는 초월자가 2명 있다는 보고가 맞는 셈이었다.

"조용!"

소란스러운 야전사령부에 누군가의 목소리가 울려 퍼졌다.

그러자 소란이 딱 멎었다.

그럴 만도 했다. 방금 그 목소리는 라틀란트 제국 전체를 통틀어 넷밖에 남지 않은 대장군의 목소리였으니까.

설령 대장군이라는 지고의 위치가 아니었더라도, 진정한 검의 주인이라는 절대자 앞에서는 누구라도 고개를 숙일 수밖에 없었다.

조용해진 야전사령부의 침묵을 깬 것은 다름 아닌 대장군 본인의 목소리였다.

"시티 오브 페르핀 방면에 더 많은 병력을 투입해야겠군."

그러자 곧장 기사단장들의 목소리가 줄을 이었다.

"동의합니다. 한 번은 패배할 수 있지만 두 번을 패배해선 안 되니."

"특히나 도시 점령은 매우 중요한 임무니 중점을 두어야 할 겁니다."

"그렇습니다. 애초에 다른 방면으로 향한 병력들은 약탈과 방화밖에 안 하지 않습니까?"

누군가의 다소 민감한 의견에 곧장 반론이 날아들었다.

"그것도 중요한 임무요. 폄하하지 마시오."

"그렇소. 황제 폐하께서 직접 초토화 명령을 내리셨으니. 황명에 거역할 순 없지."

"그만."

다시 대장군의 목소리가 과열되려던 자리의 분위기를 식혔다.

"어쨌든 시티 오브 페르핀 방면에 자원할 기사단은 혹시 없소?"

그런 대장군의 질문에 돌아오는 대답은 없었다.

정체 모를 초월자와 피를 흘려가며 싸우고 싶은 사람은 없었다. 더욱이 방화는 그렇다 치더라도 약탈은 지휘관들의 주머니에도 만만치 않은 황금이 꽂히기에 다들 선호했다.

누가 황금 대신 피를 사고 싶어 하겠는가?

애초에 13기사단장이 시티 오브 페르핀 방면으로 가게 된 것도 검력은 물론 경력, 세력과 정치력, 줄을 댄 고위 인사에 이르기까지 모든 면에서 볼 때 그가 가장 약했기 때문이었다.

물론 당시에는 도시에 초월자가 있다는 정보도 전해지지 않은 상태였지만, 어쨌든 정보가 부족한 상태에서 도시에 병력을 몰고 들어가는 건 누구에게도 부담스러웠던 탓이다.

자신의 턱을 어루만지며 대답을 기다리던 대장군은 더 이상

못 참겠다는 듯 입을 열었다.

"좋소. 그렇다면 그냥 모든 제국 군단을 시티 오브 페르핀에 투입하도록 하겠소."

그러자 곧장 벌 떼와 같은 반응이 날아들었다.

"그, 그건 지나치게 병력을 편중시키는 것 아니겠습니까?"

"맞습니다! 섣불리 변경 도시를 포위했다가 다른 변경 도시에서 군을 보내기라도 했다간!"

"더욱이 초토화 작전은 속도를 생명으로 합니다. 변경의 도시들이 연합하기 전에 각개격파를 하는 것이 당초에 세워둔 작전 아니겠습니까?"

대장군도 각 기사단장들의 말이 다 변명인 건 잘 알고 있었다. 다들 자기가 가기 싫으니 어떻게든 저러고 있었다.

하긴 그도 그렇다. 만약에 정령 검사한테 져서 병력을 물리게 되면 그게 무슨 낭패란 말인가. 그 가능성이 아무리 낮다고 한들, 어쨌든 사람은 위험을 피하고 보게 마련이다.

그럼에도 불구하고 대장군은 호통을 쳐 기사단장들의 말을 끊어놓지 못했다. 변명이든 뭐든, 일단 입에서 나오는 말이 틀린 말은 아니었던 탓이다.

사실 이런 일은 그냥 이번 반란 토벌군의 총사령관 권한으로 밀어붙여도 될 일이었지만, 대장군은 인격자라는 평가를 받는 이였고 그러한 자신의 이미지를 이런 일로 망칠 생각이 없었다.

"그러면 뭐, 제비뽑기라도 하자는 것이오?"

그럼에도 불구하고 입에서 삐뚜름한 발언이 나오는 건 어쩔 수 없었다. 그런데 이러한 대장군의 비꼬는 말에 열화와 같은 성원이 쏟아졌다.

"그거 좋군요!"

"그러시죠!"

"동의합니다!"

생각했던 것과는 완전히 다른 반응에 대장군은 잠깐 당황했다. 그러나 곧 정신을 차렸다. 불쾌감을 못 이기고 비꼬는 소리를 했다는 것을 자각한 탓도 있었다. 여기서 화를 내면 소인배가 될지도 모르니, 대장군은 그저 무겁게 고개를 끄덕였다.

뭐, 모두의 의견이 일치한 건 어쨌든 좋은 일 아니겠는가? 대장군은 그렇게 생각하기로 했다.

그렇게 결국 제비뽑기를 통해 2개 기사단을 시티 오브 페르핀으로 편성하기로 결정되었다.

"2개 기사단이면 부족하지 않을지……."

"한 명은 마법사를 견제하고 한 명은 루에노를 처치하면 될 일입니다."

"그렇습니다. 각기 부관을 딸려 보내면 전력이 넘치면 넘치지, 모자라지는 않을 것입니다."

처음 우려를 표한 5기사단장에게 곧장 날카로운 시선과 함께 반론이 쏟아졌다.

대장군이 앞에 있는지라 반론은 말이 되는 소리로만 이뤄졌지만, 속내는 자기가 갈 확률을 조금이라도 낮추고 싶다는 것일 터였다.

그렇게 제비뽑기의 결과가 나왔다.

"좋소. 11기사단장, 12기사단장. 두 기사단장께서는 기사단만 이끌고 곧장 선행하시오. 도시를 점령할 보병 사단은 승리를 가져온 뒤에 요청토록 하시오."

하필이면 11기사단장과 12기사단장이 뽑힌 건 사실 우연이 아니었으나, 제비뽑기의 조작 가능성에 대해서는 대장군과 당사자들을 포함한 모두가 침묵했다.

그날 바로 2개 기사단이 시티 오브 페르핀으로 향했다.

\* \* \*

시티 오브 페르핀은 축제 분위기에 잠겼다.

기사단장을 잃은 제국 중앙군이 퇴각해 버린 덕이었다.

그 퇴각이 워낙 질서 정연하게 이뤄졌기에 추격대를 보내 추가적인 전공을 올리지 못한 건 유감이었지만, 어쨌든 패배하리라 각오한 싸움을 이겼으니 그 기쁨이 이루 말할 데가 없었다.

헤이즈 카스트로 페르핀을 비롯한 도시 사람들은 당연히 이 승리의 주역인 마법사를 찾았지만, 아무리 찾아도 그런 사람을 찾아볼 수는 없었다.

대신 그들은 루에노를 영웅으로 삼고 도시의 감사패와 메달을 전달했다. 루에노가 기사단장을 쓰러뜨렸다고 생각한 탓이었다.

설마 기사단장을 상대로 마법사가 근접전에서 승리했을 거라는 생각은 못 했으므로 그들로서는 당연한 판단이었다.

그리고 혹시 모르니, 마법사 몫의 감사패와 메달 또한 루에노에게 주었다. 마법사가 루에노에게 스승이니 뭐니 하며 높임말을 쓰는 걸 들은 병사가 많았기 때문에 이런 방식을 취할 수밖에 없었다.

"고맙소. 제자에게는 내가 전하지."

다행히 루에노는 괴팍스럽던 평소와 달리 성질부리지 않고 오히려 제자가 몹시 자랑스럽기라도 한 듯 가슴을 폈다.

대체 정령 검사가 마법사에게 뭘 가르쳐 줄 수 있는지는 여기 있는 이들 중 아무도 아는 이가 없었다. 이 자리에는 다른 마법사도 정령사도 없었으니 당연한 일이다.

설령 의문을 느꼈더라도 루에노라는 사람에 대해서 조금이라도 알고 있는 인간이라면 감히 그 의문을 입 밖에 내지는 못했을 테니, 결과적으로는 아무도 의문을 제기하지 않아 모양새가 예쁘게 잡혔다.

들뜬 도시 분위기와는 달리 잭 제이콥스가 상주하고 있는 신전 주변은 조용했다. 이번 전투에 전상자가 전무했기에 당연하다면 당연한 일이었다. 전상자는커녕 직접 싸운 사람이라고는 단 둘뿐이다.

나하고, 루에노.

이 도시에서 정체불명이라던 마법사와 기사의 정체는 나이며, 여기 있는 잭 제이콥스 또한 나다. 이 사실을 아는 유일한 인간이 바로 루에노였다.

"자, 여기. 네 거다."

"감사합니다, 스승님."

나는 루에노가 내미는 감사패와 메달을 받아 챙겼다. 설마 이걸 쓸 일이 있을까 싶긴 하지만, 뭐 세상에는 혹시나 하는 일도 일어나지 않던가. 어차피 각성창 안에 자리도 남아 있겠다, 굳이 갖다 버릴 이유는 없었다.

"까도 까도 새로운 게 나오는군. 아주 놀라워."

"칭찬이시죠? 감사합니다."

"허, 그래. 칭찬 맞다."

루에노는 기가 차다는 듯 혀를 찼다.

"그래, 마법은 어떻게 쓰는 거냐? 이번엔 마력의 정령을 소환했다고 할 거냐?"

"아뇨, 마법은 그냥 쓰는 건데요."

"…마법이 그렇게 쉽게 쓸 수 있는 거였나?"

"아뇨, 어렵죠. 열다섯 번 정도는 죽을 각오를 해야 쓸 수 있어요."

1마급 마법 배우는 데 드는 비용이 300루블이니까 틀린 말은 아니다.

"…목숨을 걸어야 쓸 수 있는 방법인 건가."

그런데 루에노는 내 말을 잘못 알아들은 건지 나를 측은해 하는 눈으로 바라보기 시작했다.

뭐, 아무럼 어때. 이걸로 납득했다면 그걸로 된 거지.

"이제 어떻게 할 거냐?"

"어떻게라뇨?"

"기사단장을 죽여 군대를 물리긴 했으나 제국의 군세는 그 보다 훨씬 크다."

루에노의 말이 맞다. 이번 승전으로 도시 전체가 축제 분위기이긴 하지만, 저건 현실도피에 가깝다.

하나 물리치면 둘. 둘 물리치면 셋을 보낸다. 고대 제국 시대로부터 라틀란트 제국 시대에까지 이어져 내려온 제국의 일반적인 전쟁 수행 방식이다.

제국 전체의 생산력을 통한 물량 공세는 변경의 일개 도시가 감당해 내기엔 지나치게 큰 파도였다.

"그렇죠. 그래서 기대 중입니다."

하지만 내 입장은 다르다.

아무리 제국군이 파상 공세를 이어온다 한들, 나는 고위 기사만 쏙 빼먹고 빠지면 되니까. 지켜야 할 삶의 터전도, 아들딸 마누라도 없는 나는 내 몸 하나만 빼내면 된다. 굳이 군대를 상대로 가망도 없는 싸움을 이어나갈 이유가 없었다.

"기대? 하하, 그렇군. 알았다."

그런데 내 말에서 루에노는 무엇을 느꼈는지 갑자기 웃기 시작했다.

"예?"

"내 아직 네게 진 빚을 다 갚지 못했으니 더 어울려 주겠다는 뜻이다."

"오, 감사합니다."

큰 기대는 안 했는데, 이렇게 나와 주시다니. 고마운 일이다. 특히나 이번에 스승님의 덕을 크게 봤더니 고마움이 더한다. 어둠으로 주변을 물들여서 다른 개입을 차단해 주는 기술은 나이스 어시스트였다.

"너무 고마워 마라. 죽을 것 같으면 바로 도망칠 테니까."

"그건 저도 마찬가집니다."

"하, 제자 한번 잘 됐네."

"그 스승에 그 제자라 하지 않습니까?"

우리는 그렇게 화기애애한 분위기에서 환담을 나눴다.

…설마 나만 이렇게 생각하는 건 아니겠지?

에이, 아닐 거야.

*　　　　*　　　　*

시티 오브 페르핀의 축제 분위기는 오래가지 않았다. 황제의 군대가 다시 도시를 향해 진군해 오고 있다는 첩보를 입수했기 때문이었다.

게다가 이번에는 병력 구성이 전부 기병으로 이뤄진 기사단이 오고 있다고 하니 도시의 분위기가 식어버리는 것도 무리는 아니었다.

도시에 첩보가 들어오고 불과 하루도 채 지나지 않아 2개 기사단이 도시 앞에 도착했다. 그들은 도착하자마자 마법이 닿지 않을 만한 거리에 진을 쳤다.

그리고 불과 4명의 기사가 말에서까지 내려 도시를 향해 터 벅터벅 걸어오기 시작했다.

도시 성벽에는 이미 많은 병사들이 올라와 있었지만, 그렇게 많은 사람들이 숨소리 하나 내지 않고 그 광경을 지켜보고 있었다.

"흐음."

그 병사들 사이에는 나도 끼어 있었다.

"넷이로군."

그리고 루에노도.

"그렇습니다, 스승님."

라플라스로부터 유료로 배운 전술 전략에 따르면, 마법사는 소수 정예로 상대하는 것이 정석이라고 한다. 마법 중에는 다수의 인간을 서로 싸우게 하거나 하는 등의, 약한 다수를 농락하는 것이 가능한 게 있다고 하니 그런 정석이 생길 만도 했다.

기사단을 뒤에 남겨두고 달랑 넷이서 걸어온다는 건 그런 의미다.

즉, 저 넷은 소수 정예에 해당하는 실력자들이란 뜻이다.

나는 저들이 숨기지 않고 내뿜는 기운을 통해 그 실력을 짐작할 수 있었다. 4검급의 상위 둘에 4검급의 하위 둘. 아마 기사단 단장 둘에 그 부관 둘의 조합일 것이다. 소수 정예 맞네.

그런 저들을 두고, 루에노가 문득 이런 질문을 던졌다.

"둘을 동시에 상대할 수 있겠느냐?"

"검술만으로는 힘들겠죠."

나도 4검급인지라 칼 한 자루로 둘을 상대하는 건 힘들었다.

내 말에 루에노가 코웃음을 쳤다.

"가능하다는 소리군."

물론 불가능하다는 소리는 아니다. 내가 검법만 쓸 수 있는 건 아니니까. 대표적으로 정령법, 그리고 그 외의 힘들을 잘 사용하면 뭐, 둘을 상대로 지지는 않을 자신이 있다.

"둘을 분리해 주지. 저 약해 보이는 둘을 내가 맡겠다."

루에노가 부관으로 보이는 4검급 하위 둘을 가리켜 말했다.

"물론 쓰러뜨리지는 않을 거야. 힘들기도 하고. 그 고생을 사서 할 생각은 없다."

"알겠습니다, 스승님. 그 정도면 충분합니다."

"좋아."

내 대답이 기꺼운 듯 고개를 끄덕인 루에노는 아무 신호도 없이 그대로 성벽에서 날아올랐다. 시커먼 어둠이 그의 몸을 휘감는 것이 보였다.

"아이고, 말씀이라도 하고 가시지."

나는 루에노에게 안 들리도록 작게 투덜거리고, 나도 출발할 준비를 했다.

"피식아, 홍홍아."

자기 정령화를 씀과 동시에 두 정령에게 정령 합일을 써서 삼위일체 발동! 정령력이 **빠른** 속도로 줄어들기 시작했지만, 5령급

초월 직전의 막대한 정령력에 바닥이 보이려면 아직 멀었다. 이 대로도 하루 종일 싸울 수 있다.

준비가 끝났으므로 나도 성벽을 박차고 뛰어올랐다. 굳이 내 존재감을 과시할 마음은 없었으므로, 기습의 묘리도 살릴 겸 [어둠장막의 단검] 능력을 써서 날아가는 장면을 감췄다.

타이밍은 딱 맞았다. 루에노의 어둠이 부관 둘을 감춘 직후 착지한 나는 남겨진 둘 중 하나의 목을 노렸다.

"……!"

오, 반응했다. 어둠장막의 단검이 내 존재감은 숨겨주었지만 무기를 내뻗는 순간의 살기만큼은 감추지 못한 탓이다. 내가 노린 놈이 그 자리에서 나뒹굴듯 간신히 내 검을 피했다.

역시 4검급에게는 통하지가 않는구나. 이미 변경의 성채에 서 한 번 학습한 내용이지만 이번에 복습했다고 치자.

비록 한 놈 죽이고 시작하려던 내 계획은 어그러졌지만, 나는 조금도 낭패감을 느끼지 못했다. 그래, 이 정도는 해야지. 수준이 맞는 상대와 겨루어야 5검급을 바라볼 수 있게 된다.

"시티 오브 페르핀에 온 걸 환영한다. 이제부터 환영식을 시 작할까 한다."

나는 다시 어둠장막 속에 모습을 숨기며 말했다. 그러자 내 가 방금 전까지 있던 곳에 예리한 검강이 빛을 내며 날아들었 지만 이런 것도 못 피할 정도로 느리진 않다.

자기 정령화로 상향된 신체 능력에 홍홍이와의 합일로 유사 정령폭주 상태인 피식이가 산소를 공급하고, 거기에 2류급으로 올린 축복들이 더해진다.

즉, 지금의 내 스피드는 같은 4검급의 기사가 따라올 수 있는 것이 아니었다.

여기에 어둠의 장막 영향으로 이들에게는 내가 사라졌다 나타났다를 반복하며 깜박거리는 것처럼 보일 테니 한층 더 상대하기가 어렵게 느껴질 것이다.

게다가 내가 내력만큼은 이미 5검급이고, 충분히 발달한 외력이 그 뒤를 받쳐주고 있다.

마지막으로 어지간한 검술보다 훨씬 훌륭한 왕의 검법은 처음 맛본 상대에게 더욱 잘 먹힌다는 것을 나는 이미 학습했다.

그러니 어쩔 수 없다.

푹.

내가 어떤 깨달음을 얻기 전에 이미 한 놈의 심장을 꿰뚫어 버린 건 아쉬워해야 할 일이 아니었다. 그냥 당연한 일일 뿐이다.

"크우욱!"

"12기사단장!"

살아남은 쪽이 죽은 쪽을 불렀다.

아무래도 서로를 이름으로 부를 정도로 친하진 않은 것 같았다.

어쩐지. 함께 싸우는 데에 익숙한 것 같지는 않더라.

내가 한 놈을 생각보다 쉽게 따낼 수 있었던 것에는 이런 이유도 있었다.

이제 남은 한 명을 상대로 삼위일체 끄고 어둠장막도 거두고 검으로만 요리해 볼까 마음을 먹었을 때였다.

"히익!"

그 남은 한 명이 전의를 잃고, 어느새 나와 놈 주변을 뒤덮은 루에노의 어둠 속으로 달아나려고 시도했다.

나는 속으로 낭패감을 느꼈다.

한 놈 얼른 자르고 다른 한 놈 상대할 생각만 했지, 그 한 놈을 얼른 잘라 버리면 남은 한 놈이 느낄 압박감을 생각 못한 게 실수였다.

이래서야 실력을 끌어내서 마음껏 칼끝을 마주한다는 내 계획에 파탄이 날 수밖에 없다.

"…어?"

혼자 남겨진 내가 한탄을 하고 있던 새, 도망가려던 한 놈은 어느새 다시 내 앞으로 돌아와 있었다. 뭐가 어떻게 된 건지는 잘 모르겠지만 아마 스승님이 뭔가 하신 거겠지. 역시 정령의 응용 능력에 있어선 스승님이 나보다 한 수 위다.

"…스승님, 나머지 둘도 제게 주십쇼."

"괜찮겠나?"

"괜찮을 것 같습니다."

"내가 봐도 그럴 것 같다."

스승님의 말씀과 함께, 어둠 속에 갇혀 있던 부관 둘이 튀어나왔다. 4검급의 상대가 셋. 좀 버거울 것 같지만 뭐, 황금 월계관도 있다. 괜찮겠지.

"셋이 동시에 덤벼라."

그래서 나는 되도록 오만하게 보이도록 선언했다.

"큭……!"

"젠장!"

"정신 차려라. 죽이지 않으면 죽는다!"

루에노의 어둠 속에서 대체 무슨 일을 겪은 건지 상대적으로 전의가 꺾인 것처럼 보인 두 부관을 보고 기사단장이 결연히 외쳤다.

자기도 도망치려고 한 주제에 뚫린 입이라고 말은 잘 하네.

하지만 전의가 되살아난 건 좋은 일이다.

내게도, 저들에게도 말이다.

"덤벼라."

내가 손가락을 까딱까딱 움직여 도발하자, 서로 눈치를 보던 세 기사가 거의 동시에 내게 검을 휘둘렀다.

오, 역시 셋을 동시에 상대하는 건 버겁다. 검격을 피하고 흘려내긴 했지만, 칼끝 하나가 스쳐 내 팔뚝에 피가 솟아 나왔다.

"……!"

내 상처를 목격한 세 놈의 전의가 치솟아 오르는 게 피부로 느껴졌다.

좋다, 좋아.

"덤벼라!"

나는 상처를 지혈도 하지 않은 채 외쳤다. 그러자 아까보다 기세가 오른 적들의 공격이 다시금 내게 날아들었다.

위기 감지가 내게 강렬히 경고를 던져왔지만, 나는 오히려 적들을 향해 다가가며 왕검을 휘둘렀다.

이 싸움의 끝에서 무엇을 얻을 수 있을까. 목을 스치고 지나가는 칼끝을 느끼며, 나는 기대감에 차 웃었다.

＊　　　＊　　　＊

이번 싸움에서 나는 다섯 번의 치명상을 입었다. 즉, 원래대로라면 다섯 번 죽었어야 정상이라는 뜻이다.

그러나 월계관이 내 치명상을 전부 받아낸 덕에 나는 아직 살아 있었다.

대신 나는 월계관의 약점에 대해 새로이 인지하게 되었다.

머리로는 이미 알고 있었던 약점이긴 했으나, 이 정도로 버거운 전투는 월계관을 얻은 뒤로는 처음이라 피부로 느끼는 건 이번이 처음이었다. 그 약점이란 바로 월계관이 부여해 주는 무적 기능은 '죽지만 않게 해준다'는 점이었다.

이게 뭘 의미하냐면 목숨을 위협하지 못하는 작은 생채기는 모두 입을 수밖에 없게 된다는 뜻이다. 이러한 월계관의 약점 탓에 내 온몸은 피로 젖어 있었다.

물론 보기에만 처절해 보일 뿐, 상처는 모두 가벼웠다. 다만 이것도 많이 당하다 보면 출혈로 피를 많이 잃어 결국 목숨이 위험하게 될 터였다. 더욱이 다섯 번의 치명상을 허용한 덕에,

월계관의 지속 시간이 조금 있으면 끝나 버릴 터였다.

하지만 후회는 없었다. 올리브 나뭇가지 하나를 희생시켜서 새로운 경지에 다다를 수 있다면 누구라도 그렇게 하리라.

"고맙다, 여러분."

나는 이제껏 나를 상대해 준 세 명의 강적에게 감사 인사를 했다.

"이게 다 여러분 덕이다. 고맙다, 고마워……."

핏기 가신 얼굴로 나를 바라보는 세 검의 주인을 향해, 나는 감사를 하지 않을 수가 없었다.

"여러분 덕에 나는 여러분이 말하는 진정한 검의 주인에 오를 수 있게 되었다."

문득 나는 무아지경에서 빠져나오자마자 내가 5검급에 다다랐음을 깨달았다. 그리고 그제야 내가 이제까지 무아지경으로 싸우고 있었음을 알게 되었다.

5검급에 오른 소감을 한 줄로 표현하자면, 이제까지 당연하던 것이 당연하지 않게 되었다는 거였다. 이전까지 알던 것이 잘못되었음을 깨닫고, 왜 이제까지 이렇게 했는지를 의아하게 여기게 되었다.

숨을 쉬는 법부터 시작해서 안구를 움직이는 법, 목을 돌리는 법, 팔을 움직이는 법, 다리를 움직이는 법, 심지어 소변을 보는 법까지 모든 게 다 틀렸었다.

모든 것이 잘못되어 있었고, 이제야 모든 것을 바로잡을 수 있게 되었다.

그리고 나는 나를 지금의 경지에까지 끌어올려 준 왕의 검법에서 잘못된 점을 짚을 수도 있게 되었다. 왕의 검법은 더없이 훌륭한 검법이었으나 고칠 점이 아예 없었던 건 아니었다.

그렇다, 진보다!

지나치게 어려운 탓에 명맥이 이어지지도 못한 고대의 검법. 그렇기에 더 나아지지 못하고 고대 시대에 얼어붙어 있던 검법에 드디어 시간이 흐르기 시작한 것이다.

나는 이 위업을 이룬 것이 나 자신이라는 사실에 자부심을 품지 않을 도리가 없었다.

"이것이 여러분의 덕이니, 나 또한 감사의 마음을 말 이상의 것으로 표현할 수밖에 없겠지."

나는 나와 대치 중인 세 검의 주인들에게 말했다.

"항복해라. 그리하면 목숨만은 살려주마."

"헛소리!"

자비로운 내 제안에 발작적으로 대구한 건 셋 중에서도 가장 실력이 떨어지는 녀석이었다.

"제국의 반역자, 이단의 주구! 사람이 개에게 항복은 할 수 없다! 차라리 죽어라!!"

"그럼 어쩔 수 없군."

나는 칼을 휙 휘둘렀다. 그러자 내게서 최소한 10m는 떨어져 있던 놈의 오른팔이 땅바닥에 툭 떨어졌다.

"끄, 끄으아아아악!!"

끔찍한 비명 소리가 어둠 속에 울려 퍼졌다.

방금 내가 선보인 기술이 5검급에 올랐다는 확실한 증명인 검환이다. 검환치고는 파괴력이 약하긴 하지만, 당연히 이건 내가 내력 조절을 완벽하게 해낸 결과물이다. 이토록 정밀한 내력 조절은 5검급에 오르지 못했더라면 꿈도 꾸지 못했으리라.

―내력 발사도 쓰시는 걸 보니 정말 5검급에 오르셨군요.

뭐? 내력 발사? 나는 그런 구린 이름의 기술을 익힌 적이 없다. 이건 검환이다. 극도로 응축한 내력을 칼끝에 실어 멀리까지 쏘아낼 수 있는 기술이지만, 내가 검환이라면 검환이다.

아무튼 내력 발사건 검환이건, 내가 5검급에 오른 증명임에는 틀림이 없었다. 단순히 칼을 휘둘러 만들어낸 검풍이라면 아무리 세게 휘둘러도 저렇게 단면이 깔끔하게는 나오지 않는다.

내 경지의 상승을 목도한, 아직 멀쩡한 편인 다른 두 기사의 얼굴에 핏기가 싹 가셔 있었다. 나는 그들에게 검 끝을 겨누곤 이렇게 천명했다.

"이렇게 된 이상 절대 죽이지 않겠다. 억지로라도 항복을 받아내야겠어."

팔을 잘라서라도!

"…항복합니다."

"하, 항복하겠습니다."

그러한 내 의도가 제대로 전달된 건지, 다른 둘은 칼을 바닥에 던지며 항복의 뜻을 밝혔다.

나는 그 칼을 주워서 두 사람에게 다시 돌려주었다.

혹시 그 칼을 쥐고 다시 덤비면 이번에야말로 목을 쳐줄 셈이었지만, 하얗게 핏기 가신 얼굴로 멍한 표정을 짓고 있는 이들은 그럴 생각조차 못 하는 듯했다.

—죽음을 극복하셨습니다.

거기에 라플라스까지 방점을 찍어버리니 김이 안 샐 수가 없었다.

"됐습니다, 스승님."

"그래, 축하한다."

정령 검사인 루에노의 눈에도 내 성취가 어느 정도 감이 잡히는 모양인지 대뜸 축하 인사를 건네 왔다.

"감사합니다."

"감사할 건 없다."

루에노가 두르고 있던 어둠이 사라지고, 다시 주변의 모습이 보이기 시작했다. 그것은 바깥도 마찬가지인지라, 성벽 위의 병사들은 승패가 갈린 것을 확인하고 환호성을 지르기 시작했다. 반면 제국군 쪽은 조용했다. 문자 그대로 아무 소리도 나지 않았다.

"흠."

나는 팔이 잘린 채 끙끙거리던 부관에게 말했다.

"네겐 그 시체를 갖고 돌아가는 걸 허락하지. 저들에게 패배를 알려라. 그게 네 임무다."

"…감사, 감사합니다."

"개한테 감사할 거 없다."

내 비꼼을 들은 부관은 얼굴이 새하얗게 질렸다. 그럴 거면 뭐 하러 폭언을 내질렀지? 뭐, 그때까진 아직 몰랐겠지. 꼭 경험해 봐야 아는 것들이 있어요.

귀찮아진 나는 그냥 손을 휙휙 내저었다. 그러자 부관은 자기 팔과 심장이 꿰뚫려 죽은 시체를 집어 들고 비척비척 제국군의 진영을 향해 서둘러 돌아갔다. 팔이 잘리긴 했어도 괜히 기사인 게 아닌지라 속도는 꽤 빨랐다.

"흠."

그렇게 100m쯤 멀어지자, 나는 그냥 손을 한 번 휙 내저었다. 그러자 부관의 목이 몸과 샥 분리가 되었다. 그 자리에 털썩 쓰러지는 두 구의 시체.

이걸 보고도 제국군 진영에서는 아무 반응이 없었다. 숨 쉬는 소리도… 잘 안 들린다.

"잘 생각해 보니 항복도 안 하고 혼자 살아 돌아가면 형평성이 안 맞잖아. 그렇지? 제군들?"

살아남은 두 기사는 재빨리 고개를 끄덕였다. 역시 군대 출신이라 눈치는 있는 모양이다.

\*　　　　\*　　　　\*

사람을 죽이는 건 즐기는 건 아니지만, 그럼에도 부관을 죽인 이유는 하나도 아니고 여러 개 있다.

라플라스가 말하기를 저렇게 예쁘게 잘린 팔은 실력 있는 신관이 붙으면 깨끗하게 치유가 가능하다고 한다. 그리고 제국 군에는 신성교단의 신관들이 군종하고 있다.

즉, 팔 갖고 돌아가면 4검급의 기사가 다시 전장에 복귀할 수 있게 된다. 아무리 그래도 전쟁 중인데 이 정도 되는 고급 전력을 고스란히 되돌려 주는 우를 범할 수야 없다.

본인이 팔을 안 챙겼으면 모르겠는데, 뻔뻔하게 덤을 들고 가겠다니 어쩔 수 없었다.

또 다른 이유는 저기 옹기종기 모인 제국군에게 내가 5검급 에 올랐음을 과시하는 아주 좋은 수단이었기 때문이다.

내 전력을 까 보이는 게 전략적으로는 별로 좋은 수는 아니 지만, 내 목적은 전쟁에서 이기는 게 아니다. 5검급이나 그에 준하는 강자와 붙어보는 거다. 그 목적을 위해서는 아주 좋은 수였기에 그냥 저질렀다.

어쨌든 그 과시는 매우 효과적이어서, 우르르 몰려왔던 2개 기사단이 아무것도 못 하고 그대로 물러났다. 쓸데없는 소모전 을 벌이지 않아도 되어서 나로선 좋았다.

이유는 이게 끝이 아니다.

저 부관은 날 개라고 했다.

물론 마지막 이유가 가장 크게 작용했다.

항복한 기사들에게 말한 형평성이니 뭐니 하는 소리는 그냥 대충 아무 소리나 지껄인 거다. 그런 게 사람을 죽이는 이유가 될 순 없지. 그냥 눈 깔라고 한 소리였고 목적에는 부합한 것 같았다. 아직도 나만 보면 쭈굴쭈굴 쪼그라드니까.

항복한 기사들은 지금 감옥에 가둬뒀다. 아무리 그래도 바로 제국이랑 싸우라고 내몰기도 좀 그렇고, 포로로 잡아두는 게 제일 낫겠다는 헤이즈의 판단을 따른 결과였다.

사실 4검급쯤 되는 기사면 목재나 석재로 만든 건물은 아주 쉽게 파괴할 수 있어서 고작 감옥에 가둬둔 걸로 감금이라고 할 수는 없었다. 하지만 내가 이 도시에 시퍼렇게 눈 뜨고 있는데 설마 도망갈 생각은 않겠지. 즉, 저들에게는 내 경지가 곧 감옥인 셈이다.

아, 포로를 넘겨야 했기 때문에 이번에는 내 정체를 헤이즈에게 밝혔다. 정체를 밝혔다고 하기엔 신분 하나의 이름을 밝힌 것에 불과하지만, 뭐 아무튼 그렇다.

"그럼 로투스 님께서는… 마법사이자 기사이신 겁니까?"

나는 잠깐 고민했지만, 곧 결론을 내렸다.

"그렇습니다."

로투스 루베르에게 검과 마법을 모두 몰아주기로!

솔직히 마법과 검을 신분 따라 나눠 쓰기가 굉장히 번거로웠기 때문에 내린 판단이었다. 아니 뭐, 마법사라고 검 쓰지 말라는 법은 없지 않은가? 실제로 나도 검과 마법을 함께 쓰고 있고.

내 대답에 헤이즈는 크게 감탄했다.

"고위 마법사이자 진정한 검의 주인이시라니……. 역사상 그런 인물이 존재했는지조차 의문이로군요. 그런데 그런 분을 제가 직접 뵙다니 영광입니다."

진짜 역사상 그런 인물이 없었냐고 라플라스에게 물어봤더니 대답은 바로 나왔다.

—대현자님이 계십니다.

'…아, 그러냐.'

—두 분야 모두 재능을 필요로 하고 양쪽 모두에 재능이 있는 경우도 드물지만, 검으로 빠지든 마법을 공부하든 외길 인생을 걷는 게 일반적입니다. 그리 흔할 수가 없죠.

하긴 대현자처럼 삶을 수없이 반복하지 않는 이상 자기 전공 내버려 두고 완전히 다른 걸 또 파고드는 경우가 드물기는 할 것이다.

—그렇습니다. 드문 정도가 아니라 대현자님뿐이죠. 지금은 대현자님께서 이 세계에 안 계시니, 새 주인님께서 전무후무한 존재가 되시겠군요.

후무는 모르겠다만, 전무는 라플라스가 보증해 줬으니 아마 맞을 것이다.

나야 뭐 파고 있는 건 검이고, 마법은 그냥 다운로드 받아서 챙긴 거니 일종의 편법을 쓰고 있는 거나 다름없는 몸이다.

"그런 분이 어째서 이 작은 도시에……"

헤이즈의 말에 나는 미리 생각해 뒀던 핑계를 대기로 했다.

"루브스 페르핀과 친분이 있어서 말입니다."

"예? …아버지와 말씀이십니까?"

"그렇습니다. 루브스와는 함께 유적을 탐사해 본 적이 있는 사이입니다."

루브스도 나고 로투스도 나니 함께 유적을 탐사해 봤다는 말은 거짓말이 아니다.

"친구라고 하기엔 좀 뭐하지만 인연이 없는 것도 아니라 그냥 보고만 있기엔 좀 그래서 이 도시에 찾아오게 되었습니다."

이것도 거짓말은 아니다. 인연이 없는 건 아니니까. 보고만 있기에 좀 그렇다는 것도 마찬가지다. 그저 주된 이유가 아닐 뿐.

"무단으로 들어온 건 좀 죄송한 일이 되겠습니다만……."

다만 이건 거짓말이다. 나는 똑바로 검문을 통과해서 왔다.

그저 검문을 통과한 게 로투스가 아닌 잭 제이콥스일 뿐이다.

"아니요! 무슨 말씀을!! 이렇게 찾아주셔서 도시가 구원받았습니다. 아무리 감사를 드려도 부족할 따름입니다."

헤이즈는 곧장 손을 내저으며 내가 원하는 반응을 되돌려 주었다.

"아마 며칠… 정도는 이 도시에 계속 머무르게 될 것 같습니다만. 잘 부탁드립니다, 시장 대리님."

"더 오래 머무셔도 상관없습니다. 시장 대리의 이름을 걸고 가능한 한 모든 편의를 봐드릴 테니 필요한 게 있으시면 거리낌 없이 말씀해 주십시오."

헤이즈의 제안에 나는 몇 번 겸양하다가 어쩔 수 없다는 듯 웃으며 이렇게 말했다.

"그럼 고기를 좀……."

고기는 어쩔 수 없지!

*         *         *

헤이즈가 아주 좋은 고기를 구해다 줬으므로 오늘 저녁 식사도 대단히 만족스러울 듯했다. 나는 이 고기를 구워 먹기 위해 일부러 헤이즈와의 만찬도 사양했다.

정치적으로 보자면 이런 만찬 참석을 거절하는 건 그다지 좋지 않은 판단이었지만, 지금의 나는 정치가가 아니라 도시의 수호자이자 영웅이자 구원자인 로투스 루베르였으므로 아무런 문제가 없었다.

아, 아니구나. 지금의 나는 잭 제이콥스다. 여기는 신전이고.

로투스 루베르의 등장으로 인해 잭 제이콥스에게 돌아가는 관심은 상대적으로 줄어들었지만, 그게 오히려 기꺼웠다. 신전에 사람들이 몰려와 봤자 피곤하기나 하다. 아무리 성법 훈련이 중요하다지만 좀 작작 와야 말이지.

아, 로투스는 증발시켰다. 뭐, 마법사가 모습 좀 숨겼다고 이상해할 사람은 없었다. 원래 마법사는 그런 족속이니까.

제4장

—

전쟁의 시작II

　물론 도시를 지켜야 하는 입장인 헤이즈는 마법사의 증발에 불안함을 느끼겠지만, 그렇다고 수색대까지 풀어서 4마급의 고위 마법사이자 진정한 검의 주인의 심기를 상하게 할 생각은 없을 테니 걱정 안 해도 된다.

　신전에 있는 사람은 나 혼자가 아니었다. 다른 사람이 하나 더 있었다.

　"이제 스승님께서는 어떻게 하시겠습니까?"

　스승님, 루에노를 뜻한다.

　이번 일로 루에노한테는 빚을 다 받았다.

　사실 빚이라고 하기에도 애매하고 루에노가 먼저 자기가 알아서 갚겠다고 나온 거라 본인만 그러겠다고 마음먹었으면 언제든 홀홀 털고 떠나도 이상할 게 없었지만, 아무튼 그 빚까지도 다 갚았으니 이젠 진짜로 떠나도 될 때였다.

그러나 루에노는 의외의 답을 돌려주었다.

"제국한테 찍혔으니 어디 다른 데를 가기도 애매하군. 그냥 여기 있겠다."

"아… 감사합니다?"

"감사할 거 없다. 나도 여기 있는 게 생존에 유리할 것 같아서 결정한 거니."

루에노는 별거 아닌 것처럼 말했지만…….

아니, 그럴 리가.

만약 루에노가 생존만 하자고 생각했다면 제국 중앙에 가서도 생존이 가능했을 것이다. 단순히 5령급 정령 검사여서 그런 게 아니라, 불러낸 정령과 다룰 수 있는 힘을 생각하면 루에노는 죽기가 더 어려울 정도의 능력을 갖췄다.

그러니 말은 그냥 하는 말일 뿐, 실제론 떠날 생각이 없어서 이러는 게 맞을 것이다.

그리고 그 원인은 내게 있을 가능성이 매우 높았다.

"그보다 지난번에 네가 구워줬던 고기가 맛있더군. 그거 더 없나?"

정확히는 일리어스 여신님께 있는 건가?

제국의 문화권에서 이단인 일리어스 여신님을 루에노에게 직접 보일 수는 없었다.

하지만 여신님의 목소리가 다른 사람에게 들리는 것도 아니니 그냥 제단에 고기를 놓고 굽는 걸 보이는 것 정도야 별 상관없었다.

그래서 그냥 구워서 줬더니 반응이 저렇다.

역시 여신님이야. 가차 없으시지.

"마침 좋은 고기가 들어와서 말이죠. 오늘 저녁에 구워 드리겠습니다."

나는 어깨가 절로 으쓱으쓱해지는 걸 느끼며 루에노의 간절한 요청에 응했다.

<br>

＊　　　　　＊　　　　　＊

<br>

제국군은 충격과 공포에 휩싸였다.

고위 마법사와 루에노가 있을 것이라 예상하고 2개 기사단을 보냈는데, 마법사의 암살에 성공하기는커녕 오히려 아군 측의 기사단장들만 역으로 척살당한 셈이 되었다.

게다가 패퇴한 기사들의 목격담은 더욱 그들을 패닉으로 빠트렸다.

"진정한 검의 주인이라고?"

"루에노가?"

"그, 그렇습니다."

이 과정에서도 정보 오염이 일어나고 말았다.

제국의 기사들은 자신들의 적들이 내력 발사를 통해 아군을 격살하는 것만을 보았지, 누가 내력 발사를 행했는지까지는 알아보지 못했던 탓이었다.

물론 개중에는 루에노가 아닌 다른 인물이 내력 발사를 행했음을 알아본 이들도 있었지만, 그들의 보고는 철저히 묻혔다.

단순히 믿고 싶지 않은 사실이기에 믿지 않은 것이 아니라, 상식적으로 말이 안 되는 소리였기 때문이다.

내력 발사를 행했다는 건 곧 그 주체가 진정한 검의 주인이라는 뜻인데, 그런 고명한 존재가 어디 온천이라도 터지듯 펑하고 나타나는 게 아니었다.

검의 주인은커녕 칼날의 주인조차도 혼자 힘으로는 도달할 수 없다. 적어도 그러한 초월의 경지에 가까이 가보기라도 한 누군가의 가르침을 받아야 한다는 것이 정설이다.

제국 정보부는 초월자를 탄생시킬 수 있는 가능성의 일말이라도 품은 인물에 관한 정보를 다 파악하고 있었다. 초월자는 전쟁의 승패를 뒤바꿀 수 있는 존재니, 이러한 정보의 수집은 국가 중대사 중 하나일 수밖에 없었다.

그런데 제국 정보부도 파악 못 한, 이름도 모르고 성도 모르는 진정한 검의 주인이 이런 변경에서 갑자기 튀어나왔다고?

이런 건 그냥 말이 안 됐다.

그것보다는 사실 루에노가 진정한 검의 주인이라는 가설이 훨씬 신빙성이 높았다.

따라서 상부에 올라간 보고서에는 쓸데없는 사족은 싹 다 제거하고 '루에노가 진정한 검의 주인이었다'라는 정보만이 깔끔하게 정리되어 올라갔다.

제국군의 수뇌부는 이것도 믿어지지가 않아서 직접 목격자를 소환해 증언을 듣기까지 했고, 그 증언이 바로 이거였다.

"저, 저만 본 것이 아닙니다. 저희 모두가 봤습니다."

적의 내력 발사에 의해 아군인 검의 주인의 목이 날아가는 그 충격적인 장면을 회상하는 것만으로도, 증언하던 기사는 두려움에 부들부들 떨기 시작했다. 그 또한 칼날의 주인이었음에도 불구하고 근원적인 죽음의 공포를 완전히 극복할 수는 없었던 모양이었다.

"허······."

"그것이 사실이란 말인가······."

제국군 수뇌부로서도 골치가 아플 수밖에 없었다. 고위 마법사의 카운터가 극소수 초정예라면, 진정한 검의 주인을 상대하는 법은 그보다 훨씬 까다로웠다.

진정한 검의 주인을 상대할 수 있는 건 같은 진정한 검의 주인뿐이다.

이 심플한 문장이 가리키는 바는 명확했다.

토벌군에서는 단 한 명뿐인 진정한 검의 주인, 대장군이 직접 나서야만 하는 상황이 만들어지고 말았다.

"후, 후후후, 후하하하하."

그러나 그 당혹스러운 상황을 맞이한 당사자, 대장군은 갑자기 웃기 시작했다. 좀처럼 보기 힘든 모습에 자리에 모인 지휘관들이 할 말을 잃고 대장군을 바라보자, 그제야 대장군은 웃음을 그치고 이렇게 말했다.

"이 벨리사리오가 진정한 검의 주인이라는 과분한 칭호를 얻고 제국의 대장군으로서 봉사한 지 어언 20년. 이런 가슴 떨리는 국면을 맞이한 건 처음이외다."

대장군은 평범한 인간이라면 이미 노쇠하여 은퇴했어야 할 연령이었다. 그러나 진정한 검의 주인답게 그는 아직 건재했다.

눈빛은 형형했고, 목소리는 우렁찼다.

"진정한 검의 주인을 적으로 두고 목숨을 건 싸움에 임하게 될 줄이야."

평화의 시대는 길었고, 제국의 검은 나설 일이 없었다.

그나마 검의 주인이었을 때는 다른 검의 주인들과 대련이라도 했건만, 진정한 검의 주인에 오르고 대장군의 좌에 오르자 그렇게 쉽게 다른 진정한 검의 주인과 검극을 겨눌 일이 생기지 않았다.

제국에서는 모든 대장군이 동등한 지위로 취급되며, 자칫 대장군끼리의 서열이 생기는 걸 방지하기 위해 대결을 아예 국법으로 금지하고 있는 까닭이다.

두 명의 기사단장과 그 부관이 모두 패하여 스러진 것은 안타까운 일이나, 대장군은 그럼에도 불구하고 검귀로서의 본성을 감추지 못했다.

강자와 검극을 겨룰 기회를 어린아이처럼 고대하는 그 본성을.

"좋소. 이 벨리사리오가 직접 나서지."

꺼낸 말투는 어쩔 수 없다는 듯했으나, 그 진심은 너무나도 노골적이었다.

그럼에도 불구하고 누구 하나 그러한 벨리사리오에게 비난의 뜻을 품지 않았다.

왜냐하면 이 자리에 있는 이들 또한, 벨리사리오와 크게 다르지 않은 검귀들이었기에.

평소에는 자신의 안위와 주머니에 채워질 금화, 덤으로 군공을 탐하던 기사단장들이지만 그것은 그들의 본질이 아니다.

라틀란트 제국에서 기사단장직에 올랐다는 것은 그들이 검의 주인이라는 것을 뜻하며, 동시에 그것은 그들이 검귀라는 것을 뜻한다.

그들이 대장군의 마음을 이해 못 할 리 없다.

"루에노는 내가 맡을 테니, 고위 마법사를 견제하기 위한 검의 주인 둘을 대동시켜 주시오."

그러한 대장군의 요구에 대한 반응은 뜨거웠다.

"이번에는 제가 함께하겠습니다."

"아니! 제가!"

"아니오, 아니오! 이번엔 제가 나서겠소!!"

기사단장들 또한 검귀들. 그러한 검귀들이 진정한 검의 주인 간의 싸움을 그냥 놓치려 들 리 없었다.

자신보다 실력이 뛰어난 이들을 지켜보는 것만으로도 실력 향상에 도움이 된다는 건 거의 모든 분야를 통틀어 잘 알려진 상식이다.

하물며 진정한 검의 주인 간의 목숨을 건 싸움이다.

이 싸움을 지켜보고 아주 작은 단서라도 얻어 벽을 넘을 수 있다면, 그들 또한 진정한 검의 주인이 될 수 있을지도 모른다.

이런 기회를 그냥 다른 사람에게 양보할 정도의 머저리라면 애초에 검의 주인에조차 오르지 못했으리라!

"제비뽑기로 고르시오."

그러나 그러한 뜨거운 요청에도 대장군은 단호하게 말했다.

"그대들이 지난번에 말했듯, 다른 임무도 중요하니 말이오."

결코 지난번 일에 대한 속 좁은 복수 같은 건 아니다.

적어도 대장군 본인은 그렇게 생각했다.


＊　　　　　＊　　　　　＊


대장군 벨리사리오가 시티 오브 페르핀의 성벽 아래에 도착하는 데에 걸린 시간은 불과 반나절이었다. 대장군이 기사단장 다섯만 대동했기에 가능한 진군 속도였다.

어차피 진정한 검의 주인이 출진할 때는 거창한 군대 같은 게 따라다닐 필요가 없었다. 대단위 병력의 카운터가 마법사라지만 진정한 검의 주인도 오직 칼 한 자루만 가지고 같은 위업을 보일 수 있으니.

더군다나 상대 또한 진정한 검의 주인이라면 더더욱 그렇다. 대동해 봤자 진군만 늦어지거니와 전장에 나서선 무의미하게 학살당할 위험 쪽이 훨씬 높았다.

진정한 검의 주인을 상대할 수 있는 건 같은 진정한 검의 주인뿐이라는 문장이 지닌 진정한 뜻이 이러했다.

검의 주인을 대동하는 것도 그저 그들이 진정한 검의 주인 간의 전투를 견식하길 지극히 원하기 때문일 뿐, 그들의 존재가 이 승부에 별 영향을 끼치지는 못하리라.

적어도 벨리사리오 대장군은 그렇게 생각했다.

"흠, 일단 그 루에노인지 뭔지 하는 놈부터 불러내야겠군."

시티 오브 페르핀에 도착하자마자 대장군은 이런 혼잣말을 꺼내놓더니 대뜸 칼을 꺼내 휙 휘둘렀다. 그 칼에서 뻗어나간 내력의 뭉텅이가 성벽에 적중했다. 그러자 성벽은 마치 처음부터 폭발물이었던 것처럼 펑 터져 가루가 되었다.

평소에는 인정 많은 노인네 같던 대장군이 이런 폭거를 벌이자 기사단장들은 입을 쩍 벌리고 놀랐다. 사실 그 인정 많음에 기대 만만하게 보고 대든 적이 있는 기사단장도 여기 있었기에 그들의 놀라움은 한층 더 컸다.

청천벽력을 맞은 시티 오브 페르핀 쪽은 얼마나 놀랐는지 비명 소리가 여기까지 들렸다. 그러나 대장군은 난리가 난 도시 쪽으로는 시선조차 주지 않은 채 평소와 다름없는 태연한 목소리로 이렇게 말했다.

"이러고 기다리면 오겠지. 그동안 우린 밥이나 먹자고. 식사는 누가 차릴 건가?"

"바, 바로 준비하겠습니다!"

분명히 출발하기 전에는 내가 이 짬에 이런 것도 해야 되냐며 투덜거렸던 5기사단장은 몇십 년 만에 신병처럼 군기가 팍 들어 외쳤다.

그러나 이러한 5기사단장의 꼴불견을 비웃을 수 있는 기사단장은 이 자리에 없었다. 잘못 개기다가 저 성벽처럼 박살이 나고픈 마음은 없었기 때문이었다.

*         *         *

내가 현장에 도착했을 때 본 광경은 기묘하기 짝이 없었다.

웬 노친네 여섯이서 불 위에다 솥 걸고 옹기종기 둘러앉아 있는 광경이 바로 그것이었다.

그냥 딱 보기에는 무슨 음식이라도 만드는 것 같았는데, 솥 안의 요리라고 하기엔 심하게 기괴한 그것이 풍기는 향과 색깔이란… 마치 향수 원액과 물감을 무작위로 섞어놓은 것 같았다. 적어도 도저히 사람이 먹을 만한 것으로 보이지 않았다.

노친네 하나는 땅에다 머리를 박고 있었다. 눈치를 보아하니 아무래도 저 괴상한 물체의 제작자인 것 같았다.

문제는 이러한 우스꽝스럽지도 않은 광경을 연출하고 있는 노친네들이 하나같이 얕볼 수 없는 강자라는 점이었다.

이 중 다섯은 4검급.

하나는 5검급이었다.

"놀랍군."

가장 먼저 말을 꺼낸 건 5검급 할배였다.

"보고로는 루에노가 진정한 검의 주인이라고 들었는데, 직접 보니 그게 아니었구먼."

아무래도 5검급 할배는 내 실력을 보자마자 알아챈 모양이었다.

다른 노친네들은 5검급 할배의 말에 놀라서 입을 쩍 벌렸다. 저러는 걸 보니 내가 내 검력을 잘 갈무리한 게 맞긴 맞았나 보다. 비록 5검급 할배한테는 간파당했지만, 원래 동급이나 그 이상한테는 들킬 수밖에 없다.

나는 헛기침을 몇 번 해서 목소리를 가다듬었다. 처음 본 광경이 워낙 충격적이라 할 말을 잃었었지만, 언제까지나 언어를 잃어버린 채로 살 수는 없는 노릇이다.

"불러서 왔어요, 할배."

일부러 씨익 웃어 보이며, 나는 되도록 도발적으로 보이도록 말했다.

"한판 뜹시다."

그러자 할배도 씨익 웃었다.

"에잉! 요즘 것들은 통 성명도 없느냐?"

"우리 사이에 그런 게 필요 있어요?"

"잘 아는구나!"

할배가 칼을 뽑아 들고는 야수처럼 이를 드러내며 웃었다.

"덤벼라."

분위기는 아주 자연스럽게 조성되었다.

땅에 머리를 박고 있던 노친네를 비롯한 다섯 노친네가 뒤로 물러나자, 루에노 또한 아무것도 하지 않고 뒤로 물러났다.

아무리 루에노라도 4검급 기사 5명을 상대로 어둠 속에 가둬놓는 건 무리일 테고, 애초에 루에노 본인도 나와 할배의 싸움을 관전할 욕심이 있는 모양이었다.

아무튼 나와 할배의 1:1이 성사되었다.

"덤비라고 하시니 그럼……."

갑니다, 같은 선언 같은 건 필요 없었다.

그런 여유를 부릴 수 있을 정도로 쉬운 상대도 아니다. 5검급이라고 다 같은 5검급인 건 아니다. 이 할배는 나보다 빨리 5검급을 달았으니, 나보다 더 강할 게 빤했다.

나는 기습적으로 칼을 휘둘렀다. 할배가 이미 덤비라는 말을 했으니 사실 기습은 아니지만, 상대의 타이밍을 빼앗는 데에는…….

채앵!

실패했다.

할배는 여유롭게 웃어 보였다. 아까부터 굉장히 신나 보인다.

하긴 뭐 누가 누구 이야기를. 나도 이를 드러내 보이며 웃었다.

더 이상 대화는 필요 없었다.

아니, 대화는 이미 하고 있었다.

칼로 말이다.

                    *            *            *

검극이 검극과 스치고 검격과 검격이 부딪혔다.

'또!'

나는 속으로 이를 갈았다.

'또다!'

세 번 반복된 우연은 더 이상 우연이라 할 수 없다는 말이
있다. 그런데 지금 내 앞에 우연처럼 펼쳐진 상황은 세 번 정도
가 아니었다. 이미 두 자릿수를 넘어 세 자릿수를 향해 치닫고
있었다.

할배의 찌르기는 내 찌르기의 위력과 같았다. 내 검격의 위
력은 할배의 검격과 같았다. 내가 베면 할배가 같은 힘으로 막
고, 할배가 베면 내가 같은 힘으로 막았다.

이게 왜 가능한가?

사실 가능해선 안 된다.

이렇게 정확하게, 정밀하게 같을 수는 없다. 나와 할배의 몸
무게가 완전히 같고, 근육량이 완전히 같고, 단련한 정도와 방
법이 완전히 같지 않는 한 최소한 사선 베기의 각도와 위력과
방향에 차이가 있을 수밖에 없었다. 아주 작은 미세한 차이라
도 있을 수밖에 없다.

처음은 우연이라고 생각했다.

두 번째는 호적수를 만났다는 생각에 기뻤다.

세 번째에 와서야 나는 뭔가 이상하다는 걸 느꼈다.

검극을 나누고 일백 합이 넘어가니 인정할 수밖에 없게 되었다.

이 할배가 나보다 강했다.

이거야 이미 알고 있는 사실이긴 했다. 나보다 5검급에 먼저 오른 할배다. 현실적으로 나보다 강할 수밖에 없다.

더 자존심 상하는 건, 이 할배가 나를 봐주고 있다는 거였다.

나와 할배의 검력이 똑같아 보이는 이유가 이거였다. 할배의 기량이 나보다 높고 검력이 더 우월하기에 나에게 수준을 맞춰 줄 수 있는 거였다.

그것도 나한테 호감이 가거나 그래서 날 살리려고 이러는 게 아니라 그냥 날 갖고 좀 오래 놀아봐야겠다는 심보다.

그래, 얼마나 재밌겠어? 세상에 태어나서 5검급에 이르기까지 수많은 검사와 기사를 봐왔겠지만 나처럼 검을 쓰는 놈은 처음 봤을 거다.

그렇다. 내가 목숨을 부지하고 있는 건 어디까지나 왕의 검법 덕이다.

몬토반드 왕의 검법.

그 원래 주인인 몬토반드 가문의 혈통조차 익히지 못하고 명맥이 끊겨 현대에 이르러선 아무도 익히지 못했다. 이런 검법을 상대하니 생경하고 신기할 수밖에 없겠지.

할배도 꽤나 괜찮은 검술을 다루고는 있지만 그게 왕의 검법에 비할 바냐고 묻는다면 그렇지가 않다. 왕의 검법은 세상에 알려지지 않은 희귀함도 희귀함이지만 그 현묘함과 위력, 그리고 완성도는 타의 추종을 불허한다.

그럼에도 내가 할배에게 밀리는 건 단지 내가 막 5검급에 올랐기 때문일 뿐이다. 만약 내가 할배와 동수의 검력을 지녔더라면 오히려 내 쪽이 검법의 우위를 통해 우세를 점했을 것이다.

이것도 원통하기 짝이 없는데, 더 억울한 것은 할배의 검술이 점점 더 좋아지고 있다는 점이었다.

이게 무슨 소리냐, 검극을 마주한 채 검법을 베끼고 있다는 의미다.

진짜 말도 안 되는 재능이다.

이게 5검급인가?

나도 5검급이긴 하지만, 이제 막 경지에 오른 햇병아리와 단련을 거듭한 중견은 역시 다르다.

물론 내 쪽도 이 겨룸을 통해 얻어 가는 게 있다. 깨달음도 있고, 배움도 있고, 그에 따라 성장도 하고 있다.

그러나 내가 그렇게 배울 수 있다는 걸 깨달은 순간 할배는 철저하게 수세로 일관했다. 내게 공격을 양보하는 대신 자신의 검술을 내보이지 않음으로써 내가 얻어 가는 것을 최소화시켰다.

치사한 노인네!

할배가 외모하고는 달리 성향이 고양이 같다. 고양이는 조금 그렇고 하니 호랑이라고 해둘까. 어쨌든 성향은 비슷하다. 이러다 질리면 나를 죽이리라는 점에서 말이다.

그러니까 이제부터 내가 하는 건 반칙이 아니다. 아니, 생존이 걸렸는데 반칙이고 뭐고 어디 있겠는가? 설령 반칙이라도 해야 할 때였다.

가장 먼저, 자기 정령화. 정령력을 담뿍 찍어 바름으로써 내 존재 그 자체를 강화한다.

그다음, 산소의 정령 피식이와의 정령 합일. 전신에 산소를 공급함으로써 호흡할 필요가 없게 만들고 신체 능력을 상향한다.

다음, 정령력의 정령 홍홍이까지 불러내 삼위일체. 자기 정령화의 효과와 피식이의 효과를 정령폭주에 준하도록 극대화한다.

"아닛!?"

그러자 할배의 입에서 감탄사가 터졌다. 내 신체 능력이 전체적으로 갑자기 뛰어오르니 놀랄 법도 했다.

그러나 '꽤 강해지긴 했지만 그래도 나한테는 안 되지', 같은 의미가 담긴 감탄사 같아서 매우 불쾌했다.

그렇다면 나도 여기서 끝내면 안 되겠지.

나는 각성창 안의 어둠장막의 단검 기능을 활성화시켰다.

물론 5검급한테는 어둠장막이 통하지 않는다. 그러나 내가 어둠장막을 켠 건 다른 이유 때문이다.

"아무리 그래도 성법까지 쓰는 모습을 보이는 건 좀 그렇지?"

나는 재빨리 헤일로를 켜고 성법을 써서 2륜급 축복 두 개를 내게 걸었다. 하나는 힘, 하나는 스피드를 올리는 정직한 구성.

'뭐, 이 정도면 되겠지.'

이거 걸기 전에는 생존을 위해서니 뭐니 하는 이유를 댔지만, 진짜 생존을 위해 물불을 가리지 않았더라면 나는 진작 검외의 수단을 꺼내 들었을 것이다. 끼럭이를 난사하든 피식이로 산소를 빼앗든 유물을 꺼내 든 술법이나 흑법을 쓰든 방법은 많다.

하지만 내가 그러지 않았던 건 그냥 칼의 대화를 나누기 위해서였다.

지금 와서 이런 강화 수단을 꺼내 드는 것도 그냥 할배의 진짜 실력을 끌어내기 위해서였고.

그래야 내가 그거 보고 성장하니까.

결국 나도 할배와 동류인 셈이다.

인정하니 편해지는군.

뭐, 좋다. 잡생각을 하는 것도 여기까지다.

나는 헤일로를 끄고 어둠장막도 거둔 후 시치미를 떼었다.

"…뭐지? 방금 내게 뭘 한 건가?"

5검급에게 어둠장막이 통하지 않는다는 건 공격이 통하지 않는다는 소리다. 공격 행위가 아닌 행동을 취할 때에는 써먹을 만했다.

그래도 보통은 어둠장막의 단검이 작동했다는 것조차 인지

하지 못하는데, 괜히 5검급이 아닌 건지 바로 위화감을 캐치한 모양이었다.

어둠장막을 거두고 나는 뻔뻔하게 말했다.

"신경 쓰지 마, 할배. 우리 하던 거나 계속하자고."

"건방진!"

다시금 나와 할배의 검투가 시작되었다. 내 전력도 상당히 상승했지만, 역시 실력을 숨기고 있었던 게 맞는 듯 할배도 곧 잘 따라왔다.

"힘을 숨기고 있었구나, 애송이! 이 벨리사리오를 상대로 여유를 부리다니!!"

"아, 할배도 마찬가지면서 무슨."

나야 피식이 덕에 호흡을 할 필요가 없어서 좀 떠들어도 상관없다만, 이 할배는 그런 것도 아니면서 마음껏 떠들어대다니 아직 여유가 있는 모양이다.

그럼 좀 더 스피드를 올려야겠지.

나는 스파타의 검투술을 왕의 검법으로 녹여낸 내 고유 검투술을 선보이기로 했다. 사람을 상대로 쓰는 건 이번이 처음이라 좀 두근거린다.

왕의 검은 오른손에만 들고 왼손에 스파타의 검투용 검을 [변신 브로치]로 순식간에 꺼내 든 나는 재빠르게 공격을 이어 나갔다.

"쌍검술? 어디서 이런 잡술을?!"

할배는 내가 스파타의 검을 꺼내 드는 걸 보고 코웃음을 흘렸지만, 그 코웃음은 금방 걷혔다. 쌍검술이 잡스러운 건 사실이지만 왕의 검법은 그러한 잡스러움을 집어삼키고 검법으로 승화시키기에 충분한 절기였다.

공격, 공격, 공격!

나는 쉴 새 없이 할배에게 공격을 퍼부어댔다.

괜히 5검급의 기사가 아닌지라, 그렇게 내 물 흐르듯 이어지는 연속 공격의 틈새를 노려 반격을 틈틈이 걸어왔다. 하지만 다음 공격을 우격다짐으로 밀어 넣음으로써 반격을 포기할 수밖에 없게 만드는 술수로 할배의 반격 시도를 무위로 돌렸다.

"이놈!"

할배가 뭐라고 한 것 같지만, 나는 숨도 안 쉬고 공격을 계속해서 이어나가느라 거의 무아지경에 가까운 상태가 되었다. 머리가 뜨듯하게 달아오르는 것 같았지만 적어도 마법을 쓸 때보다는 훨씬 나았다.

싸우는 놈도 머리가 좋아야 잘 싸운다는 소릴 누가 했다던데, 그 말은 별로 틀린 게 없었다. 그간 마법을 쓰느라 바보가 된 줄 알았던 뇌는 계속해서 혹사당했던 탓인지 조금 좋아져 있는 것 같았다.

비록 뭔가 천재적인 발상을 떠올린다든가 하는 데에는 별 도움이 안 됐지만, 적어도 연산 능력에 있어서는 비약적인 성장을 이뤘다. 이게 아니었다면 할배의 섬전 같은 반격을 어떻게 무효화해야 하는지 한참 생각했어야 했을 거다.

아무튼 나는 왕의 검법을 응용하면서 할배의 반격을 찍어

누르는 데에 뇌의 모든 자원을 동원하느라 아무 생각도 못 하고 계속해서 검을 휘두르고 베고 찌르고 되돌렸다.

그러는 가운데 뭔가 잡히는 게 있는 것 같았다.

고속 연격을 이어나가면서 내력의 운용 또한 그에 따라 고속으로 움직여야 했는데, 그럼으로써 기존에 완벽하다고 느꼈던 내력 운용법에 문제를 느끼기 시작한 게 그것이었다.

빠르게 움직이기 위해 내력의 양을 덜어내면 위력이 부족하고, 내력의 양이 많으면 몸 곳곳에 빠르게 운반하는 데에 문제가 생긴다.

그런데 왜 이런 문제가 생기는 걸까? 더 작은 게 더 빠르게 움직인다는 건 고정관념이다. 사실 사람이 벼룩보다 빠르다. 다만 좁은 곳을 통과할 때 작은 놈이 더 유리한 것뿐이다.

그렇다. 좁은 곳.

통로.

내 내력이 움직이는 통로가 너무 좁았다.

이게 문제의 근원이었다.

이 문제를 해결하려면? 통로를 더 넓게 뚫어야겠지. 하지만 그게 가능한가? 통로라고 칭하고 있지만 그건 내 몸이었다. 내 몸에다가 구멍을 더 크게 뚫고도 나는 무사할까?

무사하다!

일이 잘못되면 치명상을 입게 될지도 모르지만, 그때는 황금월계관이 어떻게든 해줄 것이다.

더욱이 마침 해가 내 머리 위에 올라와 있었다. 그리고 내게는 일리어스 님의 강복이 걸려 있다. 설령 일이 잘못돼서 큰 상처를 입어도 어떻게든 회복이 가능하다는 소리다.

어디 그뿐인가? 내 각성창 안에는 일리어스 님의 권능 조각이 들어 있다. 언제든 강복의 효과를 극대화시킬 수 있다는 뜻이다.

게다가… 에이! 아무튼 어떻게든 되겠지!

그래서 나는 그냥 저질렀다.

내력을 뭉텅이로, 그리고 고속으로 통로로 들여보낸 것이 그것이었다.

"커… 헉!"

만용의 대가는 확실했다. 엄청난 고통이 밀려들었다. 그리고 위에서 뭔가 역류해서 올라왔다.

이건 위장에서만 올라오는 게 아니었다. 위장 외의 다른 여러 장기들도 다쳤다. 그게 아니라면 입에서 피와 함께 내장 조각이 튀어나올 리가 없었다.

내가 공격을 멈추고 갑자기 피를 토하자, 할배는 뒤로 물러나면서 숨을 크게 몰아쉬었다. 내 공격을 막고 피하고 흘리고 틈틈이 반격을 넣느라 숨을 못 쉰 탓이다. 하도 숨을 안 쉬길래 나는 저 할배가 나처럼 산소의 정령이라도 소환했나 했다.

"네놈, 잘 싸우다가 무슨 짓이냐?!"

"끄으……."

그러나 내게 그 질문에 대답할 여유가 있을 리가 없었다. 몸 전체가 트럭에 치인 것처럼 망가졌다. 아니, 설령 트럭에 치였더라도 난 별일 없었던 것처럼 털고 일어날 수 있었을 것이다. 그러니까 그것보다 더 큰일이 일어났다는 소리다.

더욱 큰 문제는 이 상처가 내 몸 안쪽부터 말미암은 것이라는 점이다. 그나마 치명상은 아닌 게 다행이었다. 아니, 사실 치명상을 입긴 했는데 그건 황금 월계관이 막아줬다.

"크……!"

나는 하는 수 없이 각성창에서 일리어스 여신님의 권능 조각을 꺼내 활성화시켰다. 그러자 마치 태양이 땅에 내린 것 같은 눈부신 빛이 내 시야를 모두 감쌌다.

—스파타야! 어쩌다가 이런!!

일리어스 여신님의 목소리가 들렸다. 동시에 태양신의 강복이 내게 작용해 엉망진창이 되었던 몸을 빠르게 회복시키기 시작했다. 내친김에 나는 여기에 치유 성법까지 더했다. 어차피 권능 조각의 빛 덕에 헤일로는 가려서 안 보일 거라는 계산이었다.

그럼에도 불구하고 치유 속도는 더뎠다. 이럴 줄 알았으면 치유 성법도 좀 더 올려둘걸. 이런 일로 치유 성법이 아쉬워질 줄은 꿈에도 생각 못했다.

지금이라도 살까? 아니, 다운로드 받고 있을 틈이 없다.

이 틈을 타 할배가 휙 날아와 내 목을 쳐버리면 어쩌지? 황금월계관은 이미 소모했다. 나는 더 이상 무적이 아니다.

오랜만에 제대로 맞이한 죽음의 위기 앞에서 덜덜 떨면서, 나는 치유와 회복에 전력을 다했다. 심지어 이 위기는 내가 자초한 거라 더욱 스스로가 한심했다.

이 멍청, 멍청한, 멍청한 놈!

"…하지만 항상 새로운 시대를 열어젖힌 건 멍청한 놈들이었지."

그러나 다음 순간, 나는 나도 모르게 그런 소릴 중얼거리고 있었다.

―뭐? 그게 무슨 소리냐?

'감사합니다, 여신님. 이게 다 여신님 덕분입니다.'

일리어스 여신님께서 듣고 계실 줄은 몰랐다.

나는 여신님을 돌려보내고 완전히 회복된 몸의 상태를 확인했다.

"후, 후후후……. 이게 생사현관 타통인가!"

―그게 뭔데요?

이제까지 입 다물고 있던 라플라스가 도저히 못 참겠다는 듯 질문을 던졌지만 나는 무시했다.

왜냐면 지구에서 봤던 무협지에서 생사현관을 타통한다는 표현이 나왔다는 건 기억하고 있었지만 그게 정확히 뭔지는 잘 몰랐기 때문이었다. 모르는 걸 설명해 줄 수는 없는 노릇 아닌가? 어쨌든 그걸 하면 세지더라! 이 정도가 내 인식의 한계였다.

그럼에도 불구하고 굳이 생사현관 타통이라는 단어를 꺼내든 건 결과가 같기 때문이다.

그렇다. 나는 세졌다.

강해졌다.

그것도… 엄청.

*     *     *

라틀란트 제국 대장군이자 진정한 검의 주인인 벨리사리오
는 눈앞에서 무슨 일이 일어나고 있는지 이해하지 못했다.

아니, 이해를 거부했다는 표현이 더욱 적절하리라.

'자살?'

자기 상대를 잘 해주고 있던 젊은이가 갑자기 스스로 목숨
을 끊었다.

그것이 벨리사리오의 인식이었다.

그 사실을 확인하고 가장 먼저 느낀 감정은 도저히 적에게
품을 만한 부류의 것은 아니었다.

'안타깝군.'

그러나 적이건 아군이건, 뛰어난 검술을 지닌 검사를 잃는
건 안타까운 일이 맞았다. 더욱이 이 젊은이는 어디서도 찾아
볼 수 없는 자신만의 검술을 다루고 있었다. 어딘지 고색창연
하면서도 현대의 검술이 지닌 틀을 깨부수는 파격적인 면모도
가진 훌륭한 검술이었다.

상대가 적임에도 바로 베지 않고 그 검술을 견식한 것은 그
때문이었다. 더 보고 싶었다. 그것은 욕심이 맞았다.

하지만 그러한 자신의 판단이 낳은 결과가 이거라니…….

'아까운… 젊은이를 잃었어.'

벨리사리오가 보기에 상대의 연령은 이미 40대 후반에 접어든 것으로 보였지만, 벨리사리오가 생각하기론 저 나이에 진정한 검의 주인 자리에 올랐으면 아직 젊은이인 게 맞았다.

그렇게 벨리사리오가 젊은이의 죽음을 애도하고 있을 때였다.

그런데 분위기가 이상해졌다.

어느새 지상에 해가 떠올라 있었다.

이러한 기이한 현상을 목격하는 것은 벨리사리오의 나이가 절대 적은 편은 아님에도 불구하고 난생처음이었다.

"이, 이건……!"

벨리사리오가 섬기는 것은 오직 제국 그 자체, 부가적으로 제국의 뜻을 대리하는 황제뿐이다. 따라서 그는 종교를 가지고 있지 않으며 당연히 신성교단과도 무관하다.

그러니 벨리사리오는 신성이라는 단어의 뜻은 알더라도 그게 무엇인지에 대해서는 몰랐다.

신관들과 그들이 부리는 기적에 대해서는 알고 있었지만, 그저 다친 병사들을 쉽게 회복시켜 주는 편리한 도구로 여겼을 따름이었다.

그러했으나 지금, 지상에서 떠오른 해를 바라본 벨리사리오의 가슴이 뜨겁게 뛰기 시작했다.

'신.'

정확히는 그 힘의 편린이지만, 벨리사리오는 처음으로 신의 행사를 목격했다고 생각했다.

그동안 신성교단의 신관들이 보여주었던 수없이 많은 기적들을 목격하면서도 느끼지 못했던 것을 오늘 이 자리, 하필이면 제국의 적과 마주한 이때에 보게 되다니.

무언가 치밀어 오르는 감각에 전율하고 있던 그 순간.

―내 너 누군지 모르나 이 일로 내 대전사가 죽게 되면 가만두지 않겠다!

벨리사리오는 신의 목소리를 들었다.

"누, 누구십니까!"

이 순간을 놓치면 영원히 답을 듣지 못할 것 같다는 불안감에 휩싸여, 벨리사리오는 반사적으로 외쳤다.

―일리어스.

그것을 마지막으로, 그에게 내렸던 신의 목소리는 거두어졌다.

벨리사리오의 뺨을 무언가 뜨거운 것이 적셨다.

눈물.

왜? 어째서?

의문에 대한 답은 발견하지 못했으나, 벨리사리오는 깨달았다.

신의 존재를 목도하고 그 목소리까지 들은 오늘 이때를 기점으로 자신의 인생, 자신의 가치관, 벨리사리오라는 인간을 구성하는 모든 것이 뒤바뀌었음을.

그래서 지상의 태양빛이 걷히고 죽은 줄 알았던 젊은이가 아무 상처도 없는 깨끗한 몸으로 돌아왔을 때도 벨리사리오는 그리 크게 놀라지 않았다.

신의 행사다. 죽은 줄 알았던 사람이 살아 돌아올 수도, 상처가 좀 아물 수도 있지.

"애송이, 살아 돌아왔군."

"어, 할배는 여전하시네."

젊은이는 자신만만하게 웃어 보였다. 여전하다니, 몇 초나 지났다고.

"자, 다시 시작해 볼까?"

"그만두지."

벨리사리오는 칼을 도로 집어넣으며 말했다.

"일리어스 여신께서 행사하시어 내게 말씀하시길, 그분의 대전사를 죽게 만들면 가만두지 않으시겠다더군."

"에, 예? 뭐요?"

영문을 몰라 하는 젊은이의 모습에 약간의 통쾌함을 느끼며, 벨리사리오는 웃으면서 말했다.

"그러니 내가 졌다."

*         *         *

와, 내가 라틀란트 제국의 대장군을 상대로 승리를 거뒀다!

하지만 나는 솔직하게 기뻐할 수 없었다.

"아니… 하필 왜 지금……."

막 생사현관을 타통해서 엄청 파워 업 했는데! 이제야 이겨 먹을 수 있을 거라고 생각했는데!

─그러니까 대체 생사현관이 뭔데요!

그렇다고 일리어스 여신님을 탓할 수도 없었다. 만약 내가 생사현관을 타통하느라 완전 무방비 상태였던 그때 할배가 나한테 한 칼만 먹였어도 나는 죽었을 테니까.

…아니, 그때는 권능도 꺼내놓고 회복력을 최대로 올려놓은 상태였어서 안 죽었을 수도 있다. 하지만 간과해선 안 된다. 이러한 회복의 권능을 준 것 또한 여신님이다. 그러니까 어느 쪽이건 이번에 여신님께선 날 살려주신 거나 다름없다.

이걸 탓하면 사람이 아니지.

그냥 좀… 아쉽다.

"힘자랑 좀 하고 싶었는데……."

이렇게 표현하니까 되게 유치한 것 같지만, …유치한 게 맞구나. 아무리 유치하다고 한들, 나는 내 내면에서부터 솟아나는 이 욕망을 부정할 수 없었다.

아! 힘자랑 하고 싶다! 새로 얻은 힘 써먹어보고 싶다!

"허, 애송이. 정녕 원한다면 대련 형식으로라도 한번 붙어줄 수는 있네만."

아쉬워하는 나를 지긋이 지켜보고 있던 할배가 문득 내게 먹음직스러운 제안을 던져왔다.

"오, 그래요? 할배, 좋은 사람이네요!"

"그분의 대전사께 좋은 인상을 주다니 좋은 일이로군."

어, 어쩌다 보니 그냥 넘어가긴 했는데 대체 무슨 일이 있었기에 사람이 이렇게 바뀌지?

순간 의문이 들었지만 나는 치밀어 오르는 내면의 호기심을 애써 부정했다.

잘못 물어봤다가 대련이 불발되면 손해 보는 건 나니까.

"라틀란트 제국 대장군, 벨리사리오. 성은 없다. 그리고 내 이름이 곧 가문의 이름이다."

할배, 벨리사리오가 검을 빼내 들며 말했다. 갑자기 무슨 소릴……. 아, 대련이니까 통성명을 해주는 거구나.

그건 그렇고 자기 이름이 곧 가문의 이름이라니. 평민 출신에서 가문의 개창자가 됐다는 소린가? 그렇다면 좀 멋있는 것 같다.

"로투스 루베르, 소속은 없습니다."

이런 자리에서 가명을 대야 해서 좀 모양이 빠지는 건 아쉽지만 어쩔 수 없다. 그렇다고 라틀란트의 카를 페르디넌트라고 할 수도 없지 않은가? 다시 생각해 보니 이랬어도 재미는 있었 겠지만 무리수 던지다 대련을 말아먹을 순 없다는 마음 쪽이 더 강하게 작용했다.

"간다."

"오십쇼."

여기서 생사현관의 타통이 빛을 본다.

잔뜩 넓혀진 기의 통로는 이전에 비해 다섯 배에 달하는 내력도 아무렇지도 않게 통과시킨다. 단순히 한 번에 많이 다룰 수 있게 된 것이 아니라, 그 속도 또한 이전과는 차원이 다르다.

그 덕에 내력이 갖가지 방법으로 한껏 끌어올린 내 육신의 스피드를 늦지 않게 보조해 준다.

왼발을 내딛을 때 내력 뭉치가 왼발에 가 있고, 오른발을 내딛을 때 내력 뭉치는 이미 오른발에 도달해 있다. 검을 휘두르려 들면 손, 팔, 심장을 차례로 힘차게 돌며 위력을 증대시킨다.

그것도 최고 출력으로!

본래 이 정도의 출력을 내 육체가 감당할 수 없었으나, 생사현관을 타통한 내 육신의 외력 또한 강해져 있었다. 마음껏 외력을 돌려도 피부가 뜯어지거나 뼈가 갈라질 위험이 없다!

이러니 신이 안 날 수가 없었다.

"핫하!"

나는 나오는 웃음을 굳이 참지 않았다.

"큭! 이거야 원, 대련 안 하자고 했으면 억울해 돌아가실 뻔했겠군."

내 쾌속 공격을 간신히 막으며 할배, 아니, 벨리사리오 경께서도 엷은 웃음을 띠셨다.

"내 쪽이 말이지!"

그리고 벨리사리오 경께서는 드디어 꽁꽁 숨겨놨던 것을 꺼내셨다. 여태껏 한 손으로 쥐고 휘두르던 검을 양손에 쥐고, 힘을 끌어 모으는 것이 그것이었다.

참, 사람이 보고 있는데 대놓고 힘을 끌어 모은다 싶었지만,

나는 굳이 방해하지 않고 그냥 지켜보았다. 벨리사리오 경께서도 내가 그러리라는 것을 잘 아셨던지, 여유 있게 힘을 끌어모으시고는 당당히 외치셨다.

"벨리사리오류 비전검술 궁극검! 금강연환참!!"

이 세계에 와서 누가 필살기의 이름을 외치는 것은 처음 보는 것 같다. 사실 내가 외친 적은 몇 번 있었지만, 다른 사람이 하는 건 처음 본다. 게다가 벨리사리오류라니, 자기류라는 소리 아닌가?

멋있다! 나도 따라 하고 싶어!

그러나 나는 곧 이러한 잡생각을 더 이상 할 수 없게 되었다. 벨리사리오 경의 검에서 뻗어 나온 검강이 내 왕검보다 커지더니 5m, 10m, 20m까지도 뻗어나갔기 때문이었다. 실로 장관이 아닐 수 없었다.

더욱 놀라운 건 그렇게 뻗어 나온 검강이 검과 따로 놀기 시작하더니 그 자리에서 회전하여 거대한 원반과도 같은 모양이 된 거였다. 엄청나게 거대한 탓에 깨닫는 게 늦었지만, 저거 검환이다!

"자, 죽지 말게나!"

아니, 저 할배가! 믿고 기다려 줬더니 저 거대한 검환을 마음대로 조종하며 나를 썰어버리려는 게 아닌가?! 나는 즉시 내력을 끌어올려 검강으로 왕검을 감싸고 검환에 대응했다.

드드드드득 하는 소리와 함께 검환이 내 검을 갈아버릴 듯했기에, 나는 왕검에 밀어 넣는 내력의 출력을 높였다. 더 넓어지고 단단해진 내력의 통로는 다소 무리한 내력 운용을 쉬이 버텨내고, 내 검강의 밀도를 별문제 없이 높였다.

밀도가 올라감에 따라 푸르던 검강의 빛은 어느새 새파랗게 변하더니, 더욱더 파란빛을 띠게 변화하다가 종국에는 군청색이 되었다. 더 이상 빛을 내는 것으로 보이지 않을 정도로 진해진 색 때문에 왕검에 두른 검강은 마치 에너지가 아니라 단단한 물질인 것처럼 보였다.

할배의 검환은 더 이상 내 검강을 갈아낼 수 없게 되었고, 오히려 검환 쪽이 갈려 나가기 시작했다. 검강과 접촉된 부분이 갈려나가 검환이 조금씩이지만 확실히 작아지고 있었다.

"이럴 수가!"

할배가 믿을 수 없다는 듯 외쳤다. 그러나 그 외침에 담긴 감정은 결코 절망이나 탄식 같은 게 아니었다. 오히려 처음 바다를 본 내륙 출신 병사처럼 눈을 반짝이고 있었다.

그리고 이런 반응을 보이는 것은 할배뿐만이 아니었다.

"아니, 저럴 수가!"

"내력 발출로 저게 된다고?"

"세상에! 오늘 따라오길 정말 잘했어!"

할배를 따라온 4검급 노친네들도 경악하면서 동시에 서로를 부둥켜안고 기뻐하고 있었다.

"이제 더 이상 애송이라고 부를 수가 없겠군! 조금 전에 대체 무슨 짓을 한 거냐?!"

금강연환검을 거둔 할배가 감탄성을 외쳤다.

"그냥 버티는 것만 생각하다 보니 이렇게 된 겁니다만……."

"버티는 것만으로 이런 게 된다면 내가 제국에서 대장군을 맡고 있을 리가 없지! 이런 대단한 기술을 지금 만들어낸 건가? 대단하군! 훌륭해!! 이런 훌륭한 기술에 이름을 붙이지 않을 수 없지! 무슨 이름을 붙일 건가?!"

할배가 마치 자기 일인 양 엄청 홍분하면서 거의 외치듯이 말했다. 따라서 그 대화 내용 또한 관전하던 노친네들에게 다 들렸나 보다. 누가 큰 목소리로 우리 대화에 끼어들었다.

"군청참 어떠십니까, 대장군님!"

"너무 단순하잖아! 다른 이름 좀 대봐! 참고 좀 하자!"

"아, 그러시면……!"

나는 할배와 노친네들의 홍분한 목소리를 자랑스러운 기분으로 듣고 있다가 정신이 퍼뜩 들었다. 원래 이 자리가 만들어진 계기를 생각하면, 지금 이 분위기는 이상하기 짝이 없는 분위기였음을 뒤늦게 깨달은 탓이었다.

"파워 오브 울트라마린!"

"군계일학에서 따서 군청일학!"

그러나 나는 오래 정신을 차리고 있을 수는 없었다. 노친네들 입에서 나오는 이름들이 워낙 정신 나갔기 때문이었다.

외눈박이 마을에서는 두눈박이가 어쩌고 라더니, 딱 그 짝이다.

"아니! 군청에서 좀 멀어지시죠!"

따라서 나도 그냥 외눈박이가 되기로 했다.

"…뭐야, 이거."

뒤에서 나지막하니 들려오는 목소리를 듣자 하니, 이 자리의 유일한 내 아군이자 심지어 스승님이기까지 한 루에노는 결국 마지막까지 두눈박이로 남을 작정인 것 같았다.

*　　　　*　　　　*

격렬한 토론 후.

결국 내 새로운 필살기의 이름은 [루베르류 마검술 제1고유마검—천파참강검]으로 정해졌다.

내가 밀었던 [파랑검]은 후보에도 못 올랐다. 할배가 '내 금강연환참을 깨놓고서 그런 안이한 이름을 짓는 건 결코 용납 못 한다!' 고 길길이 날뛰었기 때문이었다.

아니, 이게 뭐라고 그렇게까지 화를 낸대.

—새 주인님, 기술 이름 짓는 건 저분들에게 맡기는 게 나을 것 같습니다.

게다가 라플라스마저 간곡히 요청하는데 버틸 수가 있어야지.

아직도 마음 한구석에는 '파랑검이 어디가 어때서……' 하는 생각이 남아 있지만 뭐, 나는 다른 사람의 충고를 받아들일 줄 아는 사내다.

"음! 좋은 이름이다! 위를 향해 치솟는 모습이 마치 하늘을 깨놓을 것 같으니 천파! 내 금강연환참을 깨놓았으니 참강검!

의미도 통하고 듣기에도 좋구나!"

할배는 모두의 아이디어를 모아 지은 필살기 이름이 매우 마음에 드는지 연신 고개를 주억거리고 있었다.

"그보다 루베르류 마검술이란 건 뭡니까. 처음 들었습니다만……."

"네 성이 루베르 아니냐? 그러니까 루베르류. 그리고 너, 마법사지. 그럼 네가 칼 쓰면 마검술이겠지?"

아니, 뭐 그런 마구잡이 갖다 붙이기 식으로 지어도 되는 건가? 마법이랑 검을 쓰는 건 맞지만 마검을 쓰는 건 아닌데…….

"원래 시작은 다 이런 거다! 내 벨리사리오류도 이런 식으로 시작했지!"

벨리사리오류의 창시에 그런 비화가 있었을 줄이야. 알고 싶지 않았다. 멋지다고 생각했었는데……. 환상이 깨졌어.

"자, 기술 이름도 지었겠다. 다시 시작하지."

이대로 대련을 끝낼 마음은 없는 듯, 할배가 선언했다. 이번에는 할배 쪽이 훨씬 의욕적인 게 느껴져서 좋다.

관전자 노친네들은 마치 이렇게 될 걸 예상이라도 한 듯 획 날아 뒤로 빠졌다.

당연히 나도 이렇게 어영부영 끝낼 생각은 없다. 다시금 왕검을 들어올리고, 나는 전투태세에 들어갔다.

"들어오시죠."

"여유가 느껴져서 좋군. 아주 기분 나빠!"

그렇게 우리는 다시 검극의 대화를 나누기 시작했다.

　　　　*　　　　　　*　　　　　　*

　우리의 대련은 하루를 꼬박 채웠다. 해가 지고, 다시 해가 뜨
고, 그 해가 중천에 오를 때까지 계속해서 검을 휘둘렀다. 5검
급 기사인 우리에게는 그럴 능력이 있었고, 그럴 이유가 있었으
며, 무엇보다 그러고 싶었다.

　이 대련은 아주 값졌다. 오늘 하루 만에 나는 세 개의 고유
마검을 만들어냈다. 아, 고유마검이라는 건 물론 필살기를 뜻
한다. 루베르류 마검술 고유마검 이야기다.

　제1고유마검 천파참강검에 이은 제2고유마검은 천파멸마검!
극도로 응축된 검강을 터뜨려 전방을 초토화시키는 기술이었
다. 여기서 극도로 응축된 검강이라는 건 천파참강검을 뜻한
다. 즉, 천파참강검에서 천파멸마검으로 이어지는 연속기인 셈
이다.

　제3고유마검은 천파금환검으로 노골적으로 표현하자면 금강
연환참의 루베르류다. 그러나 효과만 비슷할 뿐, 그 근본은 어
디까지나 루베르류로서 내력의 운용 방식이 전혀 다르다고 벨
리사리오 경이 직접 인정해 주었다. 그러니 고유마검이 맞다.

　이 이름들은 당연히 내가 지은 게 아니다. 제1고유마검 때와
마찬가지로 노친네들이 일일이 개입해 의견을 내고 그 의견들
중 좋아 보이는 걸 취합하여 이름을 지었다.

　이 작업에는 심지어 라플라스까지 끼어들었으며, 종국에는

루에노까지 발을 담갔다. 하나뿐인 스승님마저 외눈박이가 된 현실이 통탄스럽지 않을 수가 없다.

이름을 짓는 거야 그렇다 치지만, 어제와 오늘을 합쳐 만 하루 간 벨리사리오 경과 나눈 검의 대화는 내게 있어서도 귀중한 경험이자 즐거운 시간이었다.

하지만 항상 그렇듯 즐거운 시간의 끝은 금방 찾아온다. 결국 벨리사리오 경이 먼저 내력이 바닥나 주저앉고 말았다.

"네 내력에는 끝이 없는 것 같군. 그 젊음이 부러워."

"젊음이 아니라 축복입니다."

나는 태양을 올려다보며 말했다.

일부러 축복이라고 표현했지만, 정확히는 일리어스 님으로부터 받은 강복 덕이 컸다.

태양빛 아래에서 더욱 강력한 회복 효과를 주는 강복의 힘은 내력의 회복에는 별반 관여하지 않으나, 상처의 회복과 건강의 유지에 내력을 쓸 필요가 없어진 덕에 더 효율적으로 내력을 관리할 수 있게 되었다.

그런데 사실 내 내력의 진짜 비밀은 생사현관의 타통이다.

그저 내력이 지나다니는 통로를 넓히고 단단하게 해준 것뿐만 아니라, 내력을 담는 그릇도 커져서 다시 채워지는 속도 또한 빨라진 덕을 크게 보았다. 고유마검의 이름을 짓는답시고 쉬고 있는 동안에도 내력이 눈에 띄게 차오르는데 웃음을 참기가 힘들었다.

하지만 이 사실을 벨리사리오 경에게 굳이 알리지는 않았다.

이 할배가 무슨 생각을 하고 있는지 모르기 때문이었다.

갑자기 졌다고 하질 않나, 내게 예의를 차리질 않나, 게다가 대련까지 해주다니. 어제까지 목숨 걸고 싸우던 사이라고는 믿기지 않는 행동을 보여주고 있었다.

처음에는 그냥 내가 생사현관 타통해서 강해지니 기만전술로 나온 게 아닐까 의심했지만, 그런 게 아니었다.

벨리사리오 경도 감춰둔 전력이 많았고, 대련을 통해 그 전력을 꺼내 선보였다. 그럼으로써 본인이 기만전술을 쓸 필요가 없음을 증명했다.

벨리사리오는 충분히 강했고 여력도 남아 있었는데 그 시점에서 항복을 하면서까지 날 속일 이유가 없었다.

심지어 대련에 성실히 임하고 서로 간에 조언을 아끼지 않음으로써, 대련이 상호간의 실력 증진을 위함이라는 것을 확실히 했다.

적대시하는 상대를 두고 그냥 입 닦고 넘어가도 상관없는 걸 굳이 지적해서 고치게 할 이유는 없었다. 물론 나도 성실하게 조언을 한 탓에 벨리사리오 경도 얻은 게 많다지만, 나는 그냥 받은 걸 돌려주는 감각 쪽이 강했다.

이 시점에서 벨리사리오 경이 나를 적대시하지 않는다는 건 이미 확실해졌다. 그럼에도 의문은 남는다.

대체 왜? 어떤 이유로 벨리사리오 경은 내게 이렇게 잘해주는 걸까?

짚이는 이유라고는 하나밖에 없었다. 그것은……

"그런가, 그분의 축복인가."

상념에 젖어 있던 나를 깨운 건 벨리사리오 경의 축축한 목소리였다.

"부럽군."

…아니, 정말로?

사실 나는 내가 떠올릴 수 있었던 단 하나의 이유를 터무니없다고 여겼다.

라틀란트 제국의 대장군이 일리어스 여신에게 귀의했다고?

갑자기?

왜?

하지만 이것 말고는 떠오르는 답이 없었기에, 나는 내 능력이 부족해 답을 맞힐 수 없다고 결론 내리고 추측을 포기하려 했다.

정 안 되면 그냥 라플라스한테라도 물어봐야겠다, 그렇게 생각하고 넘어가려던 차였다.

그런데 하필이면 이 시점에서 벨리사리오 경이 내 말도 안 되는 추측을 뒷받침하는 언행을 보이고 있었다.

이거 뭐지? 혹시 함정인가?

"…제국에는 신성교단이 있지 않습니까?"

그래서 나는 조심스럽게 질문을 던졌다.

"흥, 신성교단. 삼성신. 나는 그런 존재가 실재하는지조차 의문이네."

그러자 충격적인 대답이 돌아왔다. 내게만 충격적인 대답인 건 아니었는지, 다른 노친네들도 대경실색해서 외쳤다.

"대, 대장군 각하!"

"그런 말씀을······!"

그런 노친네들의 반응에, 벨리사리오 경은 미간을 팍 찌푸리며 말했다.

"자네들도 착각하지 말게. 라틀란트 제국은 신성교단을 인정한 적이 없어. 그저 교단에서 신관들을 지원해 주니 그걸 이용할 뿐이지. 제국이 먼저지, 교단이 먼저가 아니야!"

"그건 그렇습니다만, 교단의 위세가······."

"지금 신관들이 빠져 버리면 곤란합니다."

아무래도 이 노친네들도 뭐 딱히 신앙심이 있어서 신성교단을 비호하는 건 아닌 것 같았다. 그저 전쟁 중인데 신관이 삐치면 곤란하다, 이런 식의 인식인 듯했다.

"우리끼리 이야기 중인데 뭐 문제 될 게 있나?"

"우리끼리가 아니잖습니까?"

노친네들이 나와 루에노를 힐끔거렸다. 그러자 벨리사리오 경이 픽 웃었다.

"지금 와서?"

그러자 노친네들이 얼굴을 붉혔다. 별로 보고 싶지는 않은 광경이었기에 나는 눈을 돌렸다.

"아까 못 한 이야기를 계속하자면, 나는 그 신성교단의 삼성신이라는 놈들을 믿을 수가 없어. 신성교단 자체가 돈과 권력을 노골적으로 긁어내려 들고 제국 내에서 영향력을 펼치려고

드는데, 그 과정이 전혀 정의롭지 못하고 선량하지도 않지."

벨리사리오 경은 한숨을 푹 내쉬었다.

"교단의 신관들이 신들이 정해주었다던 교리를 어기고 있는데 신들은 그냥 두고 본단 말이야. 신이 있다면 저걸 그냥 두고 보겠는가 싶은 더러운 짓거리도 자행하는데도! 그래서 나는 신이 존재하지 않는다고 믿었던 적도 있네."

"믿었던 적도 있었다고 하시면."

"지금은 믿는다는 소리지."

넌지시 던진 내 물음에 벨리사리오 경은 깨끗하고도 단호하게 대답했다.

"신의 목소리를 들었으니까."

아니, 이 소릴 다른 노친네들이 다 듣고 있는데 그냥 해버린다고? 진짜 눈치 하나도 안 보는구나. 그렇게 생각하던 나는 문득 중요한 걸 깨달았다.

하긴 이 할배가 여기서 누구 눈치를 보겠는가? 제국의 대장군인 거야 뭐 그렇다 치더라도 5검급의 무력 자체가 권력인데. 눈치라는 거 자체를 볼 필요가 없는 입장이었다.

그리고 나도 그렇게 되었다는 것을 새삼 깨달았다.

이 벨리사리오 경을 내가 방금 1:1로 쓰러뜨렸다. 물론 목숨을 걸고 싸운 건 아니고 단순히 대련을 한 것인 데다, 칼로 찔러서 이긴 게 아니라 벨리사리오 경의 체력이 먼저 다해서 물러난 거라지만, 이긴 건 이긴 거다.

그렇다. 나도 어지간히 강자가 되었다.

물론 라틀란트 제국의 5마급 이상 마법사들과 5검급 대장군들이 우르르 몰려오면 나도 도망쳐야겠지만, 그런 극단적인 상황만 제하면 나도 누구 눈치를 안 봐도 될 정도로 성장한 거다.

"일리어스 여신님의 목소리를 들으셨군요."

따라서 나도 그냥 말했다. 지금 와서 교단 눈치 따윌 보겠는가? 내가 5검급인데!

다른 노친네들이 경악하는 가운데, 벨리사리오 경만이 싱긋 웃으며 고백했다.

"그래. 나는 여신님의 목소리를 듣고 처음으로 이 세계에 신이라는 존재가 있다는 걸 알게 되었다. 내가 이래 봬도 신성교단의 교황까지 만나본 사람인데, 그때는 못 느꼈던 신의 존재를 지금 느끼게 되었다는 소리다."

그렇게 고백하고선, 벨리사리오 경은 자신의 아군일 터인 노친네들을 돌아보며 말했다.

"어떤가? 나를 신성교단에 이단이라고 고발할 텐가?"

"그런 멍청한 짓을 누가 하겠습니까?"

"그랬다간 교단 신관들을 못 부려먹잖습니까?"

"대장군께서 그러시다면 그런 거겠죠."

노친네들은 의외로 심드렁한 반응이었다. 이런 반응은 벨리사리오 경에게마저 의외였던 듯, 눈을 크게 뜨고 되물었다.

"아니, 아까는 그런 말을 자제하라고 하더니?"

"말씀드려도 안 들으시잖습니까?"

"이미 젖은 몸입니다. 비 좀 더 맞는다고 바뀔 게 없지요."

"우리 사이에 이 정도쯤 이야기 좀 할 수도 있는 거고요."

사람이 저렇게 손바닥을 쉽게 뒤집을 수 있을까?

답은 있다, 이다.

뭐, 아무튼 좋다. 상대가 저런 식으로 나와주는데 나도 굳이 사릴 이유가 없다.

"벨리사리오 경."

"말하게."

"일리어스 여신교에 입교하시겠습니까?"

나는 단도직입적으로 물었다.

"그래."

벨리사리오 경도 단답형으로 즉시 답했다.

"여신님?"

―그래, 스파타야. 받아들였다. 저 아이는 이제부터 내 신도다.

누가 봐도 할배인 벨리사리오 경을 두고 '아이'라고 칭하는 건 어떨까 싶지만, 하긴 나이를 생각하면 그럴 만도 했다. 일리어스 여신님은 고대 제국 이전의 고대 문명 시대 신이시니까.

사실 일리어스 신은 원래 남신이었고 여기 계신 여신님은 시티 오브 화이트에만 존재하던 신령이었으며, 신이 되신 건 내가 악마 두개골을 여럿 바친 그때였던지라 사실 신으로서의 경력은 몇 달 되시지도 않았다는 건 그다지 중요하지 않은 사실이므로 넘어가도록 하자.

―신도가 된 기념으로 작은 축복을 하나 내리도록 하지. 저 아이는 태양 아래에서 평안함을 얻을 것이다.

"직접 말씀해 주지 않으십니까?"

―원래 이런 건 대전사가 말해주는 거란다. 그래야 내 대전사의 체면이 설 것 아니냐?

일리어스 여신님께서는 푸근한 말투로 그리 말씀하셨다.

―네게 평안함의 축복을 내리는 힘을 줬으니 축복 또한 네가 내리도록 하거라.

'알겠습니다. …감사합니다.'

―무얼. 감사받을 일이 아니란다. 이건 당연한 거니까.

'그래도 감사합니다.'

재차 여신께 감사드린 나는 헛기침을 한 번 하고 벨리사리오 경에게 말했다.

"일리어스 여신의 대전사로서, 새롭게 여신교에 귀의한 벨리사리오 경을 축복합니다."

나는 벨리사리오 경을 축복했다. 축복하는 법은 자연히 알게 되었다. 원래 이런 건가? 원래 이런 건가 보지.

내가 축복을 내리자 벨리사리오 경의 몸이 빛나기 시작하더니, 그의 머리 뒤에 헤일로가 떠오르기 시작했다. 하나, 둘, 셋. 후광이 선명한 세 개의 윤곽을 이룬 것을 보니, 벨리사리오 경은 이 자리에서 바로 3류급의 성법사가 된 모양이었다.

응? 뭐야, 이거.

'여신님? 이거 어떻게 된 겁……'

―대전사야?! 무슨 짓을 한 거냐!

내가 먼저 물어보려고 했는데, 일리어스 여신님께서 더 크게 놀라시며 내게 하문하시었다. 분위기를 보니 여신님께서도 방금 무슨 일이 일어난 건지 모르시는 모양새였다.

―설명이 필요하실 것 같군요.

시의적절하게 라플라스가 끼어들었다. 자신만만한 목소리가 조금 배알 꼴리지만, 그렇다고 이게 궁금한 걸 묻지 않을 이유는 되지 않았다.

―일리어스 여신께서 직접 성법을 내리시고, 새 주인님께서 그 성법을 다운로드 받으시는 과정에서 대현자님의 성법 시스템과 충돌을 일으켜서 제가 손을 좀 봤습니다. 그 과정에서 성능에도 약간 손을 볼 수밖에 없게 되었는데…….

'아무튼.'

나는 라플라스의 말을 끊었다. 반쯤은 무슨 말 하는지 알아듣지도 못하겠어서 끊어도 괜찮다. 그보다 가장 중요한 건 알았으니까.

'네 탓이다, 이거지?'

―탓이라뇨, 덕분이라고 해주시죠.

귀찮게 굴긴.

'그래, 뭐, 덕분이라고 하자. 그래서 지금 벨리사리오 경에게 무슨 일이 일어난 거야?'

―지금 새 주인님의 축복은 대상을 신관으로 만드는 축복으로 바뀌었습니다.

나는 잠시 침묵했다. 겉으로는 물론 속으로도.

'…엥? 그게 가능해?'

이유는 어이가 없어서였다.

—조건부입니다. 먼저 일리어스 여신께서 대상에게 축복을 내려도 된다고 승인하셔야 하며, 대상이 일리어스 여신에 대한 충분한 신앙심을 품어야 합니다.

나는 잠깐 생각했다.

'…생각보다 쉽네?'

—쉽지 않습니다.

그렇게까지 딱 잘라서 반박할 건 없지 않나? 하지만 내가 불퉁거리기 전에 라플라스가 빠른 목소리로 이어서 설명했다.

—충분한 신앙심 자체가 어려운 조건이니까요.

그런가. 그럴 수도 있겠다. 하긴 나도 내가 일리어스 여신님께 품고 있는 감정이 신앙심은 아닌 것 같긴 했다. 그럼 이 감정은 무엇일까. 항상 어울려 주는 술친구에게 자연스럽게 품게 되는 감정이라. 그렇다면 역시 우정인가?

'아무튼 그 조건만 통과하면 누구나 3류급 신관이 될 수 있다고?'

나는 내 생각이 이상한 샛길로 새 유적까지 파고 들어가기 전에 억지로 끊고 라플라스에게 질문을 했다.

—아뇨, 대상이 갖고 있는 신성력을 가용 가능하도록 바꾼 것뿐입니다. 벨리사리오는 3류급에 해당하는 신성력을 이미 갖고 있었으므로 3류급 신관이 된 겁니다.

'아니, 신을 믿지도 않는다는 사람이 신성력은 어디서…….'

아.

─눈치채신 모양이로군요. 그의 신성력, 그의 신념은 라틀란트 제국에 대한 신념입니다. 이제까지 그의 신앙의 대상은 라틀란트 제국이었고, 그의 신념은 어떤 의미에서는 어지간한 신관보다도 벼려졌죠.

'축복을 받자마자 3류급이 될 정도로 말인가…….'

나는 새삼 놀란 눈으로 벨리사리오 경을 바라보았다. 정작 그 벨리사리오 경 본인은 자신에게 일어난 변화에 더 정신없어하는 게 보였다.

"이건… 대체……."

이렇게 된 이상 어쩔 수 없다.

'여신님.'

─그래, 나도 들었다.

'들으셨군요.'

이상하게 쪽팔린 이유는 뭘까?

─네가 저 아이를 내 신관으로 만들었구나.

'의도한 바는 아닙니다만.'

─괜찮다, 스파타야. 기왕 이렇게 된 거 확실하게 임명하자꾸나.

'알겠습니다.'

여신님의 말씀을 들은 나는 벨리사리오 경에게 말을 걸었다.

"벨리사리오 경."

"예, 대전사님."

벨리사리오는 갑자기 내게 한쪽 무릎을 꿇어 보이더니 말투까지 높임말로 바꿔가며 내 부름에 답했다. 나는 당황한 모습을 보이지 않기 위해 노력해야 했다.

"경께서는 태양신 일리어스의 신관이 되셨소. 앞으로 일리어스 여신교를 위해 활약해 주기 바라오."

"아……!"

벨리사리오 경의 얼굴에 환희가 번졌다. 다행히 내가 처음에는 신도라고 했다가 지금 와서 말을 바꾼 건 전혀 신경 쓰지 않는 눈치였다.

"감사합니다, 대전사님."

벨리사리오는 무인답게 금세 자신의 환희를 추스르고 내게 정중하게 감사를 표했다.

이 기이한 일련의 일을 모여서 지켜보고 있던 다섯 명의 노친네들은 눈을 휘둥그레 뜨고 서로를 쳐다보더니, 그중 하나가 조용히 다가와 벨리사리오에게 물었다.

"대장군님."

"신관님이라 부르게."

벨리사리오가 엄숙하게 말했다. 이 할배, 적응이 심하게 빠르다.

"신관이 되신 겁니까?"

"그렇다네. 이 헤일로가 보이지 않는가? 이게 다 여신님께서

주신 은혜라네!"

대답하는 벨리사리오의 어깨가 으쓱으쓱거렸다.

그 대화를 듣고 있던 다른 노친네들의 눈이 아까 전보다 더 커졌다. 더 커질 수 있는 거였구나. 내가 새삼스럽게 놀라고 있으려니, 다른 노친네가 조심스럽게 내게 다가왔다.

"저, 저도 신관이 될 수 있는 겁니까?"

"4기사단장!"

또 다른 노친네가 놀라 외쳤으나 질문한 노친네, 4기사단장은 아랑곳하지 않았다. 그저 뜨거운 열망이 담긴 눈으로 나를 바라보며 답을 기다릴 뿐이었다. 그냥 무시할 수도 있었으나 눈빛이 좀 부담스러웠으므로 나는 그냥 적당한 대답을 들려주기로 했다.

"그것은 여신님께서 결정하실 일이오."

"아……."

4기사단장은 고개를 주억거렸다. 그러자 나와 노친네의 대화를 듣고 계셨던 여신님이 넌지시 말씀하셨다.

─네가 결정해도 된단다.

'저는 거절할 생각입니다만, 적당히 거절할 말이 필요해서요.'

─네가 여신을 팔았구나!

일리어스 여신님은 웃음이 섞인 목소리로 외치셨다.

"신앙을 증명하지도 않았는데 신관부터 되리라고 한 게 잘못이지."

벨리사리오 경은 본인이 신관이 되었다고 그새 꼰대스러운 말을 늘어놓고 있었다.

"아… 그렇다면 여신교에 귀의하겠습니다."

일반 신도가 되겠다는 것까지 말릴 수야 없다. 나는 고개를 끄덕였다. 그러자 다른 노친네 둘도 얼른 오더니 내 앞에서 무릎을 꿇었다.

"저도 귀의하겠습니다."

"저도……."

"1기사단장, 3기사단장!"

아니, 이 사람들이 갑자기 왜 이러지? 내가 고개를 갸웃거리고 있으려니, 라플라스가 말했다.

─눈앞에서 두 번씩이나 기적을 목격했으니 그럴 만도 하죠.

라플라스의 말에 나는 고개를 갸웃거렸다.

'두 번?'

─새 주인님과 벨리사리오 경의 두 케이스 말씀드린 겁니다.

'아아.'

내 경우는 기적이라고 할 것도 없지 않나, 라고 생각했지만 저들이 보기엔 그렇게 보일 수도 있겠다는 내 스스로의 설득에 넘어갔다.

─게다가 이 다섯 명은 벨리사리오 경의 추종자나 마찬가지니, 자기 우상의 신앙 고백에 마음이 크게 움직였을 거고요. 그리고…….

뭐 그렇다니 그러려니 해야지. 나는 라플라스의 설명을 듣다 말고 고개를 끄덕여 1기사단장과 3기사단장에게 말했다.

"좋소, 일리어스 여신께서 기뻐하실 거요."

―그렇다. 나는 기뻐한다. 와아.

일리어스 여신님의 반응에 나는 어째 기운이 좀 빠졌지만 뭐 아무렴 어떠랴.

"다른 두 분도 언제든 귀의하셔도 좋소. 아니어도 상관없고……."

그러자 눈치를 보던 나머지 두 노친네가 스스슥 미끄러지듯 오더니 말없이 무릎을 굽혔다.

"아니, 3기사단장! 우리보고 그렇게 소릴 질러대더니!"

"단장님들께선 제게 용기를 주셨소. 감사하는 바이오."

아까부터 소리를 지르던 기사단장이 3기사단장이었던 모양이다. 그러나 뻔뻔하기 짝이 없는 손바닥 뒤집기에 다들 할 말을 잃고 말았다.

나는 새로이 일리어스교의 신도가 된 이들에게 적당히 덕담을 늘어놓은 후, 벨리사리오 경에게 눈길을 주었다.

"아무튼 벨리사리오 경은 제게 패배하셨으니 포로로서 구속되셔야 하겠습니다."

"패배는 패배니, 뜻대로 하십시오."

"다른 기사단장들은… 뭐… 항복하겠소?"

원래대로라면 목숨을 걸고 싸워야 할 상대들이었으나, 하루 내내 같이 떠들다 보니 묘한 정이 붙어서 칼 휘두르기도 좀 애매했다.

"항복하겠소."

다섯 노친네, 아니, 라틀란트 제국 기사단장들은 한목소리로 대답해 주었다.

"음, 그렇군. 그럼 포로수용소로 안내하리다."

나는 여섯 노인을 끌고 시티 오브 페르핀으로 돌아가기로 했다.

"이게 이렇게 되나."

루에노의 어이없어 하는 목소리는 뭐, 그냥 못 들은 척하기로 했다.

＊　　　　　＊　　　　　＊

시티 오브 페르핀은 난리가 났다.

나는 몰랐지만 벨리사리오 경은 시티 오브 페르핀을 비롯한 제국 변경에서까지 유명한 대장군이었던 모양이었다.

하긴 제국 전체에 4명밖에 없는 대장군이 유명하지 않을 리 만무했다. 그런 대장군 벨리사리오와 1:1을 붙어 승리하고 포로로 데려왔으니 난리가 안 날 이유를 더 찾기 힘들 정도였다.

비록 성벽 한쪽이 완파되었지만, 그럼에도 불구하고 사람들은 거리로 몰려 나와 축제 분위기를 만들었다. 이전처럼 그저 승리를 축하하며 당면한 현실을 외면하는 수준이 아니라, 진짜로 전쟁이 끝난 것처럼 난리 법석을 떠니 그 소란이 세상을 뒤흔들 듯했다.

그리고 그런 페르펀 사람들의 속단은 별로 틀린 것도 아니었다. 강력한 각성자 몇 명이 전쟁의 승패를 좌우하는 건 지구나 이 세계나 다를 바가 없었다.

그리고 로투스 루베르는 강력한 고위 마법사이자 진정한 검의 주인이었으니 그가 페르펀의 편에 서 있는 한, 다 이겼다는 생각을 하는 것도 무리는 아니었다.

"어쩌다 보니 로투스 루베르한테 너무 많은 걸 몰아주게 된 것 같은데."

4마급 마법사에 5검급 기사, 거기에 이번에는 일리어스 여신의 대전사라는 칭호까지 얻어졌다. 이건 좀 오버한 게 아닐까 싶었지만, 라플라스가 이런 의견을 제시했다.

─원래 신들은 강한 인간을 좋아합니다. 따라서 강자가 신의 대전사가 되는 건 별로 이상한 일이 아닙니다. 5검급이면 강자로 취급받기에 이상할 게 전혀 없지요.

뭐, 처음부터 신관으로서 수련을 쌓은 게 아니라 후천적으로 대전사가 된 거라면 대충 설명이 된다는 모양이니 지나치게 걱정할 필요는 없으려나.

게다가 내가 5검급인데 누구 눈치를 보겠는가? 눈치 볼 필요 없다는 걸 이미 깨달았지만, 그간 눈치를 많이 봐 온 몸인지라 본능적으로 눈치를 보게 되는 건 어쩔 수가 없었다.

오히려 시장 대리 헤이즈 카스트로 페르펀을 비롯한 도시 유력자들이 모두 내 눈치를 보았다.

특히 유력자들은 승리를 자축하는 축제를 후원하여 사람들에게 음식과 술을 풀면서 내 이름을 높이도록 여론을 조성하고, 내게는 조심스럽게 접근해 승리를 기념하는 예물이라며 귀중품을 주고 갔다.

그 필두가 케네스 하이넥, 도시 상인 가문의 대표인 노괴였다.

사실 나는 이미 루브스 페르핀으로서 이 노인의 목숨을 구한 적이 있지만, 지금의 나는 로투스 루베르이므로 처음 본 척을 해야 했다. 그나마 이번에는 눈치를 볼 필요가 없는 입장이라 예전과 같은 귀찮고 답답한 대화를 또 나눌 필요는 없었다.

"오오, 페르핀의 구원자, 페르핀의 영웅, 페르핀의 희망, 페르핀의 별이시여!"

대신 이번에는 케네스의 길고 거창한 찬양의 말을 들어야 했다.

뭐… 솔직히 기분이 나쁘지는 않다.

사실 케네스가 지난 내 승리에는 코빼기도 비추지 않았던 것에서 미루어 볼 때, 그와 하이넥 가문은 마지막까지 제국과 나 사이를 저울질했던 모양이었다.

제국군은 서쪽 변경을 모조리 초토화하겠다는 것을 이미 천명했지만, 설마 그렇게까지 하겠냐고 생각하는 이들이 아예 없지는 않았고 케네스가 그중 하나였던 것 같았다.

이런 걸 생각하면 하이넥 가문을 좀 괴롭혀도 할 말이 없겠지. 내심 계산을 끝낸 나는 케네스에게서 받은 예물은 따로 받아 챙기고, 또 다른 걸 요구하기로 했다.

"케네스 하이넥! 들어본 이름이오."

"오오, 도시의 수호자께서 이 케네스의 이름을 기억하고 계시다니 영광입니다."

"귀하께서는 귀한 술을 수집하시는 걸로 유명하시던데."

"제가 그렇게 유명한 줄은 몰랐습니다만."

"좋은 술을 좀 가져다주실 수 있겠소?"

"물론 그러지요!"

"여러 종류로."

"예?"

"여러 종류로."

"아, 알겠습니다."

내가 이렇게 뻔뻔하게 청탁한 건 케네스 하이넥이 처음이자 마지막이다.

…아니, 어쩌면 마지막은 아니게 될지도 모르겠다.

제5장
—
전쟁의 경과

벨리사리오 대장군은 감옥에 가둬두지 않았다. 애초에 5겹급을 상대로 감옥에 가두는 것은 별 의미가 없는 일이었다. 4겹급도 마찬가지지만… 포로가 둘밖에 없었을 때는 나를 억지력으로 생각하고 가둬두는 것도 괜찮았으나 그 숫자가 이렇게까지 늘어나면 문제가 달라진다.

그래서 나는 이들을 본래 신성교단의 것이었던 신전에 수용하기로 했다.

"11기사단장, 자네도 여기 있었군."

"아, 예. 대장군님."

이 김에 먼저 포로로 붙들려 있던 11기사단장과 그 부관도 같이 신전으로 옮겼다. 갑자기 상관 및 선임들과 함께 있게 된 그들은 조금 불편한 기색을 보였다. 내가 그 마음 알지. 하지만 귀찮았으므로 모르는 척을 하기로 했다.

평소에 고기를 굽는 용도로 쓰던 일리어스 님의 제단에 경건히 고개를 숙이는 새로운 신도들을 보고 있으려니 마음이 좀 복잡해지기는 하지만…….

아니지, 고기를 구워 먹는 것도 일리어스교의 중요한 행사다. 복잡한 마음을 품을 이유가 없었다. 이따가 고기 구워 먹어야지. 어차피 케네스 하이넥으로부터 받은 좋은 술들도 여신님께 바쳐야 한다. 정확하게는 대작할 생각이지만, 뭐 그게 그거 아니겠는가?

새로운 신도들이 고기를 구워주시는 여신님의 모습을 뵙고 어떤 반응을 보일지 조금 기대… 아니지, 조금 걱정되기는 하지만 괜찮다. 일리어스 님께서 직접 구우신 고기를 맛보면 저들의 태도도 달라질 수밖에 없으리라고 확신한다.

하지만 밥을 먹기 전에 할 일이 있다.

일하지 않는 자, 먹지도 말라는 말이 있다.

한국 고유의 속담 같지만 사실은 한국에는 이런 말이 없다. 나도 미국 놈한테 들은 건데, 이거 성경에서 나온 거라고 한다. 그럼에도 한국인들이 많이 쓰는 걸 보면 이 속담이 한국인들 마음에 쏙 들었나 보지.

그거야 뭐 아무튼.

그래서 벨리사리오 경에게 포로로서 당연히 시켜야 할 강제노동을 시킬 참이었다.

"벨리사리오 경."

"그냥 벨 신관이라 부르셔도 됩니다, 대전사님."

아니, 그건 좀.

"내력 회복은 좀 되셨소?"

"아. 아! …물론이오."

벨 신관이 다시 벨리사리오 경으로 돌아왔다. 내가 하려는 말이 뭔지 깨달은 덕이리라. 그리고 나는 그가 원할 만한 말을 해주었다.

"운동 좀 합시다."

"감사합니다!"

벨리사리오 경도 내 제안을 기다리고 있었는지 곧장 답했다.

사실 감사를 받을 일은 아니다. 내가 굳이 벨리사리오 경을 신관으로 받으면서까지 끌어들인 이유의 30% 이상이 이거니까.

하지만 뭐, 의욕적인 건 좋은 일이지. 굳이 감사를 받지 않겠다며 의욕을 꺾을 이유는 없었다.

"저, 저희도 구경해도 됩니까?"

"저도! 제발!"

다른 노친네들이 기어코 들러붙었다. 솔직히 별로 보여주고 싶지는 않은데……. 어쩌지?

'어떻게 할까?'

―자세한 이유는 유료입니다만, 보여주시는 게 더 유리합니다.

'아, 그래?'

유료라면 어쩔 수 없지. 나는 그냥 선심 쓰는 셈 치고 말했다.

"그럼 따라들 오시오."

"감사합니다, 대전사님!"

"감사합니다, 감사합니다!!"

내가 내켜 하지 않았음을, 그리고 꼭 보여주지 않아도 됨을 노친네들도 잘 아는지 고개를 꾸벅꾸벅 숙여가면서까지 감사의 마음을 표현했다.

그리고 오늘의 결과. 나는 두 개의 고유마검을 더 얻어냈으며 내력 진전에도 효과가 있었다.

루베르류 마검술 제4고유마검 천파일섬검!

사실 따지고 보면 그냥 고속 찌르기지만, 그 찌르기의 속도가 한줄기 섬광 같다며 벨리사리오 경이 붙여준 이름이다. 실전에서 사용할 때는 검환을 사용해 보라며 조언해 줘서, 써봤더니 무슨 광선을 발사하는 것 같은 모양새가 되었다. 아, 이러면 일섬검 맞지. 인정한다.

루베르류 마검술 제5고유마검 천파산탄검!

이건 천파일섬검에서 힌트를 얻어, 이번에는 검환을 산탄처럼 흩뿌리는 형태의 기술이 되었다. 점점 갈수록 검술이라기보다는 마법 비슷한 느낌이 나지만, 뭐 이런 걸 두고 무협에서 흔히 만류귀종이라고 하지 않는가. 아닌가? 아무럼 어때.

이번에도 벨리사리오 경이 먼저 나가떨어졌기 때문에, 나는 하는 수 없이 다른 노친네들더러 한꺼번에 덤비라고 하고 상대했다. 그런데 하고 보니 의외로 이쪽도 효과가 좋았다. 어디까지나 의외로 좋았을 뿐이고 물론 벨리사리오 경이 최고긴 했지만.

나도 두 개의 고유마검을 만들어냈지만 다른 이들이 얻은 것이 훨씬 많았다.

다섯 명의 노친네는 각자 0.2 이상의 내력 진전을 보았고, 벨리사리오 경도 마주했던 벽을 뛰어넘고 진전을 보았다. 물론 벽을 뛰어넘었다고는 해도 여전히 5검급이지만, 5검급 자체가 성장이 워낙 어려운 탓에 결코 그 소득이 작다고 볼 수는 없었다.

엄밀히 말해 각각의 개인이 얻은 것은 나보다 적다. 벽을 뛰어넘었다던 벨리사리오 경조차 나보다는 소득이 적다. 하지만 여섯 명이 한꺼번에 파워 업을 했다는 것이 가리키는 바는 생각보다 더 심각했다.

이런 경향이 이어지다 보면 머지않아 나 혼자 이들을 전부 구속할 수 없음을 뜻하기에.

"감사합니다, 대전사님!"

"감사합니다!"

그렇기에 나는 노친네들의 감사를 순수한 마음으로 받아들일 수 없었다. 웃으며 인사를 받아주긴 했지만 속으로는 이들의 팔다리를 하나씩 잘라두는 게 낫지 않을까 고민하던 때.

—죽음을 극복하셨습니다.

라플라스가 뜬금도 없이 메시지를 날려왔다.

'엥? 왜?'

—4기사단장이 내심 새 주인님에 대한 적의를 완전히 버렸습니다. 그 결과, 새 주인님을 암살하고 도주하려던 계획을 폐기하였습니다. 따라서 죽음을 극복하신 게 된 겁니다.

'어…….'

나는 라플라스의 말을 뒤늦게 이해했다. 아니, 4기사단장이 내 암살을 기도했다는 걸 두고 하는 말이 아니다. 이들을 데리고 벨리사리오 경과 대련을 한다는 결정을 하기 전에, 라플라스가 한 말이 생각났다.

—자세한 이유는 유료입니다만, 보여주시는 게 더 유리합니다.

그 자세한 이유가 바로 이거였다.

애초에 다른 기사단장들이 여기까지 반항하지 않고 따라온 건 어디까지나 벨리사리오 경의 의도를 존중했기 때문만이 아니었다.

두 번째 이유로 나를 따라오면 얻을 수 있는 게 있기 때문에. 세 번째 이유가 가장 큰데, 단순히 나랑 싸워서 이길 수 있을 거란 계산이 서지 않았기 때문이었다.

만약 오늘 대련을 함께하지 않았더라면 두 번째 이유가 사라지므로 틈을 보아 탈출하거나 나를 암살하려고 시도할 수도 있었으리라.

그러나 오늘 나는 두 번째 이유를 충족시켜 주었다. 나와 함께 있어서 얻을 수 있는 게 남아 있는 한, 이들은 나를 떠나지 않는다.

동시에 세 번째 이유도 어느 정도 충족되었으리라는 생각을 할 수 있었다. 실제로 오늘 대련이라고는 해도 한꺼번에 기사단장들을 상대해 줬으니, 나와 그들의 격차를 몸에다 대고 새겨주는 좋은 기회가 되었으리라.

'그렇지?'

─아닙니다.

라플라스의 목소리에 한숨이 섞여 있는 건 기분 탓이었으리라.

─4기사단장은 새 주인님에게서 같은 검사로서 감화를 받았습니다. 어제까지 적이었던 자신들을 상대로 더 높은 경지의 검사로서 지도 대련까지 해준 것에 깊은 감사의 마음을 느끼고 있습니다. 그래서 암살 계획을 폐기한 겁니다.

'엥? 그래?'

4기사단장은 사람이 험악하게 생겨놓고 꽤나 정에 약한 타입 같았다.

'그럼 이제 다른 놈들도 감화시켜야 하겠군.'

─물론 그러시면 좋긴 하죠. 그러나 꼭 그러시지 않으셔도 됩니다. 새 주인님께서 암살당할 틈을 내주지 않으시면 암살을 포기하고 달아날 테고, 그때 축의금을 얻으실 수 있으실 테니까요.

'그렇군.'

라플라스의 대답을 들으며 나는 내심 결의했다.

다른 놈들한테서도 루블을 얻어내야겠다!

…라고.

그리고 그날 저녁.

"맛있습니다, 대전사님!"

"맛있어요!!"

―죽음을 세 번 극복하셨습니다. 60루블을 얻으셨습니다.

일리어스 여신님께서는 나보다 세 배 강하셨다.

"아니……."

나는 한나절을 다 써서 지도 대련을 해줬는데, 그런 내게 감사를 느끼는 것보다 고기 주는 게 더 크다고?!

―인간의 3대 욕구는 어쩔 수 없죠.

하긴 그렇지. 인정한다. 나도 일리어스 여신님을 두고 여신님, 여신님 꼬박꼬박 부르는 이유가 이 고기 맛 때문이니까.

이 고기 맛이 없었더라면 이단이라고 공격받을 위험을 무릅쓰고 여신님을 위한 제단을 차릴 이유가 없었다.

―그리고 새 주인님께서 이미 이들을 어느 정도 감화시켜 두었기에 가능한 일이라 봅니다.

'그, 그렇군.'

라플라스도 추측하듯 말하는 걸 보니 별로 확신하는 것 같지는 않았지만 나름 위안을 얻었으므로 굳이 진실을 파헤치려 들지는 않았다.

내가 한창 뭐라 형용하기 힘든 감정 속에 매몰되려던 때, 일리어스 여신님께서 끼어드셨다.

—스파타야! 너도 많이 먹거라! 너 먹으라고 구운 건데 다른 애들한테 다 주면 어떡하니!

"아, 예. 여신님, 감사합니다."

오늘도 고기 맛은 일품이었다.

그래, 맞다.

이건 어쩔 수 없는 게 맞았다.


                    *              *              *


제국군은 자신들의 대장군 벨리사리오 경의 승리를 믿어 의심치 않았기에 그 전과를 확인조차 않았다. 기사단들은 각기 흩어져 임무를 수행하고 있었다.

죽이고, 약탈하고, 불태웠다.

다치는 병사들도 별로 없었기에 군종 사제들도 마법사들도 할 일이 없었다. 그저 병사들이 약탈해 온 술과 음식을 즐기며 노는 게 그들의 일이었다.

그런 높으신 분들의 행태에도 병사들은 별 불만이 없었다. 군의 기강이 흐트러지며 약탈한 물건을 몰래 자기 주머니에 넣어도 그냥 눈감아주는 행태가 횡행한 덕이다.

평소에는 정의니 도덕이니 자비니 외치던 신관들 눈치를 보느라 좀 자제하던 간음도 여기저기서 일어나기 시작했다.

어느새 처음 내걸었던 명분은 간 곳이 없고, 제국군은 훌륭한 약탈자 무리가 되었다.

상태가 이러니 상황을 제대로 파악할 수 있을 리 만무했다. 벨리사리오 경이 돌아오기는커녕, 아예 소식 자체가 끊겼다는 것조차 알아차리지 못했다. 각 부대 간에 긴밀한 연락이 오가는 것도 아니다 보니 대장군이 다른 곳에 있겠거니 하고 대충 넘어간 탓이었다.

어떤 의미에서는 벨리사리오 경을 신뢰하기에 일어난 일이기도 했다. 아무리 상대인 루에노가 진정한 검의 주인 경지에 올랐다 한들, 벨리사리오 경이 더 강력하니 패배할 일은 없다고 굳게 믿어 의심치 않았다.

그렇게 제국군의 기강이 흐트러지다 보니, 성문을 걸어 잠그고 제국군이 이쪽으로 오지 않기만을 바라던 각 도시의 시장들도 생각이 바뀌기 시작했다.

각기 흩어진 개별 부대만으로는 성문이 굳건히 세워진 도시를 공략하기 부담스러운 탓에 제국군은 주변 마을 약탈에만 열중하고 있었다.

그런 제국군을 보며, 시장들은 점점 저들이 소문처럼 강한 건 아니지 않을까 생각하기 시작했다. 이길 자신이 없으니 안 쳐들어오는 게 아닐까? 이런 생각을 가지고도 남을 만한 상황이 계속 이어지고 있었으니 무리도 아니었다.

그러나 시장들의 그런 생각은 당연히 착각이었다.

가장 먼저 착각을 실행으로 옮긴 건 시티 오브 툴루의 시장인 피어스 툴루스였다. 그는 용병 부대에 징집병을 섞은 혼합 부대로 제국군에게 기습을 걸었다.

마을을 약탈하고 불태우는 제국군 병사들의 등을 따버릴 땐 당연히 좋았다. 그 직후, 지축을 울리는 기병들의 발굽 소리가 들리기 직전까지는 말이다.

급히 출동하느라 갑옷조차 제대로 꿰어 입지 못한 제국군 경기병대가 툴루 도시군 병사들을 순식간에 휩쓸어 버렸다.

평화에 젖은 것은 제국군만이 아니었다. 기병을 상대하려면 어떻게 해야 하는지 모른 채 아무 저항도 못 하고 부대를 잃은 시티 오브 툴루 소속 용병대장들은 서둘러 패잔병을 수습해 도시로 돌아가려고 했지만, 그들의 등 뒤를 진짜 기사들이 덮쳤다.

가차 없는 살육이 이어졌다. 단 한 명의 포로조차 잡지 않는 철저한 살육! 설령 우연히 살아남았다고 하더라도, 제국군의 일방적인 학살을 목격한 피어스 툴루스가 툴루의 성문을 단단히 걸어 잠갔기에 도시로 돌아갈 수도 없었다.

죽음, 죽음, 죽음뿐이었다.

결국 희망은 없었다.

*     *     *

사람은 남의 피해에는 둔감하지만 자기 피해에는 민감하게 마련이다.

약탈에 열중하다 시티 오브 툴루 혼합군의 기습에 당한 부대 지휘관은 반격으로 적병들을 전멸시켰음에도 그것을 승리라고 생각하지 않았다. 잡병 몇을 쓸어버린 것으론 복수심이 충족되지 않았다. 도시를 무너뜨려야 비로소 만족될 복수심이었다.

그러나 시티 오브 툴루의 성벽은 여전히 두터웠고 자신의 부대만으로 도시를 점령하기란 지난한 일이었다. 따라서 복수심에 불탄 그는 상급 부대, 즉 기사단에 보고를 올렸다.

당연하게도 그 보고는 지극히 왜곡된 것이었다. 약탈에 열중하다 기습당한 병사들은 적과 용감히 싸우다가 전사한 정병들이 되었으며, 어렵지 않게 전멸시킨 적 잡병들 또한 정예로 둔갑되었다.

그렇게 부풀려진 보고를 받은 기사단장은 이 일이 자기 혼자 해결할 수 없는 일이라 여기고, 다른 기사단에 연락을 취했다. 시티 오브 툴루에 정예병이 있으니, 마땅히 여러 기사단의 힘을 모아 함락시켜야 한다고.

그 보고는 당연히 대장군인 벨리사리오 경에게 올라가야 했다.

각 기사단장들이 보고를 올리기 위해 벨리사리오 경을 찾았지만, 그의 행방을 기사단장 중 누구 한 명이라도 알고 있는 사람이 없다는 것이 드디어 확실해지고 말았다.

그때서야 벨리사리오 경이 여태껏 복귀하지 않았다는 것을 각 기사단장은 알게 되었다. 그리고 보니 벨리사리오 경을 따라간 다섯 기사단장들의 소식도 없었다.

1기사단부터 5기사단은 그 부관이 지휘하고 있었고, 부관들은 직속상관의 부재를 굳이 다른 기사단에 알릴 필요를 느끼지 못했다. 보고를 한다면 대장군에게 보고해야 할 텐데, 그 대장군이 자리를 비워 보고할 대상도 없었으니 말이다.

뒤늦게 사실을 알게 된 제국군은 공포에 질렸다.

"벨리사리오 경이 행방불명이라고?!"

"벨리사리오 경께서 패배하신 건가?"

"그럴 리가! 벨리사리오 경께서는 진정한 검의 주인이시다!"

"상대 또한 진정한 검의 주인. 가능성이 전혀 없다고는 못하지."

"아니, 아무리 그래도……!"

대장군의 패배는 그만큼 충격적이었다.

진정한 검의 주인을 상대할 수 있는 건 같은 진정한 검의 주인뿐.

오랜 옛날부터 전해 내려오는 전설과도 같은 격언에 모두가 떨었다. 만약 이 격언이 사실이라면 그들에게 남겨진 미래는 진정한 검의 주인에게 학살당하는 것뿐이었다.

"보고해야 하오!"

6기사단장이 말했다. 대장군부터 5기사단장까지 모두 행방불명된 지금, 제국군 최고 지휘관은 그였다. 6기사단장은 그 중압감을 버틸 만한 인물이 못 됐다.

"우리는 우리만으로 적들을 쓰러뜨릴 수 없음을 인정해야 하오!"

남은 이들 중 가장 실력이 나은 탓에 진정한 검의 주인 앞에 혼자 내밀려 돼지처럼 도살당할 거라는 피해망상 때문에 그는 밤에 잠도 제대로 못 잤다.

"제국에는 진정한 검의 주인이 많소! 진정한 검의 주인의 상대는 진정한 검의 주인뿐! 그들 중 한 명이라도 불러들여야 하오!!"

한 명쯤은 반박할 만도 했다. 상부에 보고를 올린다는 것은 패배를 인정한다는 뜻. 군인은 패배를 인정하기 힘들어하는 속성을 지녔으며, 특히 기사는 더더욱 그러했다.

그러나 다른 어떤 기사단장도 나서지 못했다. 나섰다가 '그럼 자네가 나서보게!' 라는 소릴 들을까 봐 두려워한 까닭이었다.

6기사단장은 그러고도 남을 인물이며, 실제로 그러려고 벼르고 있었다.

결국 그날 회의에서는 6기사단장의 의견에 대한 반론은 제기되지 않았으며, 최종적으로 상급 부대에 보고를 올리는 것으로 결정 났다.

*   *   *

제국 토벌군은 2주 동안이나 시티 오브 페르핀을 그냥 내버려 두었다.

이유는 모르겠다. 라플라스나 벨리사리오에게 물어보면 뭔가 알 수 있을지도 모르지만 나는 그걸 미리 알아야 할 이유를 찾지 못했다.

대신 나는 이 시간을 아주 유용하게 활용했다.

벨리사리오는 훌륭한 대련 상대였다. 역시 5검급이라 해야할까, 1주일이나 대련을 반복했음에도 아직도 파먹을 구석이 남아 있었다.

더 이상 고유마검을 만들어내지는 못했지만, 그건 그냥 그럴 필요도 느끼지 못했기에 그런 거였다.

내력의 상승은 당연히 따라오는 거였다. 그보다는 깨달음의 영역을 더욱 깊이 파고 들어가는 것이 더 큰 수확이었다.

이러다가 6검급에 도달할 수 있게 되는 거 아닐까? 하는 야망을 품게 된 순간 성장이 멈춘 건 참 아쉬운 일이었다. 더 이상 벨리사리오와의 대련으로 얻을 수 없는 게 없어진 탓이었다.

이유는 간단했다. 이제 내력의 총량을 제외한 다른 영역에서도 내가 명백히 벨리사리오보다 강해졌기 때문이었다. 물론 다른 힘을 전혀 빌리지 않고 오직 검력만 따진 것이었다.

"경하드립니다, 대전사님."

벨리사리오는 조금 분한 듯 말했다. 그러는 그도 꽤 강해졌다. 내가 그를 파먹었듯, 그도 나를 파먹은 덕이었다. 다만 내쪽의 성장곡선이 더욱 가팔랐을 뿐이다.

따라서 2주 차의 훈련은 나 혼자 진행해야 했다.

그동안 얻은 것을 정리하고 단련하는 것은 반드시 필요한 작업이었다. 몬토반드 왕의 검법을 기반으로 한 내 고유의 검법에 다른 이들의 검술을 녹여 넣고 응용하려면 더더욱 그랬다.

검을 휘두르는 시간보다는 생각하는 시간이 더 길어진 시기이기도 했다.

물론 벨리사리오를 비롯한 노친네들도 내게서 얻어 간 것들을 소화하기 위해 시간을 필요로 했지만 나보다야 수습이 빨랐다. 저들이 얻어간 것이 나보다 적으니 어쩔 수 없는 일이다.

그렇다고 저들이 내게 고마워하지 않는 건 아니었다.

기사단장들 모두에게서 루블을 회수할 수 있었던 게 그 중 거였다.

마지막까지 마음을 허락하지 않던 2기사단장까지 함락시키고 나니 기분이 묘했다. 노친네들을 두고 할 생각은 아니지만, 야생동물을 길들인 것 같달까. 뭐 그랬다.

아무튼 대련을 그만두고 나니 따로 할 일이 없어진 벨리사리오는 내가 알려준 기도술을 수련하고 있었다.

그에게 알려준 기도술은 스파타의 신분을 얻을 때 다운로드 받은 일리어스교의 기도술이었다. 사실 스파타의 기도술 중 상당수가 기존의 성법과 겹쳐 내게는 별 보탬이 되지 않았지만, 벨리사리오에게는 전부 피와 살 같은 지식이었다.

다만 기도술을 수련하느라 신성력이 떨어지는 건 어쩔 수 없는 일이다.

잭 제이콥스의 성물을 가진 내 쪽이 편법을 썼을 뿐이지, 원래 신성력의 축적과 기도술의 수련은 서로 이반되는 영역이었다.

기도술의 수련은 원래 타인에게 베풀면서 하는 것. 벨리사리오는 시티 오브 페르핀의 시민들에게 기도술을 베풀며 수련을 했다.

이 도시의 시민들에게 있어 벨리사리오의 이러한 기도술 수련은 그의 위치를 미묘한 것으로 만드는 경향이 있었다.

처음에는 이 도시를 노리고 쳐들어온 제국의 악마였지만 내게 포로로서 사로잡혔고, 이제는 시민들에게 기도술을 베풀고 있었으니 시민들이 복잡한 심경을 품게 되는 것도 무리는 아니었다.

게다가 그 기도술이 어디서 듣도 보도 못한 신에게 올리는 기도였으니만큼 스스로를 독실한 삼성신교의 신도라 믿는 이들의 반감 또한 살 수밖에 없었다.

그러나 벨리사리오는 어떤 누군가가 자신에게 명백한 적대감을 드러내도 허허 웃어넘길 뿐이었다.

초월자 특유의 여유라고 해야 할까.

아니, 그런 애매한 게 아니었다.

더욱 단순했다.

이제 벨리사리오에게 있어 페르핀의 시민은 고객이었다.

매일 아침이 되면 벨리사리오는 노친네들을 이끌고 일리어스 여신교의 신관으로서 선교에 나섰다. 아픈 사람을 치유해 주고, 일리어스 여신님을 믿으라고 설파하는 게 그것이었다.

"저거 원래 제가 해야 할 일 아닙니까?"

―대전사는 선교 같은 거 안 한단다! 그런 건 신관들에게나 맡겨두려무나!

여신님께서 그렇다고 말씀하신다면 뭐, 그 말씀이 맞겠지.

나는 그렇게 생각했고, 그 말씀이 맞았다.

"여신님, 제 신성력이 늘어났습니다만."

―아, 잘 쓰렴!

"…예?"

―네 신관들이 열심히 일해 줘서 내 힘이 약간 늘어났단다! 그래서 힘을 조금 네게 되돌려 주었단다!

이거 다단계 아닌가? 나는 잠깐 생각했지만, 곧 불경한 생각을 멈췄다.

"감사드립니다, 여신님."

―무얼, 신경 쓸 것 없단다. 그보다 오늘의 고기는 어느 부위라더냐?

＊　　　＊　　　＊

루에노는 멍하니 하늘을 올려다보고 있었다. 어제도 이러고 있었고, 1주일 전에도 이러고 있었다. 그래도 내가 벨리사리오와 대련을 할 때는 구경하러 왔었지만, 그것도 끝나자 정말 아무 할 일도 없는 듯 하늘만 보고 있었다.

"라플라스."

―네, 새 주인님.

"루에노에게 조금이라도 은혜를 갚고 싶은데."

사실 루에노의 첫인상은 무지 좋지 않았다. 대답을 잘해서 죽을 얻어먹고 단번에 2령급까지 올라가긴 했지만, 대답 한 번 잘못하면 목숨이 날아가는 상황이었는데 인상이 좋을 리 없다.

두 번째 인상은 좋았다. 날 시티 오브 툴루에서 빼내주면서 이름 없는 대대의 대대장으로부터 나를 보호해 주는 모습. 알고 보니 루에노가 없었으면 그냥 흑법으로 무난하게 탈출하는 각이었다만, 아무튼 목숨 걸고 내 대신 싸워준 거니 고마워해야 할 일이 맞았다.

그 뒤에는 오로지 루에노의 마수에서 벗어나겠다는 일념으로 남부대륙까지 찍고 왔으니 그 부분에 대해서는 약간의 유감이 있을 만도 했다.

그러나 지금에 와서 이러한 유감은 모두 녹아 없어져 있었다. 그만큼 받은 은혜가 컸고 많았기 때문이다. 정령과를 아낌없이 베풀어주질 않나, 내가 마음껏 싸울 수 있도록 뒤를 봐주질 않나. 이 모든 은혜를 내게 스승이라 불렸다는 이유로 값없이 베풀었다.

나와 함께 있으면서 6령급으로 올라서기 위한 힌트를 찾겠다는 말도 지금에 이르러선 그냥 쑥스럽다고 댄 핑계로 들렸다. 이게 핑계가 아니었다면 루에노는 지금 왜 하릴없이 하늘이나 보고 있겠는가?

이제는 명백히 자신보다 강해져, 자신의 보호가 필요 없어진 제자를 보며 루에노는 무슨 생각을 하고 있을까? 어쩌면 아무 생각 없을지도 모른다.

하지만 하늘만 바라보고 있는 스승을 보는 제자의 입장에선, 그간 아무 대가 없이 베풀어주신 스승의 은혜에 조금이라도 보답하고픈 마음이 들 수밖에 없었다.

—15루블입니다.

그것도 그 가격이 고작 죽음 한 번 극복할 값도 못 된다면 기꺼이 치를 용의가 있었다.

"아니, 잠깐. 이거 루에노가 6령급으로 올라가는 힌트 맞아?"

—맞습니다.

"그런데 왜 이렇게 싸?"

싸도 너무 싸잖아? 내가 5령급 찍을 때는 1,000루블이나 받아 처먹어놓고서 루에노가 6령급 가는 힌트는 고작 15루블? 심지어 대현자의 6령급 힌트는 100루블이었다. 이게 말이 되나?

이런 내 의문에 대한 라플라스의 답은 다음과 같았다.

—대현자님께서 말씀하시길, 아무리 다른 사람을 위해 봤자 인생이 편해지지는 않는다고 하시더군요.

"……."

대현자, 그 뒤틀린 인간 같으니라고.

뭐, 값을 치러야 하는 내 입장에선 도리어 고맙다.

"딜."

—알겠습니다.

그리고 나는 답을 들었다.

"…이게 진짜야?"

—진짜입니다.

"아니… 이런 적이 한 번도 없었다고? 진짜로?"

—그렇습니다.

듣고도 믿을 수가 없었다. 그래서 나는 그냥 본인을 불러다 물어보았다.

"스승님, 혹시 정령력을 한계까지 써버린 적이 있으십니까?"

"없다."

루에노의 대답은 단호하기 짝이 없었다. 게다가 대답하면서 어째선지 좀 자랑스러워하는 기색까지 보였다.

"내가 믿을 건 정령력뿐이니, 정령력 관리를 철저히 하는 건 기본이지."

아니, 자랑스러워하는 게 맞았다.

아이고, 이 인간아…….

"스승님께서 믿으실 게 왜 정령력뿐입니까?"

"……? 당연히…….”

"제가 있지 않습니까?"

"……!"

루에노는 생각도 못 했다는 반응을 보였다.

"제가 다른 사람보다는 좀 빠르게 정령력을 키워온 비결은 정령력을 아낌없이 써왔던 덕이라고 생각합니다. 물론 저는 정령력 외에 검력도 갖췄기에 할 수 있는 짓이긴 했습니다만."

나는 진지한 목소리로 루에노를 설득했다.

"스승님은 검력을 다루지 못하실지 모르겠습니다만, 대신 제가 있지 않습니까? 안 해보셨던 걸 한번 해보시는 것도 의미가 있으리라 봅니다."

루에노는 입을 꾹 다물고 고민에 잠겼다.

"잠깐 생각 좀 하게 해줘."

"그러십시오."

루에노 입장에서도 고민이 되긴 될 것이다.

나도 말할 때야 내가 지켜주겠다고 말했지만, 스승 된 입장에서 제자에게 지켜달라고 하긴 자존심도 상할 테니까. 머리 식히고 생각하니 나도 말을 잘못한 것 같다.

루에노가 그냥 안 하겠다고 나와도 그러려니 하고 받아들여야지. 내가 그렇게 생각을 정리하고 있을 때쯤, 그러니까 약 3분 후.

"하겠다."

루에노가 말했다.


루에노는 다섯 정령을 모두 불러냈다. 그리고 그중 세 정령은 삼위일체 상태, 두 정령은 정령 합일 상태로 만들었다.

이 상태를 풀하우스라고 부르도록 하자. 내가 방금 정했다.

"이렇게 목적도 없이 정령력을 태우는 건 처음일지도 모르겠군."

풀하우스 상태로 정령력을 태우던 루에노가 문득 한숨처럼 말했다. 혼잣말은 아닌 것 같기에 나는 대꾸해 주기로 했다.

"목적이 왜 없습니까? 6령급을 열어보려고 하는 건데요."

"그러고 보니 그렇군."

루에노는 픽 한 번 웃더니, 이번에는 자기 정령화를 시전했다. 제대로 정령력을 태워보려는 듯했다. 그런데 저게 되긴 되네? 나도 한번 해봐야겠다.

트리플에, 더블. 풀하우스. 그리고 자기 정령화.

어, 되는군.

혼자 만족하고 있는 나를 루에노가 경악의 눈으로 바라보고 있었다.

"가르쳐 주지도 않은 걸 잘도 하는구나, 너는!"

이건 칭찬인가? 칭찬일지도 모르겠다.

"방금 가르쳐 주신 거잖습니까?"

나는 뻔뻔하게 대답했다. 이런 내 대답에 루에노는 눈을 동그랗게 뜬 채 나를 바라보더니 내게 되물었다.

"…그게 그렇게 되나?"

"예, 그게 그렇게 됩니다."

"…그렇군."

루에노는 어째선지 해탈한 것 같은 표정으로 나를 바라보기 시작했다.

아니, 왜 저러지?

—새 주인님의 정령법 재능은 대현자님을 한참 추월하는군요. 말이 안 나옵니다.

라플라스의 말까지 듣고 나서야, 나는 내가 한 게 그렇게 어려운 거였다는 걸 깨달았다.

'대현자도 이걸 못 해?'

—아뇨, 하시긴 하셨습니다만……. 이런 고급 기술을 보자마자 따라 하는 게 어딨습니까?

어딨긴, 여기 있지.

나는 하는 김에 정령 합일 상태로 남겨놓은 끼릭이와 홍홍이를 끌어들여서 삼위일체 상태로 만들었다.

해보니까… 되는구나!

사실 좀 어거지로 한 거라 무리가 느껴지긴 한다. 뭔가… 내 안의 무언가가 꽉 차버린 느낌이라고 해야 하나. 억지로 쑤셔 넣었다는 그런 느낌? 아무튼 이 상태를 오래 지속해서 나한테 좋을 게 없을 것 같았다.

'안 되겠다, 끼릭홍홍아! 좀 나와 봐!'

—끼릭홍홍이는 또 뭔가요…….

'너한테 말한 거 아니거든?'

나는 끼릭이와 홍홍이를 내 안에서 분리시켰다.

그런데 평소하고는 좀 느낌이 달랐다.

보통은 쏙 하고 빠지는 게, 오늘은 쑥 하고 빠졌다.

뭐가 다른 거냐고 설명하기는 좀 어려운데, 아무튼 뭔가 많이 달랐다.

그렇게 두 정령이 쑥 하고 빠져나간 곳에 평소와 달리 구멍이 남았다.

구멍?

아니, 이건 공간이다.

공간……. 그렇다, 공간!

나는 어이가 없어서 웃었다.

"돼도 이게 이렇게 되냐……."

―예? 뭐가요?

아무래도 라플라스는 아직 상황 파악을 못 한 모양이었다.

그도 그럴 만했다.

대현자 카를 페르디넌트는 6령급으로 올라서기 위해 다른 모든 능력들, 그러니까 마법, 술법, 성법, 흑법, 당연히 정령법까지 다 5단계를 찍어야 했다고 한다. 이 설명을 해준 게 다른 누구도 아닌 라플라스다.

그에 비해 나는 마법은 4마급에 술법도 4성급, 성법은 신성력만 5륜급에 흑법은 3야급이다. 지금의 내게 이런 일이 생길 거라고는 아마 상상조차 못 하고 있었겠지.

그럼에도 불구하고 생긴 이 '공간'. 굳이 안 해도 되는 더블 삼위일체를 쓴답시고 무리하다가 우연히 생기게 된 이 공간은 틀림없이 정령이 들어갈 수 있는 공간이었다.

5령급 정령사인 내가 보증한다.

아, 아니구나.

이제 나는 6령급 정령사다.

그렇다, 나는 6령급의 경지에 올라섰다!

"핫하하하하!"

나는 길게 웃었다.

그렇게 웃는 나를 스승님께서는 하루 종일 팔팔 끓인 바닷물처럼 짠 시선으로 바라보고 계셨다.

"6령급에 올랐구나. 축하한다."

—에? 예? 정말로요?

루에노의 말을 듣고서야 뒤늦게 상황을 파악한 건지, 라플라스는 자기 목소리가 안 들릴 걸 알면서도 루에노에게 물어보고 있었다.

나는 그런 라플라스에게 한마디 던져주는 대신, 루에노에게 축하의 말을 건넸다.

"스승님도 축하드립니다. 6령급에 오르신 걸요."

그랬다. 경사스럽게도 스승과 제자가 오늘 이날 거의 동시에 6령급에 올랐다. 정확히는 내가 더 먼저 올랐지만, 그 얼마간의 차이가 뭐 그리 중요하겠는가?

…아니, 당연히 중요하지. 하지만 나는 내색하지 않으려고 노력했다.

"그래, 네 덕이다. 고맙구나."

"별말씀을 다 하십니다. 오히려 제가 도움을 크게 받았으니 제가 더 감사를 드려야죠."

마음을 착하게 쓰니까 복을 받은 거다.

남을 위해 쓴 15루블이 돈 주고도 못 살 6령급으로 돌아왔으니 이건 복이 맞다.

　　　　　*　　　　　*　　　　　*

　"그럼 이제 여섯 번째 정령을 소환해야겠어."

　루에노가 말했다. 아, 맞다. 돈 아낀 거에만 너무 집중을 하
다 보니 정작 중요한 고민을 안 하고 있었네. 나도 새 정령을
소환해야 한다.

　"레너드, 네게 부탁하고 싶은 게 있는데."

　"뭐든지 말씀하십시오."

　"네가 소환한 그 정령력의 정령이라고 했던가, 그걸 소환하
고 싶은데."

　"그 정도는 당연히 해드릴 수 있지요. 알겠습니다. 소환식을
알려 드리죠."

　이미 내가 알고 있는 거라서 다행이다. 나는 흔쾌히 스승님
께 소환식을 넘겨드렸다.

　"…고맙다."

　"별말씀을."

　"그런데 너는? 힘의 정령 소환식 알려주랴?"

　"어… 저는……."

　나는 잠깐 생각하다, 이렇게 말했다.

　"생각 좀 해보고요."

　그렇게 말하면서 동시에, 속으로는 이렇게 말했다.

　'라플라스.'

　―네, 새 주인님.

루에노에게 한 생각 좀 해본다는 말의 뜻은 라플라스에게 상담을 좀 받아보겠다는 소리였다.

―자유 소환 어떠신가요?

'또?'

―어차피 소환이 잘못돼도 취소하시면 그만이니까요.

지난번에 그 말을 듣고 자유 소환을 했다가 어떻게 됐었지?

어떻게 되긴, 대박이 터졌었다.

각성의 정령이 소환됐었지. 그 덕에 2차 각성이 된 건 좋았는데, 이 세계에는 각성의 바람이 없어 육신을 구성하는 데에 실패하고 자동으로 소환 취소가 됐었다.

으음, 하지만 이번에 다시 각성의 정령을 소환해 낸다고 하더라도 3차 각성이 되리라는 보증이 없다. 보증이 없는 수준이 아니라 안 될 가능성이 훨씬 높다. 2차 각성한 지 얼마나 됐다고.

아, 그러고 보니 요즘 칼부림에 온 정신을 다 쏟느라 유물 전시해 둔 걸 깜박했다. 전시가 어떻게 됐으려나.

…이게 아니라.

전시는 나중에 생각하고, 지금 할 고민은 다음 정령에 관한 거였다.

사실 고민할 일도 아니긴 했다.

'그래, 좋아. 일단 자유 소환을 해보자고.'

자유 소환을 했다가 또 각성의 정령이 튀어나오고 도로 사라진다면 뭐 그건 그것대로 손해 볼 건… 없지는 않다. 정령석 하나가 손해긴 하지. 그래도 수중에 정령석이 아직 여유가 있으니 감수할 만한 손해다.

게다가 마냥 손해만은 아니다. '자유 소환을 하면 각성의 정령이 소환된다'라는 가설의 신빙성을 꽤 올릴 수 있으니. 정령석 하나는 투자할 만하다.

뭐 자유 소환으로 각성의 정령 대신 좋은 정령이 나온다면 그건 또 그것대로 괜찮고. 아니면 또 어떠랴. 취소하고 다른 정령 소환하면 되지. 어느 쪽으로 구르든 걸어볼 만한 딜이다.

나는 그렇게 판단했다.

루에노가 정령력의 정령을 소환하러 간 사이, 나는 각성창에서 정령석을 꺼내 들었다.

"이것도 오랜만이로군."

─별로 오랜만인 건 아닌 것 같은데요.

"……."

잘 생각해 보니 라플라스의 말이 맞는 것 같았지만 나는 침묵으로 대답을 대신했다.

"소환한다."

나는 정령석 위에 내 혈액을 한 방울 떨어뜨렸다.

"자, 뭐가 나오는지 보자고."

결과.

소환진에서 떠오른 정령의 모양새는 기괴했다. 부글거리는 고온의 황금빛 액체가 허공에 공 모양으로 뭉쳐 있고, 그 주변을 하얀 가루가 무슨 토성의 띠처럼 두르고 있었다.

"…이게 뭐야?"

ㅡ저도 잘…….

대현자의 데이터베이스를 지닌 라플라스도 모르는 모양이다. 그렇다면 내 세계의 정령이라는 뜻인데……. 이런 게 지구에 있었던가?

계속해서 지글지글거리는 소릴 내고 있어서 만약 이름을 붙인다면…….

지글이?

ㅡ아, 알았어요.

내가 다른 생각을 하고 있는 동안 라플라스가 뭔가 짚이는 구석이 생긴 모양이었다.

ㅡ이렇게 보니까 알아보기가 힘든데, 기름의 정령이랑 밀가루의 정령이 합성된 구조로 이뤄져 있군요.

"으, 응? 합성된 구조라고?"

ㅡ네. 직접 보는 건 처음입니다만, 틀림없이 정령 합일로 합성된 구조입니다.

두 개의 정령이 처음부터 합일된 구조라…….

내가 생각하는 동안에도 라플라스는 뭔가 열심히 설명하고 있었다.

ㅡ자유 소환으로 합성된 정령을 소환하는 것은 매우 희소하긴 하지만 전혀 없는 일은 아닙니다. 소환사의 세계에서 어떤 방식으로 원소로 존재하느냐의 문제니까요. 엄밀히 따지자면 물의 정령도 산소의 정령과 수소의 정령이 합성된 구조이지만

현 시대 정령사들에게는 단독 정령인 것처럼 취급받고 있는 것이 좋은 예입니다. 그런 의미에서 보자면 사실 별로 회소하지도 않은 일일지도 모르긴 합니다만, 이렇게 받아들이는 건 다소 억지가 있죠. 그러니…….

듣자듣자 하니 설명이 너무 길다. 이쯤 해서 잘라둘까.

"그래서 좋은 거야?"

―좋은 거죠.

좋은 거구나.

―축하드립니다, 새 주인님.

"그래……."

―그런데 왜 이 두 정령이 합성되어서 나왔는지 모르겠군요. 별로 접점이 있어 보이지는 않습니다만…….

라플라스는 아직 눈치채지 못한 모양이지만 내게는 짚이는 구석이 있었다.

"라면의 정령."

―예?

"이거 라면의 정령이야."

―어……. 네?

답을 두 번이나 들었음에도, 라플라스는 이해가 안 되는 모양이다.

"밀가루를 반죽해서 뽑아낸 면을 기름에다 튀긴 게 라면이야. 그러니까……."

―아…….

라플라스는 떨떠름한 신음 소릴 냈다. 아무래도 이해하기 싫었던 모양이다.

"아니, 농담이었는데. 진짜로 라면의 정령이 소환되다니……."

"지글지글?"

라면의 정령이 밀가루를 조금 튀기며 소릴 냈다.

─아, 아무튼! 좋은 정령인 건 맞습니다. 기름의 정령은 다루는 데에 익숙해지면 다양한 종류의 기름을 생산할 수 있어서 연금술은 물론이고 여러 방면에 걸쳐서 활용도가 높거든요! 그리고 밀가루의 정령은 이름은 밀가루의 정령이라도 여러 곡식 가루를 생산할 수 있어서…….

"있어서?"

─…요리할 때 좋습니다.

그렇구나!

─요리를 무시하시면 안 됩니다. 이 김에 요리를 배우시는 건 어떻습니까?

이런 상황에서도 이를 악물고 판촉을 하는 게 참 인상적이다. 이런 상황이 어떤 상황인지는 잘 모르겠지만 좌우지간.

*      *      *

사실 겨우 오른 6령급의 경지인데, 자리 하나를 라면의 정령으로 채우는 게 좀 그렇지 않나 라는 생각을 안 할 수가 없었다.

루에노도 힘의 정령을 소개해 준다고 했었는데, 그걸 차고 소환한 게 라면의 정령이라니. 루에노한테 뭐라고 변명을 하지?

그러나 나는 곧 변명 같은 걸 할 필요가 없다는 결론에 도달했다.

"이건 정말 대박이야……."

나는 지글이가 갓 튀겨준 라면을 끓여 먹으며 연신 감탄성을 토해내었다. 아, 지글이라는 건 라면의 정령을 뜻한다. 지글지글거리니까 지글이. 매우 센스 있는 이름이다.

"면이 어떻게 이렇게 쫄깃할 수가 있지? 씹히는 맛이 아주 그만이야!"

적당히 굵직하고도 울퉁불퉁한 면은 국물의 맛을 풍부하게 머금으면서도 면 자체의 고소한 맛도 감춰지지 않았고, 그것으로도 모자라 쫄깃한 식감까지도 챙긴 일품이었다.

"게다가 이 국물은 어떻고! 이렇게 뜨거운데 시원하다니! 마법이라도 쓴 거야?"

용암처럼 끓어오르는 시뻘건 국물에는 분명히 짠맛과 매운맛이 들어 있음에도 짜다는 느낌도 맵다는 느낌도 들지 않았다. 맛의 조화가 완벽하기에 어떤 맛도 돌출되지 않은 채 그저 맛있다는 결론에 이르도록 만들고 있었다.

"지글아, 너는 완벽한 라면의 정령이야!"

"지글지글!"

내 칭찬에 지글이는 기분 좋게 지글거렸다.

—라면의 정령이 아니라 기름의 정령과 밀가루의 정령의 합성체라니까요.

태클은 뜬금없는 곳에서 들어왔다. 라플라스였다.

"너무 길잖아. 뭐, 좋은 이름도 지어줬겠다 라면의 정령이라고 부를 일은 이제 없을 테니까."

—좋은… 이름인가요?

"지글지글!"

"봐라, 지글이 본인도 좋아하잖아."

어째선지 라플라스는 침묵해 버렸다.

얜 또 왜 이런대.

그런데 기름의 정령은 몰라도 밀가루의 정령은 아닐지도 모른다는 생각이 들기 시작했다.

왜냐하면 지글이는 라면 스프 가루도 만들어줬기 때문이다. 이 용암 같은 국물은 다른 부재료를 섞지 않고 그냥 스프 하나만으로 만들어낸 거였다.

—이건 곡물 가루가 아니라 향신료 아닌가요?

그렇다. 나도 잘은 모르지만 라면 스프는 곡물만으로 만드는 건 아니다.

"소금에 설탕, 고춧가루에……. 아무튼 뭐가 많이 섞여 있지."

그럼에도 불구하고 이렇게 완벽한 스프 가루를 만들어준다는 것이 지글이가 밀가루의 정령 합성체가 아니라는 명확한 증거이자 진짜 라면의 정령이라는 것을 뒷받침하는 강력한 근거가 아닐 수 없었다.

심지어 이 라면 스프의 맛은 내가 각성창 안에 쟁여둔 군 보급품 라면의 맛조차 한참 뛰어넘는 우월함을 지녔다.

이건 가설이지만 아마도 가루에 단맛이 좀 섞인 게 신의 한 수가 아닐까 한다. 지구산 라면에는 설탕이 희귀 자원이 되어 버린 탓에 단맛이 전혀 없었으니까.

그러니까 좀 이상한 일이지만 라면의 정령은 내 세계의 원소인 라면으로 구성되어 있음에도 불구하고 지구의 라면보다도 더 우월한 라면을 만들어낼 수 있다는 의미다.

"이게 가능한 일이야?"

―물론 가능합니다.

라플라스는 길게 설명했지만, 짧게 줄이면 정령이 정령사의 실제 세계가 아니라 이상향을 대변하는 건 별로 이상한 일이 아니라고 축약할 수 있겠다.

녀석의 설명에 나는 고개를 끄덕일 수밖에 없게 되었다.

"그래, 단맛. 그게 내 이상향이지."

―그 정도인가요…….

당연하지.

단순히 라면만 만들어내는 능력만 따져도 이렇게나 유능한데, 지글이의 능력은 라면을 만들어내는 것에 그치지 않는다.

라플라스가 이미 언급했듯 연금술 쪽에도 유용했다.

기름으로만 분리할 수 있는 성분을 분리해 내는 데에 쓸 수 있는데, 이때 쓰는 기름은 순수한 기름일수록 좋다. 그런데 자연에서 다른 성분이 전혀 들어 있지 않은 순수한 기름을 얻어 내기란 보통 어려운 일이 아니다. 이 문제가 정령력 좀 쓰면 해결이 되어버리니, 보통 편한 게 아니었다.

마지막으로 결정적인 부분은 기름의 온도를 자유자재로 바꿀 수 있다는 것! 각 튀김에 딱 맞는 온도를 재료가 다 튀겨질 때까지 유지할 수 있었다. 심지어 아무리 재료를 한꺼번에 많이 넣어도 온도가 바뀌지 않는다는 점은 엄청나게 유용했다.

아니, 이게 아니라…… 적에게 특고온의 기름을 확 끼얹는 다는 대단히 효과적인 공격을 감행할 수 있다는 소리였다. 게다가 온도를 잔뜩 높인 기름은 불이 잘 붙는다. 굳이 배고파 가며 속성력을 낭비하지 않아도 불을 붙일 수 있다는 뜻이다.

아무튼 이모저모 쓸모가 많았다.

대신 밀가루 쪽은… 어떻게 써야 할지 생각을 좀 해봐야 할 것 같았다.

일단은 밀가루의 습도를 조절할 수 있어서 아주 많이 습도를 올리면 바로 반죽을 뽑아낼 수 있다. 손으로 주물주물 하지 않아도 지들끼리 오밀조밀 달라붙는 최고의 반죽이다. 이 반죽의 모양을 마음대로 빚어낼 수 있다는 점도 좋은 점… 인데……

뭐, 식량 문제가 해결된 것만 해도 대박이긴 하다.

하긴 이렇게 맛있는 라면이 뽑히는데 굳이 다른 데다 활용하겠다고 머리 싸맬 필요가 있나 싶기도 하고. 꼭 모든 능력을 적 조지는 데에 쓸 필요는 없지 않나 싶기도 하고.

─아주 맛있구나! 하나 더 끓여주렴!

일리어스 여신님도 이렇게 좋아하시는 걸 보니, 살짝 들었던 소환 취소에 대한 고민도 싹 사라졌다.

그래, 맛있는데 뭐가 더 필요하단 말인가. 맛있으면 됐지.

정령력 마음껏 먹고 쑥쑥 크렴!

"지글지글!"

내 애정 어린 시선을 받은 지글이가 지글지글 웃었다.

            *                *                *

나는 오랜만에 전시대를 꺼내 들었다.

"이런 건 생각났을 때 해치워야지."

전시대에는 문자가 빼곡하게 채워져 있었다.


= 전시 코너의 [호기심이 이는] 등급이 [일부에서 화제가 된] 등급으로 전환됩니다.

= 전시 계급이 상승했습니다! 당신의 전시 계급은 [신인 1]입니다.

= 전시가 자동 연장되었습니다.

= 전시 코너의 [일부에서 화제가 된] 등급이 [그럭저럭 화제가 된] 등급으로 전환됩니다.

= 전시 계급이 상승했습니다! 당신의 전시 계급은 [신인 2]입니다.

= 전시가 자동 연장되었습니다.

= 전시 코너의 [그럭저럭 화제가 된] 등급이 [일부에서 호평인] 등급으로 전환됩니다.

= 전시 계급이 상승했습니다! 당신의 전시 계급은 [신인 3]입니다.

= 당신에게 추가 전시 코너가 주어집니다.


"헉!"

흐뭇하게 메시지를 읽고 있던 나는 깜짝 놀랐다.

추가 전시 코너!

전시대도 아니고 전시 코너라니!

실제로 메시지를 꾹 눌러 확인해 보니 일반 전시대 2개와 특별 전시대 1개로 이뤄진 전시 코너가 나타났다.

"보너스가 두 배!"

─축하드립니다, 새 주인님.

내가 전시대의 메시지를 읽고 있는 동안 입 다물고 있던 라플라스가 축하의 말을 건넸다.

"아니… 그런데 여기다가는 뭘 넣지?"

그동안 전쟁 준비한답시고 유물보다는 루블을 버느라 7개 세트로 넣을 유물이 마땅찮다. 오랜만에 각성창에서 유물들을 주르륵 꺼내 놓고 한동안 고민을 하다가, 나는 결국 이렇게 하기로 했다.

"엘프 조상신의 길에서 얻었던 유물들을 넣어야겠군."

[단단함] 기능을 지닌 [엘프 정원사의 강철 직검]과 [탄력성] 기능을 지닌 [엘프 채집꾼의 강철 투구]를 메인으로 한 테마 유물로 일반 전시대를 채우고, 특별 전시대에는 도먼 알브한트의 유품인 [보복의 가시]를 배치했다.

= [호기심을 자극하는] 등급 전시입니다.
= 테마 보너스가 주어집니다. [북방 엘프의 신비]! 모든 유물로 인한 보너스가 기존 테마 보너스에 더해 추가로 강화됩니다.
= 이대로 전시하시겠습니까?

"오케이!"
추가 테마 보너스 덕에 [보복의 가시]가 지녔던 [보복의 저주] 기능이 더욱 강해졌다. 내가 맞으면 오히려 더 세게 되돌려 줄 수 있게 된 거니 엄청 유용한 옵션이 되었다.
다소 평이한 성능이던 [단단함]과 [탄력성]도 강화됨과 동시에 몸에 지닌 유물에 임의적으로 부여할 수 있게 된 것도 좋았다. [기능 추출]을 사용해도 될 일이지만, 전혀 집중력을 요하지 않고 언제든 즉시 사용할 수 있다는 장점은 낮게 평가할 만한 게 아니었다.
"좋아!"
2주 동안이나 제국 측이 조용하다지만 엄연히 아직 전쟁 중이니 이런 옵션 하나하나가 다 중요하다.
"이제 전시해야지."

만족한 나는 늘어놓았던 유물들과 전시대를 도로 거둬들였다.

—그런데 전시 점수 용도는 아직까지도 모르겠네요.

"뭐, 모으다 보면 쓸 수 있게 되겠지."

나는 마음을 비웠다.


*          *          *


라틀란트 제국의 대장군 벨리사리오 경이 연락 두절되었다는 소식은 순식간에 제국 중앙 정계를 아수라장으로 만들었다.

서부 변경 초토화 작전은 사실 전쟁이라 부를 수도 없는 부류의 것이었다. 그저 황제에 대한 반역을 일삼는 변경 사람들에 대한 일방적인 징벌이 작전 목적의 전부였다. 점령도 아니고 평정도 아닌 초토화인 이유가 그것이었다.

그런데 이런 국면에서 대장군을 잃다니. 황제를 비롯한 작전 입안자들의 입장에서 볼 때는 아예 상정조차 하지 않은 일이 일어난 셈이다.

"변경에도 진정한 검의 주인이 있다고? 변경에 왜 그런 인재가 있어?"

"그런 인재가 있다는 걸 알았으면 진작 중앙에 끌어들였어야지!"

"지금 그런 소릴 할 때가 아닙니다!"

"뭐?! 책임을 돌리려 하다니, 그럼 너희 책임이구나!"

라틀란트 제국 전체의 입장에서 책임을 누가 지느냐가 지금 중요할 리 없었다. 그러나 각 부처 입장에선 중요했다. 가만히 있다가는 덤터기를 쓰게 될지도 모른다는 위기의식이 그들을 몰아붙였다.

한참 동안이나 서로 책임을 미루고 미루다가 결국 이 자리에 없는 대장군 벨리사리오 경에게 책임을 미루기로 자리의 모두가 합심하고 나서야 회의는 진행되기 시작했다.

"다른 지역의 대장군을 뺄 수는 없소."

"안 그래도 이번 무리수로 각 변경의 분위기가 험악해지고 있는데……."

"지금 황제 폐하의 판단을 문제 삼는 거요?"

"그게 아니라……!"

책임 소재만이 싸움거리는 아니었다.

제국 중앙 정계는 마굴이라, 틈을 한 번 보이면 물어뜯기는 것이 일상이다. 문제는 이 일상적으로 이뤄지는 짓거리에 정말로 파멸하는 계파가 생긴다는 점이었다. 침묵은 곧 패배! 당사자들 입장에서는 싸움을 미뤄둔다는 건 생각할 수 없는 일이었다.

고상한 중앙 정계에서의 싸움도 그 본질은 개싸움이나 별반다를 것이 없었다.

물어뜯기기 싫으면 먼저 물어뜯어라!

이런 환경이다 보니 회의가 밤을 새워가며 계속해서 이어지는 건 당연하다시피 했다.

"반드시 대장군을 투입할 필요는 없소."

"진정한 검의 주인을 상대할 수 있는 건……."

"진정한 검의 주인뿐이지. 하지만 대장군만 진정한 검의 주인인 건 아니잖소?"

군권과 병권을 지닌 대장군이 되기 위해서는 아주 많은 조건을 만족시켜야 했다. 단순히 검력이 높다고 될 수 있는 자리가 아닌 것이다.

반대로 말하자면, 그 많은 조건을 만족시키지 못하고 단순히 검력만 높은 사람도 없지는 않았다.

아니, 생각보다 많았다.

"콧대 높은 그들을 어떻게 움직일 생각이오?"

"대장군이 되고 싶어 하는 인물들에게 접촉해서 벨리사리오 경 대신 대장군 자리에 앉을 수도 있다고 타진해 보죠."

"그래도 되는 겁니까?"

당연하게도 여기 있는 사람들 중 책임을 지고 싶어 하는 사람은 없었다. 또 누가 아이디어는 내가 냈지만 책임은 당신이지라는 뻔뻔한 소릴 하는 바람에 또 한 번 싸움이 크게 났다.

이렇다 보니 결국 회의는 체력전일 수밖에 없었다.

며칠씩 이어지는 회의와 격론 끝에, 무슨 일이 생기년 그 예비 대장군에게 책임을 미뤄 버려야겠다는 미묘한 공감대를 형성된 상태로 추가 파병안이 가결되었다.

그나마 이번엔 결정이 좀 빨리 된 편이었다. 제국과 황제의 자존심이 구겨진 지금 이 상황이 아니었더라면 어느 한쪽 파벌

이 파멸할 때까지 몇 달이고 회의하는 게 제국 중앙 정계의 풍
조였으므로.

＊　　　　＊　　　　＊

"벨리사리오 경이 연락 두절이라고?"

"목소리를 낮추시오, 게르메르 경."

게르메르 경은 라틀란트 제국의 장군이었다. 그 직위는 장군
이지만, 실상은 그 휘하에 기사단은커녕 기사 한 명도 없었다.
왜냐하면 그는 북부 변경 야만족인 북방 드워프와의 혼혈 출
신으로 의심받고 있었기 때문이었다.

키가 2m를 훌쩍 넘는 그가 키 작기로 유명한 드워프와의 혼
혈로 의심받는 건 어처구니없는 일이었지만, 문제는 그의 성정
이었다.

"벨리사리오 경이……!"

"쉬잇!!"

"제국에 그런 불행이 있나!"

기본적으로 감정적인 기분파에 상대의 말을 잘 안 듣고 항
상 술에 취해 있다시피 하다. 이런 점은 정확히 드워프의 기질
과 똑 닮은 면이 없다고는 못 했다.

"그러니까 목소리를 낮추시오, 경!!"

상대가 소리를 빽 지르자 그제야 게르메르 경은 고개를 숙
였다.

"미안하오, 감정이 격해지는 바람에 그만."

그러니까 네가 드워프와 혼혈이라는 소릴 듣는 거다, 란 소리가 목구멍까지 치밀어 올랐지만 전령은 초인적인 인내심을 발휘해 나오려던 말을 꿀꺽 삼켰다.

아무리 그 성정과 혈통에 대한 루머 탓에 중앙 정계에서 배척받다시피 하는 몸이라지만 게르메르 경은 진정한 검의 주인. 그 실력은 평범한 인간이 평생을 바쳐도 따라잡기 힘든 초월의 영역에 이르러 있으니.

기본적으로 기분파고 술에 취해 있음에도 불구하고 결코 먼저 칼을 뽑는 법이 없는 게르메르 경의 자제심이 아니라면 전령도 조금쯤은 두려움을 품었을 것이다.

"아무튼 이건 경에게는 좋은 기회요. 제국을 위협하는 적을 처치하고 공을 세우면 경도 그리 바라던 대장군의 직에 오를 수 있게 될 테니……."

게르메르 경은 눈을 휘둥그레 떴다.

"이 내가? 대장군에?"

"그렇소!"

이제야 내 말을 좀 듣는군! 전령은 이렇게까지 말하진 않았다.

"하지만 쉽지만은 않을 것이오. 이 임무는 경에게만 주어진 것이 아니니……."

"경쟁이라? 하하하! 이 게르메르, 누구와 싸워서 진 적이 없소."

게르메르 경의 말에 거짓은 없었다. 그의 특기는 지지 않는 것이었으니. 하지만 지지 않는 것이 반드시 승리를 의미하지만 은 않는다는 것을 전령도 알았고 게르메르 경 본인도 알았다.

"그래, 이번에도 그리되리라 믿소!"

그럼에도 불구하고 전령은 게르메르 경의 자신에 찬 말에 고 개를 강하게 끄덕였다.

서쪽 변경에 도사리고 있을 정체 모를 괴물을 상대하는 데 에 있어, 어쩌면 가장 중요하게 요구되는 미덕은 다름 아닌 게 르메르 경의 특기일지도 모를 일이니까.

*　　　*　　　*

전령은 게르메르 경에게만 파견된 것은 아니었다. 여기 또 다른 강자, 진정한 검의 주인이 있다. 게르메르 경과 마찬가지 로 무언가 결격이 있어 대장군직에 오르지 못한 사내. 그의 이 름은 테이아였다.

"벨리사리오의 자리를 내가 이어받을 수도 있다고?"

테이아는 뱀처럼 찢어진 날카로운 눈으로 전령을 곁눈질했 다.

"그렇습니다, 경."

게르메르 경을 상대하는 전령과 달리, 이쪽 전령은 지극히 조심스러운 태도를 취했다. 테이아는 그만큼 위험한 사내였던 탓이다.

마음에 안 들면 칼부터 뽑는 건 기사 중에선 자주 볼 수 있는 타입이었지만, 테이아는 위협에 그치지 않고 실제로 칼을 휘둘러 대는 한 발 더 나간 기사였다.

　본인은 정당한 결투였다고 우기지만, 누가 미쳤다고 진정한 검의 주인을 상대로 결투를 신청했겠는가?

　어쨌든 본인이 결투라고 우기고 죽은 자는 말이 없으니 처벌당하지는 않았지만, 이러한 과거에 발목 잡혀 검술의 경지는 이미 진정한 검의 주인에 올랐음에도 빈 대장군의 좌에 앉는 것은 허락받지 못한 것이 테이아의 실태였다.

　그렇다 보니 이번 일은 테이아에게 굉장히 좋은 기회가 될 수 있었다. 그런 의미에서는 그가 전령에게 해를 끼칠 가능성이 낮았지만…….

　미친개가 어디 미리 계산을 하고 달려들던가?

　전령으로서는 긴장을 할 수밖에 없는 상황이었다.

　"지금의 내게는 더없이 좋은 제안이로군. 알았어, 받아들이겠다."

　그래서 전령은 테이아의 대답을 듣고 내심 안도의 한숨을 내쉬었다.

　"서부 변경의 초토화 작전이라. 그런 재밌는 게 있었으면 나부터 불렀어야지."

　명령서를 받아 든 테이아가 내용을 읽으면서 혀를 한 번 찰 때마다 전령은 간이 한 번씩 떨어지는 것 같았지만, 정작 테이아의 입가에 맺힌 건 진한 미소였다.

"기대되는군."

*　　　　　*　　　　　*

시티 오브 페르핀은 여전히 평화로웠다. 그러나 오늘 아침 나는 묘한 긴장감에 휩싸여 잠에서 깼다. 위기 감지와는 별개로 나 자신의 직감이었다. 내 직감은 나쁜 쪽으로만 잘 맞는 편이다.

"젠장."

혀를 몇 번 찬 나는 바로 라플라스를 불렀다.

"라플라스."

—네, 새 주인님.

이 불안감, 긴장감을 해소하기 위해서는 어떻게 해야 할까? 나는 이렇게 묻지 않았다. 지나치게 모호한 질문이기도 했지만, 내가 이미 그 답을 알고 있는 질문이기도 했기 때문이었다.

"벨리사리오 경을 아군으로 끌어들이려면 무슨 수작을 걸어야 하지?"

그러나 문제는 그 답을 실천하는 법을 모른다는 점이었다.

지금 벨리사리오 경은 내 포로다. 서로 검도 휘둘러 가며 함께 수련하기도 하고, 일리어스 님의 고기를 나누어 먹기도 하며, 때로는 일리어스교의 교리에 대해 토론하기도 하는 사이지만 어쨌든 공적으로는 내 포로인 신분이다.

그리고 포로는 우리 편이 아니다. 우리 편이 될 수 없다. 어디까지나 전쟁에서 패배하여 신병을 구속당했을 뿐, 라틀란트 제국 중앙에서 몸값을 내주면 돌려줘야 하는 귀하신 몸이다.

서쪽 변경을 두고 초토화 작전을 벌이고 있는 제국 토벌군이 과연 이단이자 반란군인 내게 몸값을 지불할지는 의문이기도 하다.

벨리사리오 경은 명예로운 기사답게 포로로 잡혀 있는 한 제국과 싸우는 내 등을 노리고 기습하지 않을 것이라고 라플라스가 장담하기도 했다.

내가 그렇게 고기를 많이 먹이고 심지어 지글이가 갓 튀겨낸 라면까지 맛보여 주긴 했지만, 그렇다고 지금의 벨리사리오 경이 나를 위해 제국과 싸워줄 건 아니었다.

벨리사리오 경이 포로로 잡혔으니 제국 측도 이쪽에 더 강력한 전력을 보내올 가능성이 높다. 내 예측으로는 5검급 둘? 그 정도는 올 것 같다. 내가 확실하게 갓 5검급 올라온 티를 벗기는 했지만, 나 혼자 5검급 둘을 동시에 상대할 수 있을까? 이건 좀 의문이다.

따라서 확실히 살아남고 더 나아가 승리하기 위해서는 이쪽 전력도 높여야 한다. 그중에서 가장 간단한 방법이 벨리사리오 경을 비롯한 포로들을 아군으로 회유하는 거였다.

아군으로 5검급이 한 명 더 붙으면 여러 조건은 붙겠지만 5검급 셋을 상대로도 이기는 건 무리더라도 지지는 않고 싸울 수 있을 것이다. 아마 둘을 상대론 이길 수도 있겠지. 지금의 내게 벨리사리오 경이 꽃놀이패나 다름없다는 소리다.

그래서 혹시나 해서 라플라스에게 물어봤더니, 소정의 루블을 받아먹은 녀석은 의외의 대답을 해왔다.

―방법은 간단합니다.

"간단하다고?!"

―네, 그렇습니다.

그럼 내가 그렇게 고민한 건 대체 뭔데?! 나는 묻지 않았다. 라플라스의 설명이 이어지고 있었다. 이번만큼은 귀담아 들어야 할 아주 중요한 설명이었다.

―벨리사리오 경을 비롯한 기사들이 충성을 바친 대상은 라틀란트 제국입니다. 그러니 서쪽 변경도 제국이라는 명분만 손에 넣으면 됩니다.

"그거 참 간단하군. 말은 간단해……."

나는 혀를 찼다. 그게 그렇게 쉬웠으면 애초에 처음부터 불안해할 필요도 없었다. 그러나 라플라스는 나의 반응에도 굴하지 않고 계속해서 단언했다.

―아뇨, 실제로 간단합니다.

"뭐가 그렇게 간단해?"

―새 주인님께선 라틀란트의 카를 페르디넌트시지 않습니까?

"그러고 보니 그런 설정도 있었지."

―설정이 아니라 사실입니다만.

그러다 문득 나는 이전에 한 번 라플라스와 나눴던 대화에 대해 떠올리고 말았다.

"나더러 1,000루블 내고 카를 페르디넌트의 신분을 사라는 거야?"

한창 란첼 자작에게 쫓기고 있을 때 물어봤던, 카를의 신분 가격에 대한 이야기였다.

—정확히는 신분 증명입니다만, 아무튼 그렇습니다.

그리고 라플라스는 내 불길한 예상을 사실로 바꿔놓았다.

—간단하죠?

"진짜 말은 간단하네!"

1,000루블이 어디 애 이름도 아니고······.

—하지만 충분한 금액의 루블을 갖고 계시잖습니까?

그건 그렇다. 6령급을 열기 위해 루블을 잔뜩 모아두고 있었으니까. 이미 6령급을 열어버린 이상, 루블에 여유가 생긴 것도 사실이었다.

더군다나 내가 이제 누구 눈치 볼 필요가 없어지기도 했다. 6령급 정령사이자 5검급 기사가 누구 눈칠 보겠는가? 제국의 눈치라면 좀 봐야 할지도 모르겠지만, 이미 제국과 적대하고 있는 상황이라 신경 쓸 것도 못 됐다.

"응? 어라."

이거 각인가?

굳이 황제가 될 생각은 없다. 오히려 황제라는 자리는 내가 유적을 돌고 유물을 챙기는 데에 걸림돌이 될 가능성이 더 높았다.

그렇지만 단순히 황족일 뿐이라면? 의무와 책임은 질 필요 없고 황족이라는 혈통의 꿀만 빨 수 있다면? 결코 나쁘지 않다!

더욱이 5검급이 된 내가 두려워해야 할 게 여전히 남아 있긴 한데, 그건 바로 제국 그 자체였다. 그런데 여기서 내가 카를 페르디넌트임을 밝히면 굳이 제국과 맞서 싸울 필요는 없어지지 않을까?

그런 생각이 언뜻 들었지만, 나는 그보다 먼저 해결해야 할 일이 있음을 뒤늦게 깨달았다.

"라플라스, 언제 네가 내게 말했었지."

그게 언제였더라? 그건 아마 시티 오브 툴루의 지하 수로에 있던 때 같았다. 아닌가? 아니면 말고. 하지만 그 내용만큼은 확실히 기억한다.

"이름 없는 대대가 카를 황자의 적의 주구라고 말이야."

—기억하고 계셨군요.

"당연하지, 유료 정보인데."

100루블씩이나 주고 산 정보다. 패키지로 한꺼번에 산 거긴 했지만, 아무튼 돈 주고 산 걸 그렇게 간단히 잊어먹을 리 없었다.

"그게 누구야?"

카를 황자의 적을 어떻게든 하지 않는 한, 카를 황자로 돌아가는 건 만사형통의 해결법이 될 수 있을 리가 없었다.

"아니지, 얼마야?"

그때도 물어보긴 했었다. 답의 가격이 굉장히 비싸다는 소리만 듣고 포기했었지. 하지만 루블에 여유가 있는 지금이라면

살 수 있을 거다. ···아마도.

한 천 루블쯤은 낼 각오를 하고 라플라스의 대답을 기다리고 있으려니, 이번에도 녀석은 의외의 대답을 해왔다.

—550루블입니다.

"550루블?!"

4마급 마법값 정도밖에 안 되는 가격이라니! 물론 정보값으로 따지면 여전히 굉장히 비싸지만, 내 예상의 반값도 안 됐다.

—오해하지 마십시오. 전에 질문하셨을 때와는 상황이 다릅니다. 이미 서부 변경 초토화 작전까지 발동된지라 가격이 낮아진 것뿐입니다.

라플라스가 선제적으로 변명을 던져왔다.

"그래? 그럼 그땐 얼마였는데?"

—당시의 가격은 2,000루블이었습니다.

"히익!"

2,000루블이라니! 절로 딸꾹질이 나올 가격이었다. 그게 반의 반값이 되다니.

아무튼 좋다. 550루블이라면 충분히 살 만했다. 만약 6령급을 못 열었다면 좀 망설였을지도 모르겠지만 그런 것도 아니니.

"딜!"

그리고 라플라스의 긴 설명이 시작되었다.


*          *          *

"다시 한번 정리해 보자."

나는 지끈거리는 머리를 부여잡고 말했다. 라플라스의 설명이 너무 길었던 탓이다.

더욱이 이건 내 안위에 직결되는 문제였기에 적당히 흘려들을 수도 없었다. 계속 집중을 하고 있으려니 공부와는 별 관련이 없던 내 머리가 뜨겁게 달아오르는 느낌이었다. 실제로 달아오르지는 않았지만 이건 내가 마법을 계속 써서 뇌를 단련한 덕이겠지.

이거야 뭐 여하튼.

"그 예언자라는 여자가 카를 황자의 적이라고?"

한 단어로 요약하면 이거였다.

예언자.

난 또 카를 황자의 배다른 형제나 아니면 황제 그 자체를 생각했더니만 그런 것도 아니었다.

"왜 예언자 따위가 배후에 들어앉아 제국을 좌지우지하고 있는 거야?"

—이미 말씀드렸다시피…….

"그래, 뭐. 예언이 100% 확실하다면 그럴 수밖에 없긴 하지."

그리고 나만 없으면 예언 성공률이 100%라.

확실히 예언자가 날 죽이려 들 수밖에 없는 구조긴 하다.

"아무튼 예언자와 그 추종자가 카를 황자의 적인 게 맞다, 이거지?"

―그렇습니다.

나는 잠깐 고민한 끝에 곧 내가 뭘 어떻게 해야 하는지 결정했다.

"그럼 그 예언자의 힘을 최대한 깎아야겠군."

예언자는 예언이 틀릴 때마다 힘을 잃는다. 그러니 그 예언을 망칠 때마다 그 여자를 궁지로 몰 수 있다.

그러려면 지금 알아야 할 건 이거다. 예언자가 한 예언이 뭘까? 이걸 알아야 그 예언을 망칠 수 있다.

"뭐, 제국의 승리겠지."

정확히는 제국 중앙에서 암약하는 예언자의 주구들이 주축이 되어 벌이고 있는 서부 변경 초토화 작전의 성공이다.

"이걸 망쳐놓으면 예언자의 입지도 자연히 망쳐지겠군. 하, 그래. 왜 초토화 작전 후에 예언자 정보 가격이 반의반 토막이 났는지 알겠어."

―정확히는 반 토막입니다. 그 전에도 한 번 반 토막이 났었죠.

"그렇구나."

그게 언제인지 좀 궁금하긴 하지만 꼭 지금 알아야 할 일은 아니었다.

"아무튼 그러면 카를 황자의 신분을 사야겠군."

예언자의 예언을 망쳐놓는 것에 이보다 더 좋은 방법이 없다. 서부 변경 초토화 작전 자체가 예언자의 입김이 많이 닿은 작전인데, 이걸 깨부숴 놓을 몇 안 되는 방법 중 하나이므로.

초토화 작전 자체가 제국의 반역하는 이단들을 처벌한다는 의미를 지녔는데, 카를 페르디넌트가 서부 변경에 나타난다면 초토화 작전의 근간 자체가 흔들리게 된다. 그럼 황자까지 초토화시키라는 거냐? 이런 반문이 가능하게 되니만큼 굉장히 좋은 수다.

"얼마야?"

─750루블입니다.

"오, 조금 싸졌네?"

방금 전에 75% 할인을 맛봐서 그런지 쇼킹한 맛은 좀 떨어졌지만, 25% 할인도 꽤나 할인 폭이 큰 편이라고 할 수 있었다.

─새 주인님께서 충분한 무력을 갖추게 되셔서, 황자 신분으로 삶이 쉬워지는 정도가 그만큼 줄어들었으니까요.

뭐, 이렇게 될 거라고는 생각했다.

"좋아, 알았어. 사겠어. 딜."

─알겠습니다. 구입하셨습니다.

내가 내 신분을 구입하다고 하니 좀 묘한 느낌이다.

"그런데 이거는 어떻게 받는 거야?"

설마 카를의 시체를 찾으라고 하지는 않을 텐데. 아니면 뭘 찾으러 가야 하나? 반지나 인장 같은 거. 그러려면 카를의 궁전까지 가야 할 텐데? 내가 그런 걸 물으려고 하기 전에 라플라스의 대답이 먼저 돌아왔다.

─아, 다운로드 방식입니다.

내가 카를인데 카를임을 증명하기 위해 뭘 또 알아야 한다

는 거지? 나는 의문이 들었지만 뭐 그러려니 했다. 이 자리에서
다운로드 받는 걸로 다 해결되면 간편해서 좋긴 하다.

—바로 다운로드 받으시겠습니까?

"그래."

그래서 나는 고개를 끄덕였다.

그리고 나는 기절했다.

…엥?

제6장
—

용혈각성

 란첼 자작은 제국 중앙으로 돌아와 자신의 본래 근무처인 중앙 마법청에 틀어박혔다.

 지금 그의 마음을 사로잡고 있는 정서는 깊은 패배감과 좌절감이었다.

 자신이 카를 황자에 대한 미련과 예언자에 대한 막연한 적대감 때문에 서쪽 변경을 헤매고 다니는 동안, 예언자는 제국 중앙에서 착실히 세력을 모아 서쪽 변경 초토화 작전이라는 거대한 계획을 현실화시켰으니, 자괴감이 안 들 수가 없었다.

 란첼 자작이 근무하는 중앙 마법청에마저 예언자의 영향력이 스며들었다는 것을 알았을 때는 온몸에 소름이 돋을 지경이었다.

다행인지 뭔지, 예언자에 의해 회유된 세력은 초토화 작전의 지원에 나서 그쪽 세력의 마법사들을 모조리 끌고 서쪽 변경으로 가버렸다. 그 덕에 마법청의 세력 다툼이 끝나 버리는 결과로 이어졌다.

물론 마법사들이 전쟁터로 끌려가 마법청 전체의 힘은 많이 줄어들어 버렸다는 점은 결코 다행이라 할 수 없었지만, 어쨌든 근무처에 돌아오자마자 라인 싸움에 골몰하지 않아도 된다는 점은 뭐, 다행이라고는 할 수 있었다.

그 덕에 아직도 남은 미련을 풀 수 있었으니까.

"자문관님, 그거 계속하시게요?"

"…그래."

라틀란트 제국 황제의 적통인 페르디넌트 가문 사람들에게는 스무 살을 전후한 시기에 특수한 현상이 일어난다. 어느 날 갑자기 아무런 마법적인 훈련을 받지 않았음에도 폭발적인 마력 상승을 경험하는 것이 그것이었다.

용혈각성이라고 불리는 이 현상은 마법사의 고유 마법과도 같은 위상을 지녀, 자신들의 선조가 용에서 비롯되었다고 주장하는 라틀란트 황족에게 있어 자신의 혈통을 증명하는 수단으로도 쓰였다.

다만 후대로 내려올수록 피가 옅어짐에 따라 용혈각성을 하지 못하는 황족도 늘어나면서 현대에 이르러선 용혈각성도 유명무실한 것으로 치부당하기도 했다. 라틀란트 제국 현 황제 프란츠 페르디넌트가 용혈각성을 하지 못했음에도 제위에 오른 대표적인 예였다.

그럼에도 이 용혈각성이 여전히 의미를 갖는 건, 황제의 혈통임에도 용혈각성을 못 하는 경우는 있어도 반대 경우는 없다는 것. 즉, 용혈각성을 했다면 곧 황제의 혈통이라는 등식이 성립한다는 것 때문이다.

더욱이 같은 황족이라도 용혈각성을 한 쪽이 아무래도 정통성에서 앞서 나갈 수밖에 없다. 프란츠 페르디넌트가 황위에 오를 수 있었던 건 달리 용혈각성을 한 황족이 없었기 때문이라는 말까지 나오는 마당이니 어련할까.

이러한 위상 때문에 라틀란트 제국에서는 용혈각성을 관측하는 특수한 부서를 만들어서 운용하고 있으며, 그 부서가 란첼 자작이 속한 중앙 마법청에 속해 있었다.

란첼 자작이 남은 미련을 끊어내지 못하고 매달리고 있는 업무가 바로 이 용혈각성 관측 업무였다. 혹시라도 카를 페르디넌트가 생존해 있다면 용혈각성을 할지도 모르니, 그걸 관측해야겠다는 것이 란첼 자작의 생각이었다.

"…하지만 자문관님, 카를 황자 전하께서 생존해 계셔도 용혈각성을 하기엔 아직 멀지 않았습니까?"

용혈각성의 시기에도 개인차가 있긴 있지만, 아무리 빨라도 15세는 되어야 한다는 것이 통계적으로 증명되어 있다. 하지만 카를 페르디넌트는 설령 생존해 있더라도 현재 13세. 용혈각성을 할 리 만무한 연령이다.

아무리 자문관이 평소에 달리 할 일이 없다고 해도, 5마급이

나 되는 고급 인력이 의미도 없는 일에 매달리고 있는 게 좋게
보일 수는 없었다. 모르는 사람이 보기에는 용혈각성 관측이라
는 적당한 핑계를 대고 그냥 놀고 있다고 여기기에 딱 좋은 게
현실이었다.

"내 맘이야."

란첼 자작은 그러한 의혹에 대해 정면으로 돌파했다.

그냥 놀고 있다고 여기게 만든 것이 그것이었다.

"…저, 그럼 먼저 퇴근해도 되겠습니까?"

눈치를 보던 비서관은 결국 하급자가 먼저 입에 올리기 어려
운 질문을 하고야 말았다. 사실 이것도 이러한 상황이 일상화
되었기에 할 수 있는 질문이기도 했다. 평소라면 란첼 자작이
먼저 퇴근하라며 말해주기도 했거니와, 몇 번 이런 요구가 받아
들여지기도 했기 때문이었다.

"…아니."

"예?"

그런데 란첼 자작의 반응이 평소와 달랐다.

"아, 아니. 먼저 퇴근하게. 오늘도 밤늦게까지 야근하게 될
것 같군."

"…알겠습니다. 그럼 먼저……."

비서관은 란첼 자작의 반응을 이상하게 여겼지만, 아무것도
알아차리지 못한 척 고개를 꾸벅꾸벅 숙이며 퇴근했다. 혹시
자작의 마음이 바뀔까 봐 두려웠던 탓이었다.

비서관이 사무실을 완전히 비우고서야, 란첼 자작은 관측기

를 잡아먹을 듯 달려들었다.

"…용혈각성!"

그것도 카를의 궁전이 있던 서쪽 변경에서 관측되었다!

원래라면 용혈각성이 관측되면 바로 황제에게 보고를 올려야 하지만, 란첼 자작은 망설였다.

프란츠 페르디넌트 황제는 용혈각성을 하지 않은 황제다. 그가 용혈각성 관측에 대해 그다지 기껍게 여기지 않는다는 것은 적어도 중앙 마법청 내에서는 유명했다.

그 방증으로, 황제는 관측부에 대해 지속적으로 예산을 깎고 인원을 축소해 왔다. 별다른 명분이 없기에 그냥 내버려 둘 뿐, 명분이 있다면 당장에라도 관측부를 폐쇄하고도 남았다.

더욱이 카를의 궁전을 굳이 지진과 해일의 위험이 있는 서쪽 변경에 세우도록 내버려 두고, 궁전으로 배속된 시녀들에게 예언자들의 입김이 닿도록 방치한 것은 황제의 의향 없이는 불가능한 일이다.

결국 우려한 대로 지진해일로 궁전이 무너지고 카를 황자가 행방불명 상태가 되었는데도, 황제는 관련자를 처벌하려 하거나 책임을 물릴 기색도 없었다. 소문을 듣자 하니 별로 슬퍼하는 기색도 없었다고 한다.

카를 황자의 외가라 할 수 있는 몬토반드 가문이 쇠락한 것도 그렇다. 황제가 조금이라도 신경을 써줬더라면 충분히 막을 수 있었던 일임에도 황제는 방관했다.

자신의 아들일 터인 황자에게, 그리고 황자의 외가에게 무슨 이유로 그렇게까지 매정할 수 있었던 걸까? 사실 카를 황자가 황제의 아들이 아닐지도 모른다는 추문이 사실이란 말인가? 그것까지 란첼 자작이 알 수는 없었다. 황제의 추문을 파고드는 것도 불충한 짓이니…….

황제가 보인 모습이 이러하니만큼, 란첼 자작은 그냥 원칙대로 황제에게 용혈각성이 관측되었음을, 그리고 그 대상이 카를 페르디넌트 황자일 가능성이 높다고 보고할 것을 망설일 수밖에 없었다.

"…잘못하면 역모로 몰릴 수도 있겠군."

그렇게 중얼거린 란첼 자작은 혼자 웃었다. 가문 전체가 몰락할지도 모르는 사안이었으나, 그 미소는 소탈하기 짝이 없었다.

"만나 뵙고 생각하자."

란첼 자작은 조용히 일어났다.

\*　　　\*　　　\*

나는 기절에서 깨어났다.

"…허허."

나는 헛웃음을 짓고 말았다. 그도 그럴 만했다. 눈 뜨고 보니 마력이 늘어나 있었으니 말이다. 게다가 전신에 솟구치는 이 힘! 활력! 불과 몇 분 기절하지도 않았음에도 성장의 반지마저 뺀 채로 푹 자고 일어난 것 같은 이 상태!

이 현상이 무엇을 뜻하는지에 대해서 나는 알고 있었다.

"용혈각성."

물론 라플라스로부터 다운로드 받은 지식을 통해 알고 있는 거였다.

"아니, 그런데 어차피 기다리면 자연히 될 거였잖아?"

페르디넌트 가문의 사람이라면 성인이 될 때쯤 자연히 맞이하게 될 현상이긴 했다.

—그건 그렇습니다만, 본래라면 카를 페르디넌트가 21세에 경험하게 되는 용혈각성을 지금 시기로 당겨오는 데에 드는 비용이 750루블이었습니다.

지금 카를 페르디넌트의 육체 나이는 13세. 그러니 단순 계산으로 보자면……

"8년을 당긴 건가."

아무리 기다리면 공짜라지만 그 세월이 8년이면 별로 손해 본 느낌도 안 든다. 게다가 얻은 게 얻은 거니만큼 불평도 못 하겠다.

거의 5마급에 준할 수 있도록 불어난 마력. 이것만 봐도 루블값은 충분히 한다고 볼 수 있다. 아무리 마법사에게 있어 중요한 건 마력의 총량보다는 마력을 다루는 능력이라지만 그렇다고 큰 마력 통이 나쁜 것일 리 없다. 오히려 좋다. 매우 좋다. 옳다!

여기에 추가적으로, 자의적으로 용혈각성을 사용할 수 있게 되었다. 여기서 말하는 용혈각성은 자의적으로 마력을 일으켜

외력을 강화시키는 특수한 기술을 가리킨다.

"용혈각성."

사실 입에 올릴 필요는 없지만, 나는 군이 소릴 내어 말하면서 용혈각성을 발동시켜 보았다.

그러자 피부에 붉은빛이 감돌면서 그 형질이 바뀌었다. 더욱 유연하면서도 단단해진 몸. 언뜻 들으면 모순적이지만 마력이 깃든 피부는 그 두 모순적인 성질을 양립시키고 있었다.

바뀐 것은 피부색과 피부의 형질만이 아니다. 근육은 더 강력한 힘을 뿜어낼 수 있게 되었고,

뼈는 더욱 튼튼해졌다. 근력의 상승과 그 힘을 버텨낼 수 있는 육체 강도를 손에 넣음으로써, 나는 한층 더 강해진 셈이다.

물론 이 상태를 유지하려면 마력이 지속적으로 소모되지만, 이미 4마급의 마력에 용혈각성으로 추가 마력을 얻은 내게는 별로 와닿지 않는 소모값이었다.

무엇보다 별다른 연산 능력과 집중력을 소모하지 않는다는 것이 가장 큰 장점처럼 느껴졌다. 마법을 쓸 때마다 잼을 잔뜩 퍼먹어야 했던 걸 생각하면 더욱 그랬다.

"이쯤 되니 혈통을 증명하는 건 부가적인 기능처럼 보이는 군."

나는 매우 만족스럽게 중얼거렸다.

―실제로 그렇긴 합니다. 페르디넌트 가문이 라틀란트 지역을 기반으로 제국을 일으킬 수 있었던 건 그 힘 덕이니까요.

혼잣말이었는데, 라플라스는 칼같이 대답 대신 설명을 늘어

놓았다.

"그런데 페르디넌트 가문이 진짜 용의 피를 이어받았을 줄이야. 나는 그냥 건국신화 같은 건 줄 알았는데."

그런 거 있지 않은가? 알에서 태어났다느니, 하늘에서 내려왔다느니. 자기네 왕한테 이상한 설정 붙이는 건 지구에서도 자주 볼 수 있었던 일이다.

그래서 페르디넌트의 전설도 그런 건 줄 알았다. 그런데 무려 용혈각성이라는 게 실재하다니. 꽤 인상적인…….

—아, 그건 거짓말입니다.

"엥?"

—제국의 정통성 확보를 위해 날조된 거짓말입니다.

라플라스의 말투가 드물게도 공격적이다.

—사실 이 현상의 진짜 명칭은 용혈각성이 아닙니다. 대현자님께서 밝혀내신 바로는 용혈과는 거리가 멀죠. 오히려 그 반대에 가깝습니다.

"반대라니? 용의 피가 섞이지 않은 것의 반대라면……."

—페르디넌트 가문은 순수한 인간의 혈통입니다.

순수한 인간이 용혈각성 같은 걸 하나? 나는 그런 의문을 품었지만, 그 의문을 내가 입 밖에 내기도 전에 라플라스가 먼저 답을 말했다.

—다만 고대 영웅의 피를 진하게 이어받았을 뿐이죠.

"고대 영웅?"

—예, 용을 잡고 인간의 영토를 넓힌 고대 제국의 영웅입니

다. 이 사실을 알게 되신 대현자님께서는 일시적으로 이 현상을 영웅각성이라고 부르셨지만, 곧 별 의미가 없다는 걸 깨닫고 명칭을 되돌리셨습니다.

―어차피 카를 페르디넌트가 이 시대에 남은 유일한 페르디넌트의 적통인 만큼, 굳이 명칭을 바꾸어 혼란을 불러일으킬 필요가 없다고 결론에 이르렀기 때문입니다.

―게다가 용의 피가 흐른다는 건 사실이긴 하니까요. 말장난에 가깝긴 합니다만…….

아하, 용의 피가 흐른다는 건 용의 피를 이어받았다는 게 아니라 용을 죽여서 피를 흘리게 만들었다는 소린가?

"아무튼 괜찮은 쇼핑을 했군."

용혈각성으로 인한 마력 상승과 마력을 통한 외력 상승, 이 두 가지만 봐도 1,000루블 어치는 충분히 한다. 게다가 이걸 산 본목적은 따로 있었으니…….

"자, 그럼 이제 벨리사리오 경에게 이걸 보여주면 되는 거지?"

―아뇨, 그렇지는 않습니다.

"엥? 왜?"

―벨리사리오 경은 보여줘도 알아보지 못할 테니까요.

나는 고개를 갸웃거리지 않을 수가 없었다.

"…황실의 혈통을 증명하는 증거라며? 그걸 대장군이 못 알아봐?"

―네, 그렇습니다.

"황제가 그걸 그냥 놔두나?"

─황제야 그냥 놔둘 겁니다.

"…왜?"

─현 황제, 프란츠 페르디넌트가 용혈각성을 하지 못했거든요.

"아버지가?"

나는 나도 모르게 그렇게 되묻고는 순간적으로 엄청난 위화감에 휩싸였다.

잘 생각해 보니 카를 페르디넌트의 아버지는 프란츠 페르디넌트가 맞다. 그러니까 카를이 황자지. 카를로서 보낸 12년간의 기억도 갖고 있으니, 현 황제를 아버지라 여기는 게 이상한 건 아니다.

다만 김연준으로서의 자의식이 좀 더 강한 탓에 나도 모르게 위화감을 느끼고 만 것이리라. 나는 그렇게 생각했다.

─유료입니다.

그런데 라플라스가 갑자기, 뜬금없이 이런 소릴 했다.


라플라스가 갑자기 유료라는 말을 했다. 실로 의미심장했다. 이 녀석이 이 말을 꺼낼 때는 단순한 판촉이 아닐 때뿐이다. 뭘 팔고 싶을 때면 혓바닥이 길어지는 라플라스다.

"뭐가?"

따라서 나는 묻지 않을 수가 없게 되었다.

─…….

불길한 침묵이 길어진다.

설마…….

"카를 놈, 사실은 진짜 황자가 아닌 거야?"

—아뇨, 카를 페르디넌트가 황가의 적통을 이었음은 확실합니다.

아, 이건 아니구나. 바로 대답해 주는 걸 보니 무료 정보다.

—용혈각성을 한 것만 봐도 명확하죠.

아차, 그랬었지.

"그럼…….."

—유료입니다.

말도 꺼내기 전에 칼 같은 유료 판정. 나는 잠깐 더 고민했다.

…아, 이거.

그런 거구나!

"하긴 이상하다고는 생각했어. 아무리 끗발 좋은 예언자라도 황자의 궁전을 무너뜨리다니."

라틀란트 제국을 위해서라는 명분이 있다고는 하나, 황제의 씨앗을 죽여 없애는 것에 반발이 없을 리 없다. 다만, 이 반발을 무마하는 절대적인 명제가 하나 있었다.

황제 본인의 묵인!

아무리 최고 권력자의 옥좌가 인간성을 거세시키는 특성을 지닌다고 하더라도, 자신의 자식을 죽인다는 것에는 사람으로서 생물로서 본능적인 거부감을 느낄 수밖에 없다.

그러나 프란츠 페르디넌트 황제는 이를 묵과했다.

그 이유는?

"프란츠 페르디넌트는 카를 페르디넌트의 친부가 아니로군?"

—유료입니다.

절묘한 타이밍에 이 메시지를 끼워 넣어 나로 하여금 이러한 결론에 이르게 만들었음에도, 라플라스는 뻔뻔하게 계속해서 유료라는 말만 반복하고 있었다.

그렇다면 어쩔 수 없지.

"…얼마야?"

그깟 유료, 사버리겠다!

그러나 내가 각오하고 뱉은 질문에 대한 답은 또 의외의 것이었다.

—1루블입니다.

"…그거밖에 안 해?"

이제까지 실컷 뜸 들여놓고 가격 판정이 이래 버리니 나로선 배신당한 기분마저 든다. 그런데 이런 내 의문에 대한 대답은 의미심장했다.

—이걸 안다고 삶이 편해지는 건 아니니까요.

아니, 어떤 의미에서는 오히려 더 어려워지기까지 할 것이다.

아직 뭔지 확실한 답을 들은 것도 아니지만, 이미 답은 나온 거나 마찬가지다.

이건 카를 페르디넌트의 출생에 얽힌 비밀이다.

내가 카를 본인이었다면 이것 때문에 싱숭생숭해 밤에 잠도 못 잘 수도 있었을 것이다.

하지만 나는 김연준이다.

망설일 이유가 없었다.

"딜."

─새 주인님의 추측이 맞습니다.

라플라스는 마치 답답한 봉인에서 마침내 풀려난 것처럼 생생한 목소리로 설명을 시작했다.

─카를 페르디넌트의 친모는 몬토반드 가문의 크리스티나 몬토반드 귀빈이 맞습니다만, 친부는 프란츠 페르디넌트가 아닌 다른 사람입니다.

"그, 그게 누구야?"

이게 뭐라고 마른 침이 꿀걱 넘어간다.

─선황제인 필리프 페르디넌트입니다.

…아니?

─지금은 사망한 크리스티나 몬토반드 귀빈은 이 사실을 모른 채 세상을 떠났습니다. 자신의 배로 낳은 카를 페르디넌트가 프란츠 황제와의 사이에서 나온 아들이라 믿어 의심치 않은 채…….

아니?!

"…조부는? 아니, 아버지라고 해야 하나? 아무튼 그 필리프 황제는… 프란츠 황제가 처형했나?"

─아뇨, 잘살다 갔습니다. 사인은 노화로 인한 자연사였습니다.

"허……."

하긴 잘 생각해 보니 필리프 황제는 죽기 전까지 황제였다. 프란츠는 당시 황자였을 거고. 괘씸죄로 처형한다는 것 자체가 말이 안 되지.

갑자기 프란츠 황제가 불쌍해졌다.

"프란츠 황제는 이 사실을… 어떻게 안 거지?"

─그야 프란츠 황제는 크리스티나 귀빈과 한 번도 동침하지 않았거든요.

아……. 뭐 그럴 수 있다. 정략결혼이니까.

그래도 의문이 남는다.

"그럼에도 불구하고 어머니는 어떻게 내가 프란츠 황제의 아들이라고 여길 수 있었던 거지?"

─황제와의 침소에 들어가면 늘 부자연스럽게 잠들었었습니다. 황제가 직접 타준 수면제가 든 차를 마신 탓입니다.

수면제?

"…아니, 왜?"

─귀빈을 재워둔 채 다른 여자와 동침하기 위해서였습니다.

"……."

조금 전까지 아스라이 남아 있던 프란츠 황제에 대한 동정심이 싹 사라지는 순간이었다.

─그것이 프란츠 황제의 취미였습니다. 당시에는 아직 황자였습니다만… 아내를 재우고 다른 여자와 동침하는 게 좋다고 하더군요.

"어… 그럼 나의 사생아 형제들이 아주 많겠군."

흔들리는 멘탈을 부여잡기 위해 한 헛소리였지만, 라플라스의 입에서 나온 건 그보다 더한 헛소리였다.

─그런 걱정은 하실 필요가 없습니다. 그 시기의 프란츠 황제는 자신과 한 번이라도 동침한 여자를 반드시 죽였거든요.

…헛소리였다면 좋았을 텐데.

"아니, 아무리 황제라도……. 그래도 돼?"

─귀족 여성을 상대로 그랬더라면 문제가 됐을지 모르겠습니다만, 고아들을 돈 주고 샀기 때문에 아무 문제가 되지 않았습니다.

그게 그렇게 치워질 문제인가?

"…제국법적으로는 어떨지 몰라도 사람으로선 문제가 많이 될 것 같은데."

─새 주인님께서는 선량하시군요.

나는 앞으로 라플라스의 '선량하다'는 말은 안 믿기로 했다. 그냥 이 세계 이 시대 인류의 도덕 기준이 너무 낮은 것뿐이다. 알고는 있었지만…….

아니, 난 아무것도 몰랐다.

─이건 여담입니다만, 크리스티나 귀빈이 단명한 이유도 수면제 때문입니다.

라플라스가 아무렇지도 않게 한 발언이 내 골을 띵하게 만들었다.

"왜, 왜?"

—효과가 좋은 대신 독성이 강했거든요.

충격적인 진실의 연속이다.

"그럼 어머니를 살해한 범인이……."

—프란츠 황제의 독살입니다. 처음에는 의도한 바가 아니었습니다만, 크리스티나 귀빈의 몸이 상해가는 걸 보고서도 태연히 수면제를 계속 사용했으니 이건 독살이 맞죠.

내가 만약 카를 본인이었다면 이것만 듣고도 미쳤을 것 같다.

다행히 나는 카를 본인이 아니라서…….

아니, 사실 나도 3분의 1쯤은 본인이라서 미칠 것 같긴 하다.

"…우리 배다른 형이 좀 막장이로군."

—아, 아닙니다.

"아니라니, 뭐가?"

막장이 아니라는 뜻인가? 하지만 누가 봐도 막장인데…….

아, 막장이라는 단어 뜻을 착각해서 그런가? 나는 그렇게 추론했지만, 라플라스의 대답은 또 내 예상 범위를 벗어나 있었다.

—프란츠 황제와 새 주인님, 그러니까 카를 황자의 관계는 형제지간이 아니라는 의미입니다.

"엥? 그, 그럼……."

—대외적으로는 직계혈족으로 알려져 있지만, 사실 프란츠 황제는 필리프 선황제가 아닌 다른 씨앗의 소생입니다.

"……."

이쯤 되니 슬슬 어이가 없다기보다는 홍미롭다는 감정이 앞서기 시작했다.

본인 일만 아니면 정말 흥미로웠을 텐데, 안타까울 뿐이다.

"…설마 증조할아버지가?"

─아뇨, 그렇지는 않습니다.

다행이라는 생각만 들면 다행인데, 내 내면에서는 실망하는 기색이 약간 섞여서 나 자신이 더 놀랄 판이었다.

생각만큼 막장은 아니었구나!

그러나 이런 결론을 내리기에는 아직 일렀다.

─필리프 선황제의 부인인 마리아 황후는 그녀의 아버지와 사이가 좋기로 유명했죠. 아버지를 모시면서 같은 방에서 함께 머물 정도였으니까요.

"…설마?"

─그 설마가 맞습니다.

그렇구나.

증조할아버지가 아니라 외증조할아버지였구나!

─아무리 황실의 피가 후대로 갈수록 옅어진다지만, 프란츠 황제가 용혈각성을 못 한 건 너무나도 당연한 일이었습니다. 그야 그렇죠. 황실의 피는 한 방울도 섞이지 않았으니까요.

아, 하긴 그렇다. 외증조할아버지조차도 아니었다. 그냥 생판 남이 맞았다.

─필리프 선황제도 설마설마했지만, 스무 살이 넘어서도 용혈각성을 하지 못한 프란츠 황제를 보고 내심 쌓아왔던 의혹을 폭발시키기에 이릅니다.

설마설마하긴 하셨구나! 필리프 선황께서도 짚이는 구석이 없지는 않았던 모양이다.

이 이야기에서 가해자와 피해자가 뒤바뀌는 순간이었다.

─그리고 황실 외부에 추문이 드러나지 않는 방식으로 황실의 피를 이을 방법을 찾아냈죠. 그것이…….

"자신의 씨앗으로 크리스티나 귀빈을 회임시켜 카를 페르디넌트를 출생시킨다는 계획이었군."

나는 남의 일이라도 말하듯 혀를 끌끌 찼다.

"아니, 그런데 왜 하필 크리스티나 귀빈을 상대로? 황후는 어쩌고?"

─엘리자베트 브란덴베르그 황후는 브란덴베르그 대공가의 혈손인지라 잘못 건드리면 정치적인 부담을 크게 떠안아야 했거든요.

"아…….""

권력 좋다는 게 뭐냐. 이래서 권력이 좋은 거다. 아무도 만만하게 안 보니까.

─그래서 프란츠 황제도 만만한 크리스티나 귀빈을 대상으로 뒤틀린 욕망을 해소시킨 거고, 필리프 선황제의 입장에서도 프란츠 황제가 크리스티나 귀빈에게 수면제를 자주 먹이니 노리기 좋았던 거죠.

"…불쌍한 어머니……."

사실 어머니라는 느낌은 크게 들지 않지만, 어쨌든 카를 입장에서는 어머니가 맞았다.

—프란츠 황제는 카를 페르디넌트, 지금의 새 주인님의 출생 후 충격을 받았습니다.

그건 당연했다. 씨도 안 뿌렸는데 새싹이 트니 이건 웬 잡초인가 싶었을 거다. 그런데 그걸 누구한테 말할 수도 없었을 테고…….

처음 들었을 때는 분명히 프란츠 황제가 불쌍하다는 느낌이 들었었는데, 지금은 전혀 그런 느낌이 아니니 또 신선하다.

—그 후에는 손끝 하나 손대지 않았던 정략결혼 상대인 엘리자베트와 무척 정력적으로 후손을 생산하려 노력했습니다.

"갑자기?"

—취미를 우선시하다가 자기 혈통에게 황제 자리를 물려주지 못할지도 모른다는 생각이 들었기 때문이라고 합니다. 아, 이건 대현자께서 프란츠 황제에게 직접 들은 이야기입니다.

…듣자 하니 대현자의 인성이 박살 난 건 대현자 본인의 탓만은 아닌 것 같았다.

"노력으로 끝났다는 건 결실을 보지 못했다는 뜻이지?"

—그렇습니다.

내게 배다른 형제가 없다는 소리가 그런 의미였군. 여기서 누구 탓이었냐를 묻지는 말자. 적어도 내 탓은 아니다. 그럼 된 거지. …아닌가?

내가 무슨 생각을 하든 라플라스는 자기가 해야 할 설명을 계속했다.

—필리프 선황제의 사망 이후 제위를 물려받은 프란츠 황제

는 노골적으로 몬토반드 가문을 냉대했습니다. 그 탓에 귀빈 하나만 믿고 변경의 영지를 버리고 제국 중앙 정계에 투신했던 몬토반드 가문은 몰락의 길을 걷기 시작했죠.

그러고 보니 몬토반드 가문이 카를의 외가였다. 그리고 레너드 몬토반드에게는 본가였지.

—결정타로 크리스티나 몬토반드 귀빈이 약물중독으로 인한 합병증으로 사망함으로써 재기의 여지마저 완전히 잃고 맙니다.

"…레너드 몬토반드가 칼을 훔쳐가도 그냥 둔 게 그 탓이었어?"

—아뇨, 그건 그냥 모른 척한 게 맞습니다.

라플라스의 대답은 단호하기 짝이 없었다.

역시 레너드!

—이런저런 연유로 카를 페르디넌트의 정치적 중요성이 많이 내려갔고, 이 틈을 타 예언자가 카를 황자를 노릴 수 있게 됐습니다. 그래서… 이 뒷일은 설명 안 해도 알고 계시겠죠?

시티 오브 카를이라는 계획도시까지 세워가며 카를 페르디넌트를 뒷바라지하겠다는 건 어디까지나 대외적인 명목에 불과했고, 실제로는 카를을 제국 중앙에서 내쫓는 것이 목적이었다.

그리고 예언자는 카를이 머물 궁전의 위치에 장난을 침으로써 죽음으로 몰아넣으려 했고…….

그 흉계에서 간신히 살아남은 카를 페르디넌트, 곧 나는 지금 여기에 있다.

"알았어."

나는 고개를 끄덕였다.

"프란츠 황제도 카를의 원수로군."

말은 이렇게 해도 생각만큼 복수심이 끓어오르지는 않았다. 내가 카를 본인인 것도 아닌지라……. 아니, 절반쯤은 본인이지만 그거야 뭐 여하간.

아무튼 프란츠 황제에게 좀 심한 짓을 해도 양심의 가책이 별로 느껴지지는 않을 것 같았다.

뭐, 이 정도면 충분하지 않겠는가?

그럼 다시 본론으로 돌아와서.

"이 용혈각성을 써먹으려면 어떻게 해야 되는 건데?"

원래 이 이야기를 하려다가 말이 샜다.

물론 여기서 써먹는다는 건 마력이나 외력의 강화가 아니라, 내가 카를 페르디넌트 본인임을 증명함으로써 벨리사리오 경을 아군으로 끌어들이는 방법에 관한 이야기다.

―기다리면 됩니다.

내 질문에 대한 대답은 심플했지만 동시에 모호했다.

"기다리라고? 뭘? …누굴?"

―유료이긴 합니다만… 어차피 곧 아시게 되실 겁니다.

루블까지 들여가며 살 필요는 없는 정보라는 소린가…….

"기다리기만 하면 된다는 거지? 뭐, 알았어."

          *          *          *

　어느새 1주일이 지났다.

　"라플라스."

　—네, 새 주인님.

　"언제까지 기다려야 하는 거야?"

　나는 몇 번째인지 모를 질문을 또 했다. 글쎄, 100번은 넘은 것 같은데. 세어보질 않아서. 그럼에도 불구하고 라플라스는 질리지도 않고 바로 대답해줬다.

　—오늘까지 기다렸으면 됐을 확률이 78%입니다.

　"그럼 내일은?"

　—82%입니다.

　"4%씩인가……."

　단순 덧셈으로는 닷새를 더 기다려야 하겠지만, 이건 최악의 경우일 뿐이다. 어지간하면 그 전에 오겠지. 누가 올지는 모르겠다만…….

　문제는 지금 상황이다.

　이제까지 보지도 못했던 규모의 제국 기사들이 한꺼번에 우르르 몰려오더니 시티 오브 페르핀을 포위했다.

　와, 제국은 제국이더라. 난 제국에 기사가 저렇게 많은 줄 처음 알았어.

　저게 다 그냥 단순한 기사들이라면 별문제가 안 되지만, 그리고 실제로 대부분은 그냥 끽해봐야 3검급인 기사들이 맞지만.

저 중에 5검급의 기사가 둘이나 있다는 점이 바로 문제의 핵심이었다.

"제국에는 대장군이 네 명밖에 없는 거 아니었나?"

─대장군은 4명이지만 5검급에 달한 기사는 그보다 많습니다.

진짜 제국이 괜히 제국인 게 아니로구나.

자, 이제 어쩐다?

이유는 모르겠지만 제국군은 마법의 사거리에 아슬아슬하게 닿지 않는 거리를 유지한 채 도시를 포위하고 별다른 공격을 가해오지는 않았다.

사실 나는 마법의 사거리를 늘릴 수단을 가지고 있으므로 지금도 선공이 가능하나, 그랬다가는 바로 전투 상황으로 이어질 테니 자제하고 있었다.

싸우는 거야 뭐 싸울 수도 있지만, 가급적이면 확실하게 이기는 상황을 만들어놓고 싸우고 싶은 게 본심이다.

카를 페르디넌트의 신분을 증명하는 것이 그 이기는 상황이었고, 그러려면 기다려야 했다.

그런데 문제는 저들도 뭘 기다리고 있는 것 같다는 거다.

저놈들이 더 유리한 게 지금 상황인데, 그냥 아무 생각 없이 공격을 미룰 이유가 없다. 그러니 기다림으로써 뭔가 얻는 게 있을 거라는 건 근거 없는 추측이진 않았다.

"하……."

갑갑하다!

나 혼자 살아남는 거야 별문제가 안 된다. 그냥 흑법 켜고 하늘 날아서 도망치면 그만이니까. 남부 대륙으로라도 날아가서 뭐… 카트하툼이나 가다메아에 의탁하면 될 것이다.

그런데 그건 그냥 파멸을 뒤로 미루는 것밖에 안 된다. 예언자는 언젠가 내 위치를 특정해 낼 테니까. 자기 예언 틀리는 지역만 찾으면 되니 아주 쉽겠지.

그때는 예언자가 남부 대륙 초토화 작전을 벌일 것이다. 남부대륙에서 도망치면? 그럼 그 도망친 곳에다 또 초토화 작전을 벌일 것이다.

그렇게 무리한 작전을 계속해서 벌일 수 있을 리는 없지만, 이러다 라틀란트 제국의 국력이 다하면 예언자는 다른 세력에 또 빌붙어서 같은 방법을 반복해서 사용하면 그만이다.

그러든 말든 계속해서 도망치면 될지도 모르지만, 나 혼자 살아남자고 그 많은 희생을 치르는 건 감당이 안 된다.

결국 언젠가는 승부를 내야 한다. 그리고 그러려면 강력한 5검급 기사인 벨리사리오 경을 아군으로 끌어들일 수 있는 지금이 적기였다.

"그런데 끌어들일 수 있어야 말이지!"

─기다리십시오.

라플라스는 같은 말을 반복했다. 무료로 해줄 수 있는 말이 저것뿐일 테니 녀석으로서도 어쩔 수 없긴 할 거다. 녀석도 할수만 있으면 아주 긴 설명을 내게 퍼붓고 싶을 터였다.

그렇게 바짝 긴장된 대치 상황이 늘어지고만 있을 때, 시티 오브 페르핀의 항구에 군선 한 척이 들어왔다. 백기를 올려 전투 의지가 없음을 보인 제국 중앙 소속의 군선이었다.

―왔군요.

그 군선을 본 라플라스가 말했다.

"아, 드디어?"

그렇다, 드디어.

*      *      *

라플라스가 언급한 인물이 누군가 했더니, 다른 사람도 아닌 란첼 자작이었다.

―란첼 자작은 제국 중앙 마법청의 자문관이자 카를 페르디넌트의 후견인으로서 용혈각성을 공증할 아주 적절한 인물입니다.

란첼 자작이 등장하자마자 라플라스는 입에 채워져 있던 자물쇠라도 푼 것처럼 설명을 좌르륵 늘어놓았다.

어쨌든 라플라스가 군이 루블 주고 정보를 살 필요가 없다고 한 건 정답이었다. 만약 저 정보를 루블 주고 샀더라면 꽤나 속이 아팠을 듯했다.

나도 어느 정도 짐작은 했다. 용혈각성이 고유 마법에 준하는 신분 증명 수단이라는 언급부터 시작해서, 란첼 자작이 카를 페르디넌트의 후견인이라는 언급에 이르기까지.

이런 걸 보면 라플라스도 이제까지 힌트를 꽤 많이 준 셈이라고 할 수 있다. 그저 라플라스가 유료라고 해서 혹시나 아닐 가능성을 염두에 뒀을 뿐.

"그런데 내가 란첼 자작을 어느 신분으로 만나야 하지?"

그동안 나는 레너드 몬토반드로서 란첼 자작을 만나왔다. 하지만 지금 이 시티 오브 페르핀에 진정한 검의 주인이자 고위 마법사로서 버티고 선 건 로투스 루베르였다. 그런데 황자는 카를 페르디넌트다.

이렇게 선택지가 많으니 나로서도 고민하지 않을 수가 없었다.

이러한 내 고민에 대한 라플라스의 대답은 심플했다.

―어느 신분으로 만나시든 상관없습니다.

하긴 용혈각성만 보여주면 되니, 어느 신분이든 상관은 없을 거다.

"그렇다면 차라리 지금 가장 위상이 높은 신분인 로투스 루베르로 만나서 용혈각성을 보여주는 게 가장 나을지도 모르겠는걸."

기왕 로투스에게 몰아주는 김에 황자 신분까지 몰아주자.

라플라스의 확답까지 받았겠다, 나는 내 판단을 밀고 나가기로 결정했다.

\*            \*            \*

란첼 자작과 포아드 경을 다시 보는 건 별로 오랜만이라고도 할 수 없는 세월이었지만, 그럼에도 묘한 반가움이 느껴졌다.

물론 지금의 나는 로투스 루베르였기 때문에 아는 척을 해선 안 됐다.

"변경의 영웅, 페르핀의 구원자를 뵙게 되어 영광이오."

"별말씀을."

나는 가볍게 턱을 튕겨 인사를 대신했다.

제국 귀족을 상대로 취할 적절한 태도는 아니었지만, 로투스 루베르라는 인물이 원래 이렇다. 본인이 자기 성을 직접 지어서 붙일 정도니 어련할까.

"중앙 마법청의 마법사께서 이 먼 변경까지 어쩐 일로 오셨소?"

그리고 방랑 마법사다운 제도권 마법사에 대한 반발심 표출!

더욱이 로투스 루베르는 설정상 진정한 검의 주인이자 고위 마법사라 란첼 자작 앞에서 숙일 이유가 없었다.

설정이라고 하니 좀 이상하네. 뭐 여하튼.

"혹시 아실지 모르겠지만, 시티 오브 페르핀에 용혈각성이 관측되어서 왔소. 그게 내 일이니까……."

"용혈각성?"

나는 시치미를 떼며 되물었다.

"그렇소. 용혈각성이 뭐냐면……."

그러자 란첼 자작은 당연하다는 듯 설명을 하려고 들었다. 모르는 게 당연하다는 눈치다.

흠, 흠. 이쯤 해서 기만질은 그만할까.

나는 란첼 자작 앞에서 용혈각성을 터뜨렸다. 그러자 마력이 뿜어져 나오며 내 신체 능력이 급격히 상승했다.

물론 싸우자고 하는 짓은 아니다.

"이걸 말하는 게요?"

놀리자고 하는 짓이지.

란첼 자작의 멍한 표정은 정말 걸작이었다.

"어… 전하? 카를 페르디넌트… 전하시옵니까?"

"어서 오시오, 란첼 자작. 그대가 내 후견인이라 들었는데……."

"…전하가 맞습니까?"

아직도 믿어지지가 않는다는 듯 되묻는 란첼 자작에게 나는 씨익 웃어 보이며 선언했다.

"라틀란트의 카를 페르디넌트가 누구냐고 묻는 거라면 맞소, 그게 나요."

"아니, 하지만… 너무 크신데."

"근육이?"

내 되물음에 란첼 자작은 무의식중에 고개를 끄덕일 뻔했다.

그도 그럴 것이 지금의 로투스 루베르는 마법사치고는 꽤 근육질인 편이다. 이것도 [보정 속옷]으로 절반 미만으로 덜어낸 거다.

물론 겉보기에만 근육이 반으로 줄어들었을 뿐 내 근력은 그대로니 이거야말로 압축 근육의 올바른 표본이다.

하지만 란첼 자작은 자동적으로 움직이려던 고개를 억지로 멈추고 이렇게 외쳤다.

"카를 페르디넌트 전하께오선 올해로 13세십니다!"

"맞소. 잘 알고 있군."

나는 [성장의 반지]의 힘을 거두어 내 본래 연령의 모습으로 돌아왔다. 단련된 외력 탓에 좀 근육질이긴 하지만 13살의 어린아이의 모습이긴 했다.

"그, 그리고 추수 시기의 밀밭처럼 황금빛으로 반짝이는 머리칼을 지니셨고……."

"그래, 기억하고 있군."

나는 [모발 모자]의 힘을 거두어 내 머리칼의 빛깔과 헤어스타일을 카를 페르디넌트의 그것으로 되돌렸다. 하도 오랜만이라 내 머리 같지가 않았다. 다행히 영침술을 쓰느라 억지로 쥐어뜯었던 머리는 다시 다 자라나 있어서 다행이었다.

"…존안도……."

"필리프 선황제 폐하를 닮았지. 현 프란츠 황제 폐하가 아니라."

나는 [천변의 백면]의 힘을 거두어 내 원래 얼굴을 내보였다. 그러자 레너드 몬토반드와 닮았지만 같지는 않은, 잘생긴 얼굴이 드러났다. 나는 그 잘생긴 얼굴로 씨익 웃어보였다.

"자, 이제 만족하시오?"

"…전하……!"

그제야 란첼 자작은 그 자리에 무릎을 꿇으며 눈물을 쏟았다. 자작이 이렇게 감정을 터뜨리는 모습을 보니 나도 좀 울컥하는 느낌이 들었다.

그러나 뒤늦게 상황을 파악한 포아드 경이 급히 무릎을 꿇어대는 광경이 좀 웃겨서 결국 울 타이밍은 놓쳤다.

"지금까지 어디에 계셨나이까?"

"살았지."

나는 카를 페르디넌트의 목소리로 말했다.

"살아남았소."

카를 페르디넌트의 여정은 살아남기 위한 여정이었다.

처음부터 목숨을 노리는 시녀들로부터, 용병들로부터, 병사들로부터 도망쳐야 했다. 그걸로도 끝나지가 않았다. 천재지변이 목숨을 노렸다.

그다음은?

아, 그러고 보니 란첼 자작으로부터 도망쳤네?

"서, 설마!"

포아드 경이 믿을 수 없다는 듯 외쳤다.

"레너드 몬토반드도… 전하셨습니까?"

안 웃으려고 해도 웃음이 절로 나왔다.

"눈치가 빠르군."

"헉."

란첼 자작도 뒤늦게 눈치챈 듯 숨을 급히 삼켰다.

"그렇소. 시티 오브 카를에서 경과 만난 레너드 몬토반드가 나였소."

"헉, 그… 전하!"

식은땀을 뻬질뻬질 흘리던 란첼 자작이 한층 더 바짝 몸을 굽히며 이렇게 외쳤다.

"죽여주시옵소서!"

이럴 때 웃으면 위엄이 떨어지는데, 낄낄거리는 웃음이 절로 새어 나왔다.

"뭐 좋소. 다 지나간 일이지."

나는 다시 [모발모자]와 [천변의 백면], [성장의 반지]를 써 모습을 로투스 루베르의 것으로 되돌렸다.

"사실 나는 로투스로 계속해서 살 생각이었소. 내가 카를 페르디넌트라 말해도 믿어줄 사람이 없었을 터였기 때문이었지."

미소를 걷고, 나는 진중한 목소리로 이야기했다.

"용혈각성이 언제 이뤄질지도 모르고, 황제 폐하처럼 아예 못 할지도 모른다고 생각했었소. 그래서 혈통에 대한 것을 잊고 미련도 털어버릴 마음가짐으로 살았소."

참고로 이거 다 처음부터 끝까지 순 거짓말이었다.

뭐? 로투스로 계속해서 살아? 일이 틀어지면 바로 신분을 바꿔먹을 생각이었다. 용혈각성이 언제 이뤄질지 몰라? 내가 루블 주고 샀다. 혈통은 지금 쓸모 있어 보이니 써먹으려고 용혈각성 쓴 거고. 미련은… 이건 없는 게 맞지.

원래 거짓말은 약간의 진실을 섞어서 하는 거다. 나는 스스로를 납득시키며 계속해서 말했다.

"하지만 이렇게 갑작스럽게 용혈각성을 이루고 나니 무엇을 어떻게 해야 할지 모르겠더군."

"전하……."

란첼 자작이 조심스러운 목소리로 입을 열었다.

"황제 폐하께오서 전하를 기다리고 계실 겁니다."

아, 제국 중앙으로 가자고?

그럴 수는 없지!

애초에 황자 신분으로 몸 편하게 살자고 한 용혈각성이 아니다. 어차피 황제 자리에 오를 생각도 없다. 나는 이 혈통의 꿀만 빨고 싶은 거지, 책임 같은 건 지고 싶지 않다!

그런 단호한 의지를 담아, 나는 입을 열었다.

"란첼 자작, 나는 용혈각성을 한 지 일주일 정도밖에 지나지 않았소. 내게는 아직 로투스 루베르로서의 책임이 있다는 뜻이지. 지금 와서… 내가 그동안 해온 일에 대한 책임을 버리고 나 혼자 살자고 몸을 뺄 순 없소."

"…그러십니까."

란첼 자작의 표정이 단단히 굳었다. 이 사람이 갑자기 왜 이러나 싶었는데, 자작은 갑자기 결연한 목소리로 이렇게 말했다.

"전하께오서 어떤 선택을 하시든 저는 전하의 편이옵니다."

나는 일거에 뒤바뀐 란첼 자작의 분위기에 눈을 휘둥그레 떴다.

'아니, 이 양반 갑자기 왜 이렇게 결연하게… 뭐 각오라도 하는 것처럼 말하냐?'

─그야 지금 새 주인님께서 황제의 뜻을 거스르고 본인의 세력을 따로 세우겠다고 말씀하셨으니까요. 이걸 한 단어로 표현하면 이렇죠.

　황제에 대한 반역.

　'아하, 그렇구나.'

　란첼 자작은 지금 반역에 동조하겠다는 뜻을 밝힌 거였다. 그걸 감안하면 이렇게 결연한 모습을 보이는 것도 무리는 아니었다. 자신의 목숨, 가문의 영광, 그동안 쌓아온 학문적 성과와 학파에서의 영향력 전부를 걸고 나를 지지하겠다는 의미이기도 했으니.

　이제 불과 13살인 애송이, 그것도 제국에 반역을 꾀하는 놈의 뭘 보고 이렇게 지지의사를 표하는 건지는 알 수 없다.

　아, 라플라스에게 물어보면 되겠네. 모르는 건 물어보자. 이게 인생의 진리지.

　'라플라스.'

　─믿으셔도 됩니다.

　깔끔하게 정리해 줘서 고맙다. 하지만 지금 내가 원하는 건 아니었어.

　'자세히.'

　분명히 유료일 거라고 생각했는데, 라플라스는 내 예상을 뒤엎고 바로 설명을 시작했다.

　─란첼 자작은 현 황제 프란츠 페르디넌트보다 용혈각성을 하신 카를 페르디넌트, 새 주인님께 더욱 선명한 천명이 있다

고 생각하고 있습니다.

'천명?'

생소한 단어가 나왔다. 라플라스는 설명할 수 있는 게 기쁜 듯 더욱 활기찬 목소리로 설명을 이어나갔다.

—풀어서 설명하자면 황제가 봉신들을 다스리는 명분이라고 할 수 있습니다. 명분이라고 하니 조금 느낌이 떨어집니다만…….

'아항. 내가 정통성에서 더 우위에 있다는 거지?'

—그렇습니다.

그런 거라면 어느 정도 이해가 된다. 이해가 되긴 되는데, 한 가지 불안 요소가 떠오른다.

'그럼 만약에… 내가 황제가 안 되겠다고 하면 어떻게 되는 거야? 나를 배신하는 거야?'

—아뇨, 그렇지 않습니다. 란첼 자작은 한 번 충성을 맹세하면 좀처럼 주인을 바꾸지 않으니까요.

'응? 그런데… 지금 바꿨잖아?'

프란츠 황제에게서 내게로 충성 대상을 방금 전에 바꾸었다. 란첼 자작 본인이 본인 입으로 말했다. 그런데 배신을 안 한다니……. 좀 믿어지지 않는다.

—그렇긴 합니다만, 그렇다고 이 시대에 새 주인님 외에 용혈 각성을 하는 대상이 나타날 리 없으니까요.

'아……'

정확히는 주인을 배신 안 하는 게 아니라, 나를 배신 안 하는 거였다.

정확하게 짚자면 내가 아니라 용혈각성을 한 용혈의 주인이지만, 지금 이 시대에는 나 외에 용혈의 주인이 없으니 딱히 틀린 말은 아닌 게 된다.

―참고로 말씀드리자면, 란첼 자작으로부터 배신당하려면 아내를 빼앗고 딸을 죽이고 아들을 취하기까지 하셔야 합니다.

아니, 그런 끔찍한 짓을……. 으잉?

'…잠깐, 대현자는 그걸 어떻게 알지?'

설마 그랬던 적이 있다는 소린가?

―란첼 자작이 하도 배신을 안 하기에, 어떤 조건이 만족돼야 배신하는지 알아보시느라…….

'아니, 미친.'

뭐 아무튼 좋다. 나는 대현자가 아니니까. 그리고 저 극단적인 조건을 만족시키지 않는 한 배반하지 않는다는 소리니, 정말로 란첼 자작의 충성심은 의심할 이유가 없다는 반증도 된다.

그러한 란첼 자작이 내게 이런 말을 꺼냈다.

"전하, 그러하시다면 제게 방안이 하나 있사옵니다."

나는 고개를 끄덕였다.

"말씀해 보시오."

그러자 란첼 자작은 한번 목소리를 가다듬은 후, 내게 긴 설명을 시작했다.

"고대 제국의 율법에 이르기를, 황제 폐하의 직계혈족에 한

하여 제국의 변방을 평정함으로써 스스로를 대공이라 칭할 수 있는 권한이 있나이다."

고대 제국 시대. 인류와 비인류가 서로의 영토를 뺏고 빼앗기 위해 전쟁을 치렀던 시대. 황제의 혈족은 모두 전장으로 나아가 인류의 적을 쓰러뜨리고 제국의 영토를 넓히던 시대였다.

그렇기에 이런, 반란 세력 만들어지기 딱 좋은 율법이 존재할 수 있었을 터였다. 비인류를 인류의 영역에서 몰아내고 대공령을 선포하는 것은 야망이 아니라 숭고함으로 먼저 받아들여지던 시대였기에.

"그리고 라틀란트 제국은 고대 제국의 정당한 후계이오니 이 율법 또한 아직 유효한 것으로 아뢰옵니다."

하지만 지금은 인류의 시대다. 라틀란트 제국의 변경은 모두 인류의 영역이다. 고대 제국의 율법은 존속해 있기만 할 뿐, 사실상 사문화된 시대. 이제는 알고 있는 이도 몇 없을 시대다.

그럼에도 란첼 자작이 이 율법에 대해 입을 올릴 수 있는 것은 제국 중앙을 떠날 시점에서 일이 이렇게 될 것을 어느 정도 염두에 뒀기 때문이리라.

황제가 인류의 영역을 초토화시키는 미친 시대에, 황자 카를 페르디넌트를 어떻게 보좌해야 하는지에 대한 고민이 그로 하여금 고대 율법에마저 눈을 돌리게 만들었다.

"본래 이 서부 변경은 제국의 땅이나 현재는 황제 폐하에 대항한 반역향으로 지정되었사오니, 이러한 반역을 멈추게 하는 것으로 변방 평정의 공을 세우실 수 있게 되었나이다."

만약 내가 다른 신분으로 다른 일을 하고 있었더라면 란첼 자작도 이런 말을 하지 않아도 됐었으리라. 하지만 그 가능성을 떠올리는 것은 무의미한 일이다.

내가 어디서 누구로 어떤 일을 하고 있든 예언자는 내 존재 그 자체가 거슬렸을 터. 일이 이렇게 흐름은 차라리 운명과 같다.

"하오니 이 율법의 내용에 따라, 전하께오서 서부 변경을 평정하시고 대공령으로 선포하시어 이 혼란을 멈추옵소서."

그렇기에 란첼 자작은 내게 사실상 황제에 대한 반역을 일으키고 서부 변경을 내 영토로 삼으라는 시꺼먼 제안을 건넬 수밖에 없게 되었다.

쉽게 받아들이기 힘든 제안이었다.

"좋은 제안이구려. 내 그 내용을 긍정적으로 검토하리다."

그럼에도 불구하고 나는 고개를 끄덕였다.

왜냐하면 나는 사실 란첼 자작의 제안이 없었어도 원래 그러려고 했기 때문이다.

나는 란첼 자작이 꺼낸 내용에 대해 라플라스로부터 들은 설명 덕에 이미 알고 있었다.

내가 먼저 이 안을 직접 입에 올리지 않은 것은 본인이 나서서 야심을 드러내는 것과 다른 이의 입에서 나온 제안을 수용하는 것에는 차이가 있었기 때문이었다.

전자는 누가 봐도 야심에 역심이지만, 후자는 그래도 변명의 여지가 있는 것으로 보인다.

이 차이는 크다.

고대 제국의 율법이라는 눈 가리고 아웅이긴 해도 일단은 성립하기는 하는 명분에 현 라틀란트 제국 중앙 마법청 자문 관이라는 직책을 지닌 란첼 자작의 제안이라는 원 쿠션.

이러한 행위는 어떤 일부에게는 불필요한 요식행위로 보일지 모르지만, 어쨌든 내가 단순한 반역자로는 보이지 않게 만들어 줄 것이다.

아직은 확실한 적과 아군보다는 애매한 상대가 많은 나로서 는 주변의 눈치를 보는 게 맞았다. 아무리 내가 강자가 되었다 한들, 일부러 적을 더 늘릴 이유가 없었다.

그런 의미에서 란첼 자작이 먼저 이러한 제안을 던져준 건 차라리 고맙기까지 한 일이었다.

"그리하려면 우선 먼저 해야 할 일이 있소이다."

그것은 물론 5검급 기사인 벨리사리오 경을 정식으로 아군 으로 삼는 거였다.

\*           \*           \*

나는 벨리사리오 경의 설득을 란첼 자작에게 맡기기로 했 다. 본인도 자신이 있는 모양이고, 라플라스도 그에게 맡기라 고 했으니 나로서는 망설일 이유가 더 적었다.

"벨리사리오 경."

"란첼 자작, 오랜만이로군."

벨리사리오 경과 란첼 자작은 교분이 있는 듯했다. 하긴 둘 다 제국 중앙에서 고위직을 역임했으니 접점이 있을 만도 했다.

"이분께서는 카를 페르디넌트 황자 전하시오."

란첼 자작이 대뜸 이런 소리부터 지르는 걸 볼 땐 기겁했다.

"갑자기 무슨……"

벨리사리오 경도 란첼 자작의 갑작스러운 말에 당황한 듯 보였다.

"벨리사리오 경, 그대도 용혈각성에 대해서 들어본 적이 있을 거라 생각하오."

"용혈각성? 물론 들어본 바 있소. …설마?"

나는 벨리사리오에게 용혈각성을 보여주었다.

"저어어어어언하!!"

그리고 이렇게 되었다.

심지어 벨리사리오를 상대로는 카를 페르디넌트로서의 모습을 보일 필요도 없었다. 아무런 증명이 필요하지 않았다. 그저 란첼 자작이 '이분께서 용혈각성을 하셨으니 이분은 카를 페르디넌트 전하이시오' 라고 말한 게 전부였다.

'아니, 벨리사리오는 용혈각성이 뭔지 모른다며?'

내가 황당해져서 물었더니 라플라스에게선 이런 대답이 돌아왔다.

─용혈각성이 뭔지는 압니다. 봐도 알아볼 수 없을 뿐.

'…그럼 지금 것도 못 알아보는 게 정상 아냐?'

―벨리사리오 경도 들은 게 있으니까요. 란첼 자작이 인증해 줬으니 그걸 믿는 겁니다.

요는 벨리사리오는 전문가가 뭔가 말해주고 보여주면 그걸 믿는 타입의 인간인 것 같았다.

―딱히 그런 건 아닙니다. 그만큼 란첼 자작의 권위가 대단하다고 해석하시면 됩니다.

괜히 5마급의 고위 마법사인 게 아닌지라, 란첼 자작은 제도에서도 알아주는 인재라고 한다. 당연히 벨리사리오도 그 존재를 알고 있을 뿐만 아니라 내심 존경하고 있을 정도로.

'아무리 그래도 그렇지 이렇게까지 간단하게 손바닥을 뒤집을 줄은 몰랐는데.'

―이게 라틀란트 제국에 있어 용혈각성이 갖는 의미입니다.

용혈각성에 대해 알고 있는 제국인이라면 벨리사리오 경처럼 반응하는 게 일반적이라고 한다.

물론 원래부터 고위 귀족이 아니면 존재 자체를 알지도 못하고 있었던 데다, 프란츠 황제가 적극적으로 묻어버리려고 해서 알고 있는 사람이 더 드물긴 했지만⋯⋯.

―현 프란츠 황제가 아무리 묻어버리려고 해도 묻히지 않을 정도로 확고한 정통성과 명분을 지닌 게 바로 용혈각성이죠.

라플라스가 뭔가 되게 자부심 어린 말투로 설명하길래, 나도 그냥 그러려니 하기로 했다.

"전하를 알아보지 못한 죗값을 어찌 치러야 할지 모르겠나이다!"

그런데 아까부터 벨리사리오 경 쪽이 시끄럽다.

"그건 됐소. 내가 용혈각성을 이룬 지도 얼마 되지 않았으
니……."

"일주일쯤 지나지 않았습니까?"

"……? 그걸 어찌 아셨소?"

나는 묻자마자 벨리사리오 경이 내 마력의 급작스러운 증가
를 알아차렸음을 깨달았다. 역시 5검급. 이런 사소한 것도 바
로 눈치채다니.

"미리 말씀해 주셨다면 제가……. 아니, 제가 진작 알아 모
시지 못한 죄가 크옵니다!!"

굉장히 시끄러웠다.

"용서하겠소. 나 또한 이것이 무엇인지 몰랐으니. 란첼 자작
이 찾아오고서야 비로소 내가 용혈을 증명할 수단을 손에 넣
었음을 알아차렸소."

나는 벨리사리오 경을 조용히 만들기 위해 굳이 거짓말을
했다. 이 거짓말을 알아챌 란첼 자작 쪽에 윙크를 하는 것을
잊지 않으며.

"성은이 망극하여이다!!"

그러자 란첼 자작도 갑자기 시끄러워졌다.

내가 뭘 잘못한 거지?

\*          \*          \*

나는 란첼 자작과 한 이야기를 벨리사리오 경에게 들려주었다. 같이 반역하자는 이야기나 다름없어서 좀 긴장했는데, 반응은 긴장감 없다 못해 경쾌하기까지 했다.

"앞으로 대공 전하라 말씀드리면 되옵니까?"

아무튼 계획대로 벨리사리오 경까지 아군으로 영입할 수 있게 되었다. 비록 아직 셋… 굳이 포아드 경을 숫자에 넣자면 넷이지만 그게 5마급 마법사에 5검급 기사라면 위용이 느껴지는 진영이 된다.

"그런데 전하께 검술을 사사하신 분이 벨리사리오 경이었군요."

란첼 자작이 벨리사리오 경에게 속닥이는 소리가 여기까지 들렸다. 아니, 무슨 소리지? 뭔가 오해하고 있는 것 같은데…….

"……! 그렇소!"

그런데 정작 벨리사리오 경 쪽은 어깨를 펴며 자랑스럽게 고개를 끄덕이는 게 아닌가? 아, 뭐 잘 생각해 보니 같이 대련하면서 함께 실력을 높이긴 했으니 아주 틀린 말은 아니었다.

"……! 역시!"

"그랬군요……!"

란첼 자작과 포아드 경은 또 이걸 믿고 납득한 듯 고개를 끄덕였다.

지들끼리 속닥이고 있는데 끼어들기도 좀 뭐하다.

─새 주인님께 불리한 오해는 아니로군요.

하긴 몬토반드 왕의 검을 뽑아서 각성 창에 넣은 덕에 5검급까지 빠르게 성장했다는 소리보다는 제국의 대장군이자 진정한 검의 주인에게 사사받은 끝에 5검급에 올랐다는 소리가 훨씬 설득력 있게 들릴 터였다.

'그럼 그냥 오해하게 놔둬야겠군.'

─그러시는 게 좋습니다.


시티 오브 페르핀을 포위한 라틀란트 제국 토벌군 기사단이 좀처럼 공격을 개시하지 못하는 이유는 다음과 같았다.

"내가 먼저 가겠소!"

"아니, 내가 먼저 간다."

"내가 먼저 가겠소!"

"아니, 내가 먼저 간다."

듣는 사람으로 하여금 어린애도 이렇게는 싸우지 않겠다는 생각이 절로 들 방식으로 말다툼을 끊임없이 하고 있는 두 진정한 검의 주인, 게르메르 경과 테이아 때문이었다.

고대 제국 시대에만 해도 이렇게 누가 선봉을 서느냐의 문제로 싸움이 많이 일어났고, 이러다 전쟁터에서 아군끼리 결투를 하는 일도 왕왕 벌어졌다고 하던데 지금 일어나고 있는 일이 딱 그 짝이었다.

"두 분이 같이 선봉에 서시라는 것이 명령 내용입니다만……."

"그럴 순 없소!"

"그게 말이 되나?"

전시에 명령 거부는 즉결 처형으로 다스리는 것이 보통이지

만, 진정한 검의 주인을 상대로 누가 즉결 처형을 할 수 있겠는
가? 이 둘을 제압하려면 제국에 남은 세 명의 군단장이 모조리
투입되어야 할 판이었다. 그 사실을 누구보다 잘 알고 있는 게
이 두 사람이었다.

게다가 둘 모두 한 치의 양보도 없을 이유가 있었다.

대장군 자리는 하나. 하지만 여기 있는 진정한 검의 주인은
둘. 더 큰 공을 세운 자가 대장군 자리를 차지할 것이 뻔한 상
황이다.

둘 모두 이런 상황에서 선봉을 양보할 머저리는 아니었다.

처음에는 좀 점잖게 자기가 선봉을 차지해야 할 이유를 늘
어놨었지만, 상대가 들을 생각도 양보할 마음도 없다는 걸 알
게 됐는데 입 아프게 설전을 벌일 필요가 없었다.

그러자 싸움의 구도가 단순해졌다.

누가 먼저 질려서 나가떨어지느냐의 싸움!

그러나 둘 다 만만치가 않은 상대였다.

체력, 집중력, 그리고 끈기에 이르기까지 일주일 넘게 팽팽한
상태를 유지하고 있었다.

오히려 말싸움을 지켜보고 있던 기사단장들이 먼저 나가떨
어질 정도였다.

"이쯤 되면 슬슬 결투로 결정하는 게 안 낫나?"

"쉿! 말조심하게!!"

그렇다고 진짜 결투를 벌였다가 둘 모두 다치는 일이 터졌다
간 시티 오브 페르핀에 도사리고 있는 진정한 검의 주인을 쓰

러뜨리지 못하는 상황이 벌어질 수도 있었다.

그럼 전멸이다. 파멸이다!

다행히 게르메르 경도 테이아도 그 사실은 알고 있어선지 결투 이야기는 안 꺼내고 있었다. 하지만 다른 사람 입에서 결투라는 단어가 나와도 무시하고 지나갈 수 있을까? 지나가야 했다. 원래는 그러했다.

"…그래, 결투로 결정할까?"

"나는 상관없소!"

여기서 엉덩이를 빼다가 선봉을 빼앗기기라도 하면 큰일이니, 둘 다 물러설 수 없는 상황이 되어버리고 말았다.

그러나 다행히 두 사람 사이에서 결투가 벌어지는 일은 없었다.

시티 오브 페르핀 쪽에서 이변이 벌어졌기 때문이었다.

아니, 사실 이변이라 할 정도는 아니었다. 그저 페르핀의 성문이 열리고 사람 둘이 뚜벅뚜벅 걸어 나왔을 뿐이니.

문제는 그 두 사람의 정체였다.

"벨… 리사리오 경!"

게르메르 경의 목소리가 찢어졌다.

그렇다. 상대의 정체는 벨리사리오였다. 라틀란트 제국의 네 명밖에 존재하지 않는 대장군이자 서부 변경 초토화 작전의 최고 지휘관, 그리고 존경받는 진정한 검의 주인인 그 벨리사리오가 직접 성문을 열고 나왔다.

"배신자가 납셨군."

게르메르 경에 비해 테이아의 목소리는 상대적으로 평온했다.

"배신자라니, 너!"

테이아의 말에 게르메르 경이 분노했으나, 테이아는 한심하다는 듯 고개를 저었다.

"연락을 끊고 반역도들의 도시에 숨어 있는 걸 보고도 모르겠냐?"

"큭……!"

"벨리사리오는 제국을 배신했다."

"아니, 나는 제국을 배신하지 않았다."

두 사람 간의 대화에 벨리사리오가 끼어들었다. 그러고는 같이 걸어 나온 사람을 향해 무릎을 꿇어 보였다.

"너희도 꿇어라. 이분께서는 라틀란트의 고귀한 혈통을 이으신 카를 전하시다."

어찌 된 영문인지 알 수 없는 광경에 게르메르 경의 동공이 텅 비었다.

그에 비해 테이아의 행동은 단호했다.

검을 빼어 들었다.

"넌 제대로 못 싸울 거 같으니, 벨리사리오는 내가 맡지."

"너……."

"반역자 벨리사리오! 내 검을 받아라!"

테이아는 그렇게 외치고 바로 벨리사리오를 향해 달려들었다. 그런 테이아의 모습을 곁눈으로 보던 벨리사리오는 함께 나온 남자에게 말했다.

"전하, 저자는 제가 맡겠습니다."

벨리사리오는 일어나 검을 뽑아 들었다. 그러고는 오연한 목소리로 이렇게 말했다.

"꿇어라, 반역자."

"누가 할 말을!"

＊　　　＊　　　＊

테이아가 먼저 벨리사리오에게 덤벼들자, 내 몫은 자동적으로 게르메르 경이 되었다.

"게르메르 경."

"베, 벨리사리오 경께 무슨 사술을 건 거냐!"

게르메르 경의 목소리가 분노로 떨리고 있었다. 라플라스로부터 구매한 정보에 따르면 게르메르 경은 평소에 벨리사리오를 꽤 존경하고 있었던 모양이었다.

"게르메르 경, 내 이름은 라틀란트의 카를 페르디넌트다."

"…예?"

방금 전까지 주변의 공기마저 떨리게 만들 정도로 타오르던 게르메르 경의 분노가 한순간에 식었다. 아무래도 페르디넌트라는 성이 그를 동요하게 만든 모양이었다.

"내가 라틀란트의 버려진 자식이자, 음모에 의해 초토화당했어야 할 황제의 아들이다. …그리고 제국의 정당한 후계자다."

마지막 말은 별로 덧붙이고 싶지 않았는데, 란첼 자작도 그러고 벨리사리오도 그러고 라플라스마저도 이 말만은 꼭 해야 한다고 말하니 나로서도 어쩔 도리가 없었다.

"…어디서 헛소리를!"

게르메르 경은 이를 꽉 깨물었다. 저러는 걸 보니 마음이 흔들리기는 하는 것 같았다.

"믿지 못하겠다면 보라."

나는 침착하게 용혈각성을 발동시켜 보였다. 내 몸에서 용혈각성 특유의 마력이 뿜어져 나왔다. 비록 마력의 분출이지만 이걸 벨리사리오도 알아봤다고 하니, 같은 5검급 기사인 게르메르 경도 알아볼 수 있으리라.

"알아보지 못하겠는가? 그대라면 알아볼 수 있을지도 모르겠다고 생각했건만."

"…저……."

게르메르 경이 그 자리에서 부들부들 떨었다.

"정말로 전하십니까……?"

"그렇다."

아니, 이런 말로 진짜 설득이 된다고?

나는 내가 하고 있으면서도 의구심을 품었다.

"저, 전하! 죽을죄를 지었나이다!!"

게르메르 경의 갑작스러운 태도 변화에, 나는 헛웃음을 토해 내지 않기 위해 무진 애를 써야 했다.

'아니, 진짜로 이런 말로 설득이 됐다고?'

—750루블 할 만하죠?

라플라스가 한마디 던졌다. 나는 그 말에 대꾸도 못 했다. 반박할 여지가 없었던 탓이다.

—물론 게르메르 경도 혼자만의 판단으로 무릎을 꿇은 건 아닙니다. 벨리사리오 경이 먼저 새 주인님께 경의를 표했기에 믿은 거죠.

'그리고 벨리사리오는 란첼 자작이 인증해 줘서 믿은 거고.'

이것 참, 무슨 다단계도 아니고.

별로 떨어지지 않은 곳에서 게르메르 경의 반응을 지켜보고 있던 벨리사리오가 문득 대치하고 있던 상대인 테이아에게 말했다.

"봤지? 테이아, 너도 꿇어라."

"게르메르! 미친, 멍청한!"

그나마 멀쩡한 놈이 하나 남아 있어서 다행이다. 나는 테이아를 보며 내심 안도했다.

"물러나게, 벨리사리오 경."

"전, 전하……!"

"내가 황자이기 이전에 기사인 걸 잊은 건 아니겠지?"

나는 등에 메고 있던 왕의 검을 뽑아 들며 말했다.

"내가 직접 굴복시키겠다."

"…뜻대로 하소서!"

벨리사리오가 순순히 물러나자, 테이아가 어이없다는 듯 바라봤다.

너무 어이가 없어서 말도 안 나오나 보다.

그 심정 이해한다.

나도 그러니까.

하지만 이거하고 저건 별개다.

새로운 5검급과 1:1 대전?

이건 양보 못 하지!

"자, 한번 어우러져 놀아보세."

나는 테이아에게 검극을 겨누며 말했다.

*　　　　*　　　　*

5검급 검사에게 있어 검투란 더 이상 상대에게 검을 휘두르는 것을 뜻하지 않는다.

다른 이들은 내력 발사라 칭하지만 나는 검환이라 부르는, 진정한 검의 주인만이 사용할 수 있는 원거리 공격 기술은 싸움의 패러다임을 바꾸기에 충분했다. 적을 검으로 베기 위해 적에게 다가가야 한다는 당연했던 명제는 더 이상 당연한 것이 아니게 되었다.

그러나 나는 검극을 겨눈 채 테이아에게 다가갔다.

별다른 이유는 없다.

다가간다고 내게 어떤 이점이 있다거나 전투에서 유리함을 얻을 수 있다거나 그런 건 없다.

아니, 사실 이유는 있다.

멀리서 검환을 쏘고 피하는 식으로 싸워봐야 실력 향상에는 조금도 도움이 안 되기 때문이다.

자신에게 다가오는 나를 보고, 테이아는 기이하게 웃었다.

"황자 전하께오서는 꽤나……."

테이아는 끝까지 말하지 못했다. 내가 놈에게 육박해 검을 휘둘렀기 때문이다. 검기조차 두르지 않은 검. 5검급 검사라면 그냥 몸으로 받아내도 작은 멍 하나 들지 않을 일격.

그럼에도 테이아는 칼을 들어 내 일격을 막아냈다.

적의 검이 내 몸에 닿는 걸 용납하는 검사가 있을까? 있을지도 모른다. 실제로 내가 과거에 그랬다. 애초에 지금 내가 휘두르고 있는 몬토반드의 왕검을 손에 넣기 위해, 나는 그냥 방어력에만 냅다 올리고 그 유적을 반쯤 어거지로 돌파했으니까.

나는 그랬지만, 테이아는 그렇지 않은 축이었던 모양이다.

"…어린애 장난입니까?"

"그럼 왜 막았지?"

"…맞으면 아프니까요."

테이아의 변명을 들은 나는 픽 웃었다. 그리고 검에 내력을 불어넣었다. 그러자 검기가, 검강이 뻗어져 나왔다. 테이아도 내력을 끌어올린 것인지, 내 검을 막은 칼에 검강이 피어오르기 시작했다.

파앙!

맞댄 검에서 서로의 검강이 반탄력을 일으키며 가벼운 폭발을 일으켰다. 그러면서 자연스럽게 서로의 검이 떨어지고, 거리 또한 벌리게 되었다.

나는 곧장 다시 테이아를 향해 육박했다. 테이아는 뒤로 물러서지 않았다. 이미 검강이 진득히 머문 검에 오히려 더욱 내력을 불어넣었다.

진정한 검의 주인만이 터득할 수 있는 특권, 검환.

그것이 테이아의 검에서 뻗어 나왔다.

아직은 내 검이 테이아에게 닿지 않는 거리. 피하는 것은 간단하나 나는 피할 생각이 없었다. 그냥 검을 들어 막았다.

보통이라면 검환에 의해 검강이 찢겨지고 검은 산산조각 날 터이나, 내 검에는 그런 일이 일어나지 않았다. 물론 몬토반드 왕의 검이 단단한 것도 있으나, 그 이유만은 아니었다.

루베르류 마검술 제1고유마검—천파참강검.

벨리사리오 경의 금강연환참마저 깬 천파참강검이 일반적인 검환에 부서질 리 만무하니까.

"아닛!?"

"그렇지!"

테이아와 거리를 두고 지켜보고 있던 벨리사리오의 목소리가 교차되었다. 하여간 저 할배, 목소리가 너무 커.

나는 천파참강검을 유지한 채로 뚜벅뚜벅 걸어 테이아에게로 다가갔다. 이번에는 테이아가 한 걸음 물러났다. 이어 두 걸음 물러나려다, 이를 악물고 버텨 섰다.

강단은 있는 모양이다. 내게는 좋은 일이다.

"테이아류! 필살검!!"

테이아는 마치 지금 대련 중이기라도 한 듯, 고유 검술의 이름을 소리 높여 부르짖었다.

"십이참섬!"

이전과 달리 결코 평범하지 않은, 총 열다섯의 검환이 날아들었다. 아니, 기술 이름은 십이참섬이라면서 검환 수는 왜 열다섯이지? 의문은 의문대로 품었지만, 내 몸은 열다섯의 검환을 깨끗하게 막아 소멸시키는 데에 주력했다.

이미 벨리사리오와의 대련을 여러 번 거치면서 천파참강검의 위력과 유용성, 성능에 대해 확인한 바 있었지만 실전에서, 그것도 사전 정보도 없이 처음으로 맞붙는 상대 앞에서 고유 검술을 상대로 써보는 것은 또 달랐다.

뭐가 다르냐면, 성취감이 달랐다.

별 어려움 없이 상대의 고유 검술을 무력화시키고, 내가 짜놓은 택틱대로 움직이는 쾌감.

"루베르류 마검술 제2고유마검."

상대가 먼저 기술 이름을 외쳤으므로 그에 화답하는 의미에서 나도 기술 이름을 외쳐주기로 했다.

"천파멸마검."

좀 부끄러우니까, 나지막한 목소리로.

파캉!

천파멸마검 특유의 독특한 소리와 함께, 천파참강검의 짙푸른 검강이 깨지며 그대로 전방 범위를 초토화시키는 검환의

폭풍이 테이아를 휩쓸었다.

"크으으아아악!"

테이아는 마치 천파참강검을 따라 하는 것 같은, 하지만 그 완성도는 턱없이 떨어지는 검강을 끌어내어 천파멸마검을 막 아내려고 시도했다.

그 시도는 무의미하지는 않았으나 결과적으로 실패했다. 테 이아는 심장과 머리는 지킬 수 있었으나 짙푸른 파편을 전부 막아내지 못했고, 그 탓에 팔다리가 너덜너덜해지고 말았기 때 문이었다.

"크으……!"

결국 테이아는 더 이상 버티지 못하고 그 자리에 무너져 내 리듯 주저앉았다.

제7장

—

새로운 시작I

그런데 테이아의 눈빛은 아직 죽지 않은 상태였다.

"호오."

가벼운 탄성을 낸 나는 고개를 돌려 벨리사리오 쪽을 바라보았다.

"벨리사리오 경."

"예, 전하."

내 부름에 벨리사리오는 뚜벅뚜벅 걸어 테이아에게 다가갔다.

"네, 네놈! 무슨 짓을……!"

"위대한 일리어스 여신님의 가호가 그대에게 있으리니……!"

테이아는 질겁했지만, 벨리사리오는 아랑곳 않고 기도술을 베풀었다. 그러자 테이아의 상처가 낫고 너덜거렸던 팔다리도

도로 잘 붙었다. 역시 3륜급 신관. 성법도 아니고 기도술로 한 건데도 말도 안 되는 치유 능력이다.

"이, 이건……!"

테이아는 경악했다.

당연하게도 경악한 건 테이아뿐만이 아니었다. 게르메르 경을 비롯한 제국 중앙측 기사들이 모두 놀랐다. 그도 그럴 터, 진정한 검의 주인이자 제국의 대장군으로 명성이 드높은 벨리사리오 경이 치유술까지 쓰는 모습을 보였으니 놀라지 않는 게 더 이상하다. 정작 벨리사리오 본인은 내게 머리를 한 번 깊숙하게 숙여 보이고는 다시 물러났다.

"다 나았으면 계속하지."

"…크!"

테이아는 일어나 칼을 쥐었다. 전의가 꺾이지는 않은 것 같아 다행이다. 그럼 계속해도 되겠지. 나는 다시금 테이아를 향해 뚜벅뚜벅 걷기 시작했다.

*            *            *

테이아는 훌륭한 검사였다.

"크윽, 제가 졌습니다."

하지만 나보다는 덜 훌륭했다.

"순수한 검의 힘으로만 상대했다면 어려운 상대였을지도 모르겠군. 용혈각성의 힘이 없었더라면 내가 졌을지도 모르겠어."

이건 좀 과장이긴 했다. 립 서비스였고. 용혈각성을 빼고 싸웠어도 내가 테이아와의 1:1을 지지는 않았을 것이다.

그래도 용혈각성을 통해 마력을 외력으로 치환할 수 있게 됨으로써 얻은 전력 상승은 합이 아니라 곱셈으로 들어온 것 같았다. 힘이 세다는 건 그 정도의 가치가 있었다.

진정한 검의 주인이라는 지고의 경지에 오른 기사마저 힘으로 굴복시킬 정도니 내가 내 힘에 취하는 것도 무리는 아니었다.

땅바닥에 나뒹굴고 있던 테이아는 몸을 추스르고 일어났다. 사실 이미 테이아는 벨리사리오 경의 치유를 세 번이나 받았다. 물론 모든 치유는 내 허락하에 이루어졌다. 1:1의 대결에 패배하고도 세 번이나 적이 베푼 자비에 목숨을 건지면 자괴감에 물들 만도 하건만, 테이아의 눈빛은 아직도 형형했다.

그러나 그것은 전의가 꺾이지 않았음을 뜻하지는 않았다.

테이아가 내 앞에 한쪽 무릎을 꿇어 보이는 것이 그 증거였다.

"전하, 전하께오서 새롭게 열어갈 시대에 저도 힘을 보탤 수 있겠나이까?"

오, 이건 그건가?

—네, 그겁니다.

'그렇지?'

나는 고개를 끄덕이고 테이아를 향해 이렇게 말했다.

"그대가 내게 기사로서의 충성을 바친다면."

"바치겠나이다!"

그렇다, 충성 맹세다. 세 번의 패배로 테이아는 나를 주인으로 삼기기에 충분하다는 확신을 얻었고, 그리하여 항복하고 기사로서의 충성 맹세를 하게 된 거다.

나는 테이아의 양 어깨에 검을 살짝 댄 후 왼손을 내밀었다. 내 약지에 테이아가 키스를 함으로써, 약식으로나마 기사 서임식을 마친 나는 선언했다.

"이로써 그대는 나의 기사요, 테이아 경!"

"황공하옵니다, 전하!"

테이아가 감격스러운 듯 외쳤다.

라플라스의 설명에 따르면 테이아는 본인이 5검급에 올랐음에도 기사 서임을 못 받은 것에 대해서 내심 자격지심이 있다고 했다. 그렇다 보니 기사 서임에 감격할 만도 했다.

'하긴 5검급을 상대로 누가 기사 서임을 해줘.'

법적으로 강제되는 것은 아니지만, 관습적으로 기사 서임을 해주는 건 더 높은 경지의 기사인 게 보기에 좋았다. 그리고 사람들은 보기에 안 좋은 일을 어지간하면 하지 않으려 드는 편이다. 테이아가 이걸 몰랐다.

기사가 되고 싶으면 그 전에 받았어야 했는데, 테이아는 개인적인 사정으로 때를 놓쳤다가 결국 5검급에 이르기까지 주인을 못 찾았던 모양이다.

이 정도 수준에 올랐으면 기사 서임을 해줄 수 있는 게 황제밖에 없어서 대장군직에 올라야 받을 수 있는데, 대장군직에 오르기 위해 만족시켜야 하는 조건에 결격이 있는 테이아로선 속이 탈 만도 했다.

하지만 나는 테이아보다 강한 기사고 황자니 기사 서임을 해 줄 수 있다. 테이아로선 생애 마지막 기회가 될지도 모르니 넙죽 받은 거였다! 잘못하면 반역자 취급을 당할 수도 있는 결정임에도, 별로 깊게 생각하는 기색조차 엿보이지 않으니 이것 참……

'이게 기사인가.'

─그렇습니다. 이게 기사입니다.

기사는 정치가나 철학자가 아니다. 본질적으로 무인일 뿐.

"축하하오, 테이아 경."

"축하하오, 드디어 기사가 되셨군."

"고맙소, 벨리사리오 경! 게르메르 경!"

다른 기사들도 라틀란트 제국의 프란츠 황제에 대한 건 아랑 곳 않고 축하의 말을 하고 본인은 감격해하는 걸 보라. 방금 본 인이 무슨 판단을 내렸는지 별로 깊게 생각하지 않는 표정…….

"함께 전하를 모시고 대업을 이룹시다!"

그때, 테이아 경의 입에서 문제적 대사가 터졌다.

…응? 대업?

나는 눈을 휘둥그레 뜰 수밖에 없었다.

'대업이라니, 그게 무슨 소리야?'

─그야 당연히 반역이지요. 프란츠 황제 측에서 봤을 때 이 야기입니다만.

아니, 그 짧은 사이에 벌써 반역각을 봤다고? 프란츠 황제를 끌어내리고 날 옹립하겠다고 판단한 거야?

방금 전까지 기사가 단순하다고 생각하고 있었는데… 뭐, 단순한 건 맞다. 그냥 용혈각성 했다고 날 따르겠다고 하고, 날 따르기로 했으니 프란츠 황제에겐 반역하겠다고 하고.

—이게 기사죠.

라플라스가 다시 한번 말한 단어의 느낌이 방금 전과는 확 달라졌다.

그건 그렇고, 일이 이렇게 되니 곤란해진 건 내 쪽이다.

사실 나는 이걸로 용혈각성 뿐은 다 뽑았다.

라틀란트 제국 주력 기사단의 포위에서 벗어났고, 5검급 기사 둘이라는 초유의 위기에서도 벗어났다. 벨리사리오 경을 완전한 아군으로 돌려세웠고, 여기에 게르메르 경에 테이아 경까지 영입한 건 명백한 목표 초과 달성이다.

그리고 예언자가 뒤에서 손을 쓴 것으로 보이는 서부 변경 초토화 작전도 망쳐 버리는 데에 성공했다. 예언자의 계획을 어그러뜨림으로써 예언의 위상이 떨어졌을 테고 그만큼 영향력 또한 감소했겠지. 이쪽도 목표 달성이다.

그러니 여기서 해산 선언을 해도 된다.

나는 그렇다!

하지만 이때, 라플라스가 끼어들었다.

—적어도 이들을 파멸로 이끌 생각이 없으시다면 대업은 아니더라도 비슷한 일은 하셔야 할 것 같습니다.

'역시… 그렇지?'

내가 생각하는 것과 사람들이 받아들이는 건 전혀 다를 것이다. 내가 황제 자리에 욕심이 없다고 여기서 해산 명령을 내려 버리면 여기 있는 벨리사리오와 베르메르 경, 그리고 테이아 경의 운명은 어떻게 될까?

우선 황제가 아닌 황자에게 충성 맹세를 한다는 것 자체가 반역으로 받아들이기에 딱 좋은 상황이다. 게다가 나도 나다. 내가 5검급 기사가 탐나서 기사 서임까지 내려 버렸으니. 내가 의도한 바가 아니라고 내치기에도 좀 껄끄러운 상황이 되었다.

누가 나의 순수한 마음을 알아줄까? 설령 알아주는 사람이 있다손 치더라도 세상은 날 가만 내버려 두지 않겠지.

뭐, 그래도 이들은 5검급씩이나 되는 인재다. 대충 버려둬도 알아서 잘 먹고 잘 살 것이다. 진짜 문제는 이들이었다.

"화, 황자님께 충성을 맹세합니다!"

"충성을!"

지들끼리 열심히 쑥덕거리던 제국군 기사단장들이 결론을 내린 듯했다. 가장 선임인 것으로 보이는 기사단장이 말까지 더듬으면서 선창하자, 다른 기사단장들도 일제히 외치며 무릎을 꿇었다.

"추우우웅!"

그러자 기사단의 기사들도 무릎을 꿇었다.

쿵!

온몸에 철갑을 두른 기사들이 동시에 무릎을 꿇자 지축이 울렸다. 솔직히 꽤 멋있는 광경이긴 했다. 절도도 있고 기합도 느껴져서. 물론 이 광경을 연출하기 위해 연습을 많이 했기에 가능한 것이었을 터.

그리고 본래 이걸 보여줄 대상은 프란츠 황제였을 것이다.

그런데 이들이 내게 갑자기 충성심이 막 생겨나서 이런 짓을 하는 걸까?

─살아남기 위한 선택입니다.

그렇다. 이들이 이러는 건 굉장히 현실적인 이유에서였다.

5검급 기사 넷을 상대로 이들이 뭘 할 수 있을까? 5검급이 뭔지 모를 땐 멋모르고 덤빌 수도 있었겠지만, 이들은 방금 전에 벌어졌던 나와 테이아 경의 승부를 자신들의 두 눈으로 똑똑히 보았다. 개기면 다 죽는다. 이런 결론에 도달하기는 그리 어려운 것이 아니었으리라.

하지만 그 이유가 뭐든 충성 맹세는 충성 맹세다. 이들은 배를 갈아탔다. 즉, 내가 다 내버리고 도망가면 이 많은 목들도 다 몸에서 달아나게 될 것이다. 무책임하게 다 내던지고 혼자 몸 빼고 도망치면 속이야 편하겠다만…….

…아니, 정말로 편해질까?

잘 생각해 보니 아닐 것 같았다.

'대현자라면 어떻게 했을까?'

─이번 삶의 목표에 따라 다르겠지요.

'버릴 때도 있었다는 거네.'

라플라스의 대답은 돌아오지 않았다. 침묵 이콜 긍정. 그렇구나, 그렇구나. 에휴, 내가 선량한 건 맞는 것 같다. 적어도 대현자에 비하면 내가 매우매우 선량한 축에 드는 게 맞다.

'적어도 이번 일의 마무리는 해놓고 떠나야겠군.'

위가 아파질 것 같았다. 실제로 아프지는 않았지만.

5검급의 몸은 튼튼하기도 하지.


*          *          *


이렇게 된 이상 어쩔 수 없다.

일단 마음을 먹고 나니 그 뒤는 일사천리였다.

나는 일단 기사단 조직을 재편했다. 제국 기사단을 휘하에 두고, 시티 오브 페르핀에 포로로 남겨두었던 기사단장들을 다시 단장 자리에 앉히고 이름도 바꿨다. 카를 기사단!

반발이 있을 만도 한 일이었지만, 가까운 주먹이 더 무서운 법이라 그런지 별 혼란 없이 기사단은 재편되었다.

대장군 벨리사리오. 좌장군에 게르메르, 우장군으로는 테이아. 그리고 마법 자문관 역에 란첼 자작, 정령 자문관 역에 루에노였다. 아는 사람을 적당히 높은 자리에 앉힌 것 같은 느낌이지만 뭐, 원래 시작은 다 이런 거다.

게다가 세 대장군이 모두 5검급인 데다 란첼 자작도 5마급, 루에노는 6령급인데 누가 뭐라고 하겠는가? 실력 보고 앉혔다고 해도 누가 뭐라고 못 할 급은 됐다.

"스승님까지 따라오실 줄은 몰랐습니다만."

의외였던 건 루에노가 내 뒤를 따르기로 한 거였다.

루에노도 이미 라틀란트 제국에 보고서가 올라간 상태라 도망자 신세가 될 거긴 했지만, 이제는 6령급에 올라 누구 눈치를 볼 필요가 없어졌기도 했다.

그럼에도 불구하고 굳이 날 따라와 힘을 빌려주는 것에는 이유가 있으리라. 그래서 물어보니 이런 대답이 돌아왔다.

"좋지 않나? 황제의 스승이라니."

의외로 야망이 있었던 건가?

"황제가 될 마음은 없다고 몇 번이고 말씀드렸습니다만……."

"하하하!"

루에노는 쾌활하게 웃어넘겼다.

그제야 나는 루에노가 아무렇게나 이유를 댔음을 알아챌 수 있었다.

하긴 뭐, 루에노쯤 되면 하고 싶은 대로 하고 살아도 되지.

나는 대충 납득하고 넘어가기로 했다.


\*       \*       \*


카를 페르디넌트 대공령의 첫 영토는 시티 오브 페르핀이 되었다.

뭐, 이 도시가 내 영토가 된다고 해도 별로 달라질 건 없었다. 기존에 라틀란트 제국과 프란츠 황제가 맡던 역할을 내가 대신하는 것뿐이니.

이렇다 보니 도시의 실질 통치자는 여전히 헤이즈 카스트로 페르핀이었다. 현 시장 대리인 그의 직위를 유지하고, 자리를 비운 시장 루브스 페르핀의 직위도 인정해 준다고 설득했더니 헤이즈도 고개를 끄덕였다.

"양부께서 이 일을 어떻게 여기실지 궁금하긴 합니다만, 저로서는 선택권이 없군요."

틀린 말은 아니다. 시티 오브 페르핀이 이제까지 제국 토벌군에게 피해를 입지 않은 것은 오롯이 나, 정확히는 로투스 루베르의 활약 덕이었다.

그런데 그 로투스가 사실 카를 페르디넌트였고 이제는 세 명의 5검급 기사를 포함한 기사단을 이끌고 있으니 일개 도시의 시장 대리로서는 무력으로도 정통성으로도 대항할 수단이 없었다.

그나마 헤이즈가 내밀 수 있는 수단은 시장 대리라는 직함을 변명 삼아 결정을 뒤로 미루는 것뿐이었는데, 그렇게까지 하고 싶지는 않은 모양이었다. 물론 헤이즈가 그 최후의 수단을 써도 내게는 방법이 있긴 했다.

'루브르 페르핀의 모습으로 돌아오지 않아도 되는 건 다행이로군.'

그런 촌극을 벌이지 않아도 되는 건 그저 다행일 뿐이다. 나는 안도의 한숨을 내쉬며 헤이즈의 충성 맹세를 받아들였다.

*          *          *

카를 기사단의 첫 전략 목표는 서부 변경 초토화 작전의 일환으로 학살과 약탈을 자행 중이던 제국 토벌군 잔당을 휩쓸어 버리는 거였다.

이야기를 듣자 하니, 게르메르 경과 테이아 경이 기사단만 끌고 오고 징집한 보병들은 그냥 시티 오브 툴루를 포위하도록 놔두고 왔다고 한다.

당시에는 빠른 진군을 위한 선택이었지만, 두 5검급 기사 둘이서 누가 먼저 도전할 건지 말싸움하면서 버린 시간을 감안하면 결과적으로는 그게 그거인 선택이 되고 말았다.

"내게는 좋은 일이었지."

만약 두 기사가 다투지 않았더라면 란첼 자작의 도착이 늦어 벨리사리오 경의 설득도 못 했을 거고, 결과적으로 나 혼자서 둘을 맞아 싸워야 했을지도 모르는 일이었다. 따라서 내게는 엄청나게 좋은 일이었다.

그런데 좋은 점은 이 하나로 끝나지 않는다. 이런 식으로 기사단과 징집병이 분할되면서, 일종의 갈라치기가 가능해진 것이 또 하나의 좋은 점이었다.

사실 학살과 약탈을 직접적으로 저지른 놈들은 저 징집병 놈들이다. 기사들은 그런 행위에 직접적으로 나서지 않았다. 상납금은 받았지만……. 아무튼 변명을 할 여지는 있었다.

그러니 기사단을 데리고 저 징집병 무리를 덮치는 것은 정의의 철퇴를 내려치는 것으로 포장할 수 있었다.

서부 변경 사람들의 극도에 달한 제국군에 대한 적대감을 징집병 쪽으로 돌리면서 우리는 다르다고 갈라치기를 할 여지가 생긴다는 의미다.

"후… 이런 정치적인 술수는 좋아하지 않는데."

―하지만 필요한 일입니다.

그렇다. 필요한 일이다.

변경 사람들이 악의 무리로 보는 제국기사단을 아군으로 포섭한 이상, 제국군과 카를 기사단을 구분 짓고 제국군 쪽으로 적대감을 몰아넣는 작업은 반드시 해야만 하는 작업이었다.

서부 변경 지역에서 변경이라는 호칭을 떼고 카를 황자의 대공령으로 다시 태어나도록 하기 위해서는 우리는 정복자가 되어선 안 된다.

수호자가 되어야 한다.

수호자에 걸맞은 명분을 손에 넣으려면 사람들의 적의 적이 되어야 했다. 적의 적은 아군인 법이니까. 항상 그렇지는 않지만, 다른 이유가 없을 때 동질감을 만들기에 이만한 명분도 없다.

―뭐, 그렇다고 정의의 철퇴가 아닌 것도 아니잖습니까?

어쨌든 학살과 약탈에 몸을 푹 담근 이들을 처벌하고 처형하는 일인 건 맞다. 수단과 목적이 좀 불순할 뿐, 과정과 결과는 정의로운 게 맞다.

적어도 라플라스는 내게 그렇게 말했다. 그냥 내 마음을 편하게 해주려고 하는 소리겠지. 그래도 마음만은 고맙다.

"알았어. 가자."

나는 새삼 마음을 단단히 먹었다.

$$*\qquad*\qquad*$$

기사들이 자리를 비운 사이, 제국 중앙의 서부 토벌군 병력은 시티 오브 툴루를 포위한 채 대기 중이었다.

물론 이 대기 중이라는 말은 정말로 그냥 가만히 기다리고 있다는 의미는 아니었다.

각 부대가 점점이 흩어져 각기 행동하고 있었다. 주변 인가를 털어먹거나 술판을 벌이거나, 아니면 약탈꾼들이 할 만한 입에 올리기 더러운 짓들을 벌이고 있다는 소리였다.

그러나 그들의 방만함은 오래 지속될 수 없었다.

= 항복하라!

굳이 요약하자면 이 네 글자로 압축되는 서신이 날아들었기 때문이다.

더욱 문제는 이 서신을 보낸 상대였다.

"라틀란트의… 카를 페르디넌트? …대공?"

토벌군 임시 대장을 맡게 된 가르고는 고개를 갸웃거렸다.

"처음 듣는 이름인데……."

물론 '라틀란트의' 라는 호칭에서 뭔가 불길함이 느껴졌으며, 페르디넌트라는 성에서 뭔지 모를 위화감이 느껴지긴 했지만. 대공이라는 칭호에서는 아예 아무것도 못 느꼈다.

징집병 대부분이 그렇듯 가르고 또한 교육을 잘 받은 인물이라고는 할 수 없었다. 어쩌다 임시 대장을 맡긴 했지만 마법사나 신관들 중 누구도 임시 대장직을 맡으려 하지 않았기 때문에 징집병 중에서 적당히 공을 세운 이에게 대장직을 떠넘겨 징집병 관리를 맡긴 거였으므로.

토벌군에서 말하는 공이란 사람을 얼마나 잘 썰었냐에 달려 있었으므로 임시 대장이라고 아는 게 많을 리는 없다.

더욱이 라틀란트 제국은 시민들에게 자신들의 국명을 그냥 제국이라고 표현하길 즐겨 했다. 물론 그것은 고대 제국과 라틀란트 제국을 구분하지 않길 바라는 의도였다.

그리고 그 의도는 적어도 가르고 같은 하층민에게는 쓸데없이 잘 먹혔다. 그나마 가르고는 글씨라도 읽을 줄 안다는 점에서 그래도 징집병 중에서는 꽤나 대우받는 축에 속했다. 이것도 못 하는 사람이 많았으니…… 그가 임시나마 대장직을 맡게 된 이유 중 하나가 이것이기도 했다. 어쨌든 가르고는 글씨는 읽을 줄 알았으나 글의 의미는 몰랐다.

"저, 신관님. 항복하라는 게 무슨 소리입니까?"

그래서 가르고는 편지를 들고 평소 말이 좀 통하던 신관에게 향했다.

말이 통한다 뿐이지, 친하다고는 할 수 없는 그 신관은 편지를 읽고 완전히 대경실색했다. 이게 가르고와 자신 선에서 해결될 일이 아님을 깨달은 신관은 즉각 자신의 직속상관인 신관장에게 편지를 가져갔다.

신관장이라고 해봤자 같은 1류급 신관에 불과하고, 그 직위

자체가 종군 신관들의 통솔을 맡기기 위해 급조된 직위였다. 치유와 정화의 기도술을 쓸 수 있다고는 하나 평생 신성력을 쌓는답시고 신전 안에 틀어박혀 기도만 하던 신관장이 편지의 내용을 제대로 이해할 수 있을 리 만무했다.

이해한 것이라고는 뭔가 큰일이 났다는 것 하나였다.

따라서 신관장은 자기보다는 머리가 좋아 보이는 마법사들에게 편지를 들고 갔다. 뭔가 설명을 해주기를 바라며.

그러나 신관장의 그러한 기대는 배신당했다.

편지를 들고 간 마법사들은 자기들끼리 쑥덕대더니, 몰래 어디로 가버리는 것이 아닌가?

세상 물정을 잘 모르는 신관장은 투덜거리면서 다시 자기 자리로 돌아갔고, 그런 신관장의 움직임을 본 마법사들은 가르고에게 직행했다.

"대장, 대장!"

"예, 마법사님들."

가르고는 자기 위치를 파악하고 있었다. 대장이라고 해봤자 임시고 태생이 징집병이다. 마법사 상대로 뻗대봐야 좋은 꼴 못 본다는 건 잘 알았다.

"이 편지, 대장 앞으로 왔다며?"

"예. 기사님들이 없으니 이 무리 대표가 저 아닙니까?"

"그러고 보니 그랬네."

마법사들이 뒤늦게 깨달았다는 듯 고개를 주억거리는 걸 보며, 가르고는 내심 안도했다. 말하면서도 혼이 나지 않을까 걱정했던 탓이다.

"그럼 이제 어쩌실 거야?"

"그걸 몰라서 신관님한테 상담을 한 건데, 어쩌다 그 편지가 마법사님들한테 가 있네요?"

"아, 그런 건 신경 쓰지 말고. 앞뒤 꽉 막힌 신관들하고 상담해 봤자 그냥 싸움 피하고 항복이나 하자고 하겠지. 그 치들은 신성력을 안 쓸수록 좋으니까."

마법사의 말에 가르고는 자기도 모르게 고개를 끄덕였다.

저 신관들은 얼마나 쪼잔한지 손가락 세 개가 날아간 병사한테 치료는커녕 그냥 참으라고 하고 무시해 버리기도 했다. 그 병사가 부녀자를 덮치려다가 식칼에 손가락을 날려먹었다는 사실은 별로 중요하지 않았다.

그렇다고 큰 상처라고 잘 봐주는 것도 아니었다. 등에 낫이 꽂힌 채 컥컥대는 병사 상대로도 치료해 봤자 죽을 테니 목이나 베어주라고 하는 게 가당키나 한 소린가? 물론 그 병사는 어린 남자애 바지를 벗기려다가 그 아비의 낫을 맞은 거지만 이것도 중요치 않다.

'아니, 치료해 주려고 따라온 거 아닌가? 왜 치료를 안 해주지?'

가르고는 이번 토벌전에서 긁힌 상처 몇 개 밖에 안 입었고 본인이 치유를 안 받아도 된다고 생각했기에 별 유감이 없었지만, 그렇다고 전우들이 치료를 못 받는 것에 대해 분개하지 않는 건 또 아니었다.

그러면서 술하고 여자, 그리고 황금은 따박따박 받아가니 열
불이 안 터질 리가.

'깨끗한 척은 다 하면서 여자를 받아가는 건 뭐야……!'

생각보다 쌓인 게 많았던 건지 가르고의 얼굴이 절로 붉어
졌다.

"이 편지가 뭔지 물으셨지. 그럼 대답해 드려야지. 라틀란트
의 카를 페르디넌트라는 이름은 페르디넌트 가문의 피를 이은
카를이라는 의미요. 라틀란트는 페르디넌트 가문에서 방계가
아닌 직계 혈손임을 가리키는 거고."

"헉……!"

마법사의 대답에 가르고의 붉었던 얼굴이 대번에 하얗게 탈
색되었다.

"그, 그럼 황족……!"

"그렇지. 이게 진짜라면 그렇다는 소리지만."

마법사의 손에서 편지가 파르락거렸다.

"…그런 걸 거짓말을 할 수 있습니까?"

가르고는 의뭉스럽게 되물었다. 이제껏 스스로가 감당할 수
있는 범위 안에서만 거짓말을 해온 가르고의 상식으로는 도저
히 이해할 수가 없었기 때문이었다.

거짓말치고는 너무 감당이 안 되는 사이즈 아닌가?

"가능하지. 사람은 세상 모든 것에 대해 거짓말을 할 수 있
어."

마법사는 무슨 맹세라도 하듯 엄숙하게 말했다.

"그리고 설령 진짜라고 해도 우리가 항복할 이유가 있을까?"

"그, 황족 아닙니까?"

"우리는 황제 폐하의 명령에 따라 움직이고 있는데 황족 하나가 옆에서 손가락 찌른다고 항복하면? 그게 바로 반역이요, 역모지."

"헉……!"

이번에는 가르고의 얼굴이 파랗게 변했다. 하층민 출신에 본질적으로는 일개 징집병인 그가 감당하기에는 지나치게 스케일이 큰 이야기였다.

마법사는 그런 가르고의 안색 변화가 재미있었던 건지 씨익 웃었다.

"자, 그럼 대장, 어쩌시겠소?"

"하, 항복하면… 안 되겠죠?"

그래도 대장이라고 위엄을 지키려던 말투가 무너져 내렸다.

"항복해도 상관은 없소이다. 하지만 그러면 제국에는 반역자로 찍힐 테고 이 자칭 황자한테는 그동안 대장님이랑 병사들이 열심히 모아 온 전리품들을 모조리 빼앗기겠지."

"그건 안 되지!"

전리품이라고 하기엔 별다른 싸움도 없었다. 학살과 약탈의 결과물이니 약탈물이라는 단어가 더욱 어울릴 물건이었다.

그러나 가르고 같은 징집병에겐 처음으로 손에 쥐어본 거금이자 '일해서 번 돈'이었다. 칼날과 적의와 살의를 마주하고 쟁취해 낸 전리품이었다.

그 칼날이 식칼이나 낫 따위의 도구에 달린 것이고, 적의는 살해당하는 이가 마땅히 품을 만한 것이었고, 살의는 가족을 잃은 아이의 것이었지만. 그렇다고 그 칼날이 위험하지 않은 것은 아니었고, 적의나 살의를 마주하고 기분이 좋을 리야 만무했다.

그 불쾌함을 상쇄할 만한 유일한 보상이 약탈물이었다. 이걸 빼앗길 순 없었다. 그 '고생'을 했는데 빈손으로 돌아가야 한다니, 그런 건 상상조차 하기 싫었다.

기사들과 신관들에게 얼마간 상납이야 했지만, 이걸 전부 다 가져가겠다는 놈은 설령 그게 기사라 하더라도 목구멍에 칼날을 꽂아줄 용의가 얼마든지 있었다.

"그럼 항복하지 않으시겠다?"

"물론이오!"

완전히 대장으로서의 풍모를 되찾은 가르고를 보며, 마법사가 비릿하게 웃었다.

"그것이 대장의 결정이라면 우리 모두는 기꺼이 따르겠소."

가르고가 마법사들의 속내를 알 리 없었다.

사실 전리품을 빼앗기기 싫은 건 마법사들도 마찬가지였으며, 여기서 약탈을 멈출 마음이 없음을.

그리고 만약 전투가 벌어지게 된다면 기사들을 상대하기 위해 징집병들을 인간 방패로 쓸 생각임을.

마지막으로 일이 틀어지거나 하면 책임을 가르고에게 물리고 자신들은 살아남을 생각임을.

마법사들은 가르고 몰래 키득키득 웃었다.

∗          ∗          ∗

늦은 저녁, 제국 토벌군의 대장으로부터의 서신이 돌아왔다. 란첼 자작이 그 내용을 확인하고 내게 읊어주었다.

"전하, 저들이 항복하지 않겠다고 합니다."

예상대로의 답이 돌아왔다. 정확히는 내 예상이 아니라 라플라스가 조언한 대로의 답이지만. 뭐 그거야 별로 중요하지 않다.

"결국 이렇게 되는군."

"저 불충한 무리를 쓸어버리소서!"

란첼 자작이 화난 걸 보니 서신의 내용이 꽤나 자극적이었나 보다.

"서신을 보여주게."

"안, 안 됩니다."

"란첼 자작."

내 나지막한 부름에 란첼 자작이 시무룩해져 내게 서신을 건넸다.

내용은 대충 절대 항복할 수 없다는 것과 자신들의 전리품을 앗으려 한다면 누가 상대더라도 가만두지 않겠다는 소리였다.

이것만 보면 왜 란첼 자작이 저렇게 화가 난 건지 모르겠는데?

─황자 전하에 대한 예를 전혀 차리지 않았잖습니까?

그런데 정작 편지를 같이 본 라플라스도 화가 나 있었다.

'그렇구나.'

나는 대충 넘어가기로 했다.

"그렇다면 억지로라도 항복하게 만들어야겠지."

"그러하옵니다, 전하!"

란첼 자작의 목소리에 신이 났다.

'저 아저씨는 왜 또 저래?'

—징집병들의 배후에 마법사들이 있을 걸로 짐작됩니다. 란첼 자작과는 다른 파벌 마법사들이죠.

'아항, 사이 안 좋구나?'

—죽일 수 있는 기회가 있으면 죽이려 들 정도입니다.

그리고 내가 란첼 자작에게 저 마법사들을 죽일 기회를 준 모양이다.

하하, 사냥터에 사냥개를 풀어버렸네.


\*　　　　\*　　　　\*


좀 이상하게 들릴 일일 수도 있지만, 이 세계의 기사들은 경지가 오를수록 말을 타고 싸울 일이 줄어든다.

이유는 간단하다. 기사 본인이 말보다 빨라지기 때문이다.

비단 스피드뿐만이 아니다. 모든 신체 능력이 말보다 좋아진다.

그렇다 보니 말 위에 앉아 얻는 이점은 그저 더 높은 데서 검을 아래로 내려칠 수 있는 것만이 남는다. 그 외의 모든 전투 능력이 오히려 말에서 내렸을 때 더 강력해지는 셈이다.

기사는 단련해서 초월하여 벽을 넘는 게 가능하지만, 말까지 그렇게 할 수는 없기에 생기는 문제였다.

물론 이건 4검급 이상의 기사에게만 통용되는 소리다. 4검급 미만은 오히려 말을 타고 다니는 게 더 세다. 단순히 더 높은 곳에서 칼을 내려치는 것만으로도 상당한 우위를 가져갈 수 있으니까. 약할 리가 없으니까. 검강 한 방에 말의 목이 날아가지 않는 이상 말 타고 다니는 게 훨씬 낫다.

게다가 말이 생각보다 꽤 강력한 짐승이다. 단순히 올라타서 돌진하는 것만으로도 보병 방진을 무너뜨릴 수 있으니 말 다 했지. 만약 말이 검법을 익힐 수 있다면 사람보다 훨씬 빠르게 강력해졌을 것이다. 그게 안 되니 문제지만.

그런데 그렇다고 5검급의 기사가 말을 타지 않는 건 또 아니었다. 장거리 이동은 말을 타고 하는 게 더 편하기 때문에 그냥 말을 타고 이동했다. 아무리 신체 능력이 올라도 자기 발로 움직이는 게 귀찮은 건 매한가지였다.

물론 아주 급한 일이 생기면 말도 내버리고 혼자 뛰겠지만, 반대로 그럴 일이 아니면 그냥 말을 탔다.

또 다른 경우가 있다. 상대해야 하는 적이 약할 때는 그냥 말을 타고 싸운다. 말 위에서 장검을 들고 내리치기만 해도 적이 죽는데, 굳이 말에서 내릴 필요를 느끼지 못하기 때문이다.

이번 전투가 마지막 경우에 속했다.

굳이 검강이나 검환을 뽑아 들 것도 없이, 적당히 검기 정도만 두르고 칼을 휙휙 휘둘러도 징집병들은 아주 쉽게 제압할 수 있었다.

징집병들 사이에는 마법사도 있었고 신성교단의 신관도 있었지만 큰 문제가 되지는 않았다. 특히 마법사들은 나와 란첼 자작이 먼저 마법을 써서 미리 무력화시키니까 아무것도 못 했다.

전장에서 5마급 마법사는 정말 대단한 존재였다.

나야 큐레이터의 전시 보너스로 사정거리 연장을 받고 쏘는 거였지만, 란첼 자작은 그런 것도 없이 마법을 펑펑 날렸다. 게다가 나랑 달리 잼도 꿀도 안 먹는다. 연산 능력이 얼마나 대단하면 저런 게 가능할까?

"항복해라! 내 목소리가 안 들리나? 안 들리면 어쩔 수 없군. 죽어라!!"

게다가 마법을 쓰는 도중에 혼자 킥킥 웃으면서 이런 혼잣말까지 하는 걸 보니 더욱 대단해 보였다. 이거 대단한 거 맞나? 아무튼 내 눈엔 대단해 보였다.

대형 폭발 마법도 없이 간단한 타격 마법을 곡사포처럼 쏴대서 마법사들이 방패 삼은 징집병들 머리를 가로지르게 해 마법사들만 핀셋으로 집듯 콕콕 죽여 버리는데, 난 '왜 이런 인재가 굳이 내 밑에서 구르고 있지?' 하는 생각밖에 못 했다.

그렇게 마법사들이 먼저 죽어나가자 신성교단의 신관들은 별 힘을 쓰지 못했다.

애초에 신관들은 대부분 1류급으로 자체적인 전투 능력을 지니지 못했다. 더욱이 치유와 축복으로 공헌을 하려고 해봤자 징집병 상대로는 그게 힘들다. 축복을 거는 대상의 전투력이 높을수록 효과와 효율이 높은데 기사들이 빠졌으니 그게 되나, 안 된다.

결국 전장에는 전장의 꽃이나 다름없는 기사 돌격의 유린만이 남아 있을 뿐이었다.

"아악! 제국의 기사가 왜!"

잔뜩 부푼 징집병의 배가 갈라졌다. 그러자 내장 대신 금은보화가 흘러나왔다. 주머니가 꽉 차서 자기 배에다 보물들을 두르고 자빠진 탓이었다.

기사들이 시티 오브 페르핀으로 향한 탓에 도시들을 공략할 생각은 못 하고 작은 마을들만 약탈했다고 들었는데, 얼마나 열심히 약탈했으면 일개 병사가 저러고 다닐까?

─죽음을 극복하셨습니다.

그 와중에 라플라스가 어이없는 메시지를 흘려대었다.

'아니, 이런 잡병한테 죽은 적이 있다고?'

─마법사는 근접전에 약하거든요.

하긴 마법사도 사람이니 찔리면 죽지. 이해한다. 나는 아무렇게나 생각하고 계속해서 칼을 휘둘렀다. 검기가 둘러진 검은 징집병들의 창을 풀 베듯 베어버릴 수 있었다.

"죽기 싫으면 항복해라! 항복해라!!"

처음에는 어떻게든 맞서 싸워보려는 움직임을 보이긴 했지만, 결국 징집병들은 싸움을 포기하고 사방팔방으로 흩어져 도망가기 시작했다.

보병이 기병 앞에서 등을 보이고 도망가는 건 죽여달라고 하는 거나 마찬가지지만, 잘 생각해 보니 맞서 싸운답시고 나서봤자 결과가 그리 달라지진 않으니 멍청한 선택이라고 비난할 수는 없었다.

"항복합니다! 살려주세요!"

"목, 목숨만 살려주십시오!"

그러나 항복이라는 생존 가능성이 더 높은 방법이 있음에도 불구하고 굳이 도망치는 건 돈 욕심 때문이겠지. 포로로 잡히면 약탈해서 얻은 귀중품들을 다 빼앗길 거라 생각하니 저런 선택을 하는 거였다.

물론 빼앗긴 하겠지만 그래도 목숨이라도 부지하는 게 더 나을 거 같은데.

뭐 각자의 선택이지.

"도망치게 내버려 두지 마라! 항복하지 않는 놈들은 다 죽여라!!"

내 명령은 그대로 현실로 이뤄졌다. 그리고 그렇게 도망가는 놈들이 죽어나갈수록 순순히 항복하는 놈들이 더 많아졌다. 손에 보물을 들고 있을 때는 보물이 목숨보다 중요하다고 생각했겠지만, 막상 죽음이 눈앞에 다가왔을 때는 목숨을 더 중요시하는 게 인간이다.

그렇게 제국군을 정리하고 나서, 우리는 시티 오브 툴루에 입성했다. 우리가 제국군을 분쇄하는 것을 보고 아군이라고 판단한 모양이었던지 성문은 의외로 쉽게 열렸다.

우리는 포로로 잡은 제국군을 앞세워서 시티 오브 툴루의 가도를 행진했다. 가도에는 툴루의 시민들이 잔뜩 들어차 있었다.

시민들은 우리들을 향한 환호성과 포로들을 향한 욕설을 동시에 뿜어내었다.

"마치 정의의 편이라도 된 것 같군."

—이걸 노리고 하신 거 아닙니까?

아니, 난 그냥 네가 하라고 해서. 나는 속으로 생각했지만 동시에 이런 진심을 털어놓는 건 유치하다고 생각해서 입을 닫아두었다.

그렇게 툴루에 입성하자마자 나는 내가 카를 페르디넌트 황자로서 서부 변경 전체를 대공령으로 삼는다고 공표하고, 동시에 이 시티 오브 툴루의 적법한 통치자라 선포하면서 그 증거물로써 툴루의 보주를 꺼내보였다.

당연히 피어스 툴루스 시장은 반발했지만, 그 반발은 행동으로 이어지지 못했다. 무력과 명분, 양쪽에서 다 밀리는 데다 그간 쌓아온 업보로 인해 시민들의 인심을 심하게 잃은 시장이 설 곳은 없었다.

"꼬우면 평소에 일을 열심히 했어야지."

시청에 미녀들만 가득 채워놓고 일보다 노는 데에 정신이 팔렸으니 자업자득이다.

"라틀란트 제국의 정통 후계이시자 툴루의 왕이신 카를 페르디넌트 전하 만세!!"

"만세!"

"만세!!"

꽤 진심으로 환호성을 질러주는 걸 듣자하니 시티 오브 툴루의 사람들에게는 툴루의 왕이라는 게 마음에 와닿는 모양이었다.

시민들의 환호성도 들으니 가슴 한구석이 간질간질한 게 기분이 묘하다. 이것이 권력욕인가. 조심해야지. 언젠가는 이것도 다 내려놓고 떠날 생각인 나는 경계심을 품은 채 스스로의 마음을 관조했다.

\*                 \*                 \*

이로써 나는 고대 제국의 율법에 따라 선포된 카를 대공령 중 두 도시의 혼란을 잠재우고 휘하에 들였다. 시티 오브 페르핀과 시티 오브 툴루.

이제 서부 변경의 남은 도시들을 휘하에 들이고 선포한 내용을 만족시키게 되면 서부 변경은 평정되는 셈이 된다.

그 결과, 나는 고대 제국의 율법에 따라 정식으로 카를 대공으로 즉위하게 된다.

그리고 서부 변경 또한 황자이자 대공이 평정한 땅이니 더 이상 반역향으로 분류할 수 없게 되어 자동으로 황제의 서부 초토화 작전 명령도 폐기되게 된다.

"이걸로 진짜 황제와 적대하게 되었군."

황제가 이걸 그냥 두고 볼 리 없다. 지금 나는 황제의 기사단을 빼앗아서 황명으로 모은 징집병을 몰살시키고 포로로 잡왔으니.

황제의 권위가 훼손되는 일일 뿐만 아니라, 다수의 신관을
잃은 신성교단 또한 황제를 압박할 것이다. 마법사들은… 란첼
자작이 있으니 어떻게든 되겠다만.

아무튼 이걸로 적이 많아졌다.

─새삼스러운 말씀이시군요.

하긴 시티 오브 페르핀에 앉아서 제국 기사단을 격파할 때
이미 황제와는 척을 졌다. 새삼스럽다는 라플라스의 발언에는
틀린 게 없었다.

그럼에도 불구하고 새삼스럽게 각오를 다질 이유는 있었다.

그냥 로투스 루베르라는 방랑 마법사 하나가 제국을 적대하
는 것과, 용혈각성으로 황자라는 신분을 스스로 증명하고 고
대 제국의 율법으로 단독 세력을 일굴 명분을 손에 넣은 카를
페르디넌트가 황제의 명령을 씹어 먹는 것은 그 위협도의 차원
이 다르다.

이쪽에서 명분과 정통성을 주장하고 나선 이상, 황제로서도
더욱 적극적으로 나서지 않을 수 없게 되었다.

아무리 황제 직할령인 제국 중앙에 한정된 이야기라지만, 라
틀란트 제국은 제국 이콜 황제다. 즉, 명분이야 어떻든 제국 전
체와 맞붙는 것이나 다름없는 상황이 만들어졌다.

우리 쪽도 꽤 힘을 모으긴 했지만, 단독으로 제국과 맞붙는
것은 역시나 아직 부담스럽다.

─황제가 그리 쉽게 쳐들어오지는 못할 것으로 보입니다만.

그야 그렇다. 서부 초토화 작전을 벌이기 위해 제국 중앙의 전력을 이미 한 번 대량으로 끌어다 썼는데, 그 병력과 인재가 모조리 내게 흡수되었으니 말이다. 같은 수준의 병력을 또 다시 한번 끌어모으려면 황제도 골치 좀 아플 것이다.

더군다나 다음에는 이번과 같은 수준의 병력만으로는 안 된다. 아군 5겁급 기사만 4명이니, 적어도 숫자는 똑같이 맞춰줘야 이야기가 된다. 단순히 병력을 끌어오는 것에 그치지 않고 그 질 또한 끌어올려야 한다는 소리니 아무리 제국의 황제라도 힘든 과업이 될 것이다.

─하지만 프란츠 황제가 제국이 지금 망하는 한이 있더라도 새 주인님을 파멸시켜야겠다고 마음을 먹는다면 그 정도 양과 질의 병력을 모으는 것도 불가능한 일은 아니죠.

그렇다. 이것이 제국의 저력이다. 그러니 나도 최악의 상황을 고려해야만 했다.

"빨리 다른 도시들을 휘하에 들이고 대공령을 완성하는 작업을 마쳐야겠어."

그러려면 힘이 필요했다. 더 큰 힘이······.

"어디서 란첼 자작 같은 인물 하나만 더 얻어 오면 좋을 거 같은데."

비록 징집병과의 전투였다지만, 란첼 자작이 보여준 활약은 대단했다. 대단위 병력을 상대로 뿜어내는 마법의 향연은 절로 감탄사가 나올 정도였으니.

"서부 변경 도시들을 압박하고 어디서 어떻게 치고 들어올

지 모르는 황제의 방해 공작을 넘어서려면 란첼 자작과 같은
인물을 더 모아야 하겠어."

나는 그렇게 생각했는데, 라플라스의 의견은 좀 달랐다.

―그냥 새 주인님 한 분만 계시면 될 것 같은데요.

"그게 무슨 소리야?"

―새 주인님께서 하실 수 있는 일이 많다는 뜻입니다.

"…아, 그렇군."

내가 왜 그 생각을 못 했을까?

―더 많은 힘을 제게 구입하시면 혼자 힘으로도 능히 제국
에 맞서서…….

"연금술! 연금술로 연금약을 만들어서 4검급 기사들을 5검
급으로 올리면 되잖아!"

―예?

"응?"

―아, 그 말씀도 틀리진 않습니다. 5성급 연금술을 구입하시
겠습니까?

라플라스도 손바닥 뒤집는 스킬이 꽤 대단했다.

\*        \*        \*

라플라스로부터 5성급 연금술을 구입한 나는 바로 연금약
조제에 들어갔다. 숙성기간이 짧고 즉효성이며 내외력이 조화
롭게 올라가는 오리지널 연금약을 만들어내는 데에 성공한 나

는 바로 그것을 나 자신에게 투여했다.

"0.02인가. 뭐, 내가 5검급인 걸 감안하면 이 정도도 훌륭하지."

아무튼 독성이 좀 심한 부작용이 있었지만, 저항력이 있는 4검급 이상의 기사에게 투여하면 괜찮을 거다. 정 안 되면 정화 성법을 써주면 될 테고.

약의 이름은 [카]를 약]으로 정했다. 나는 아무 생각 없이 이렇게 정했는데, 정작 약을 투여받는 기사들의 입장에선 이 약의 이름이 좀 곤란했던지 자기들 멋대로 [황자 전하의 약]으로 바꿔 불렀다.

─나중에 황제 자리에 오르시면 [황제 약]으로 바뀌겠군요.

"그러니까 나 황제 안 한다니까 그러네……."

다들 너무 제멋대로라니까.


『레전드급 전생자』 8권에서 계속…